LA COLÈRE DE MOUCHE

DU MÊME AUTEUR

Les enfants de l'apartheid, Fayard.

Feu sur l'enfance, Fayard.

Élise Fischer

LA COLÈRE DE MOUCHE

roman

Fayard

LE MONDE DE GABRIEL

Philomène DESPRÉ 1862-1938 — (1884) — Corentin VUILLEMOT 1860-1912

Anne-Marie, 1890-1975, Carmélite

Alphonse 1886-1960 — (1907) — Victoire LIESBACH 1888-1944

Marie 1924 — Claire 1924-1940

Marie épouse en 1943 Philippe GRANDSIRE

Pauline 1944 — Marinette 1947

Léonce 1887-1919 — (1908) — Génie JEANMAIRE 1891-1965

Jeanne 1910-1925 — Auguste 1909 — (1933) — Sarah WALDSTEIN 1911-1957

Paul 1934 — Renée 1935 — Ladislas WOJKIEWICZKI 1934 — (1957) sans enfant

Gilles le Veule 1937-1981 — (1960) — Catherine de Guerville 1935

Thomas 1968 — Clémence 1970

Gabriel l'Angelot 1944 — (1963) — Mouche 1946

Sophie 1963 — Philippe 1966 — Pierre et Clairette 1972

Moshe WALDSTEIN (Frère de Sarah) 1910-1978 — Léna LEDERMAN 1908-1981 — (1935) sans enfant

Ferme de LAY SAINT-CHRISTOPHE
Berthe Dubois épouse GUÉRARD
1895-1980

Henri GUÉRARD 1917-1980 — (1937) — CLARA LEDERMAN 1919 (Cousine de Léna)

David 1938 — Hannah 1942

Au domaine de ROCHEFONTAINE
Germaine, la domestique 1879-1965
Albert, fils de Germaine 1897-1917

Georgette Langue de Vipère, la laveuse

À ROCHEFONTAINE
Louise MOLSTEIN, couturière
née Muller en 1912

Odette 1935 — (1953) — André TIRMONT 1930

Antoine 1954 — Jérôme 1957 — Martin 1963

LE MONDE DE MOUCHE

Marguerite BEAUMONT
Née en 1896 à Brantigny (88)

Blanche BEAUMONT
Née en 1914 à Charmes (88)

Mouche BEAUMONT
Née en 1946 à Nancy

Adrien Zellermann 1896-1970 - Rachel Zellermann, sœur d'Adrien 1900-1942 - Brigitte Favart, psychanalyste - Père Étienne de Malterre, ami de Paul
est assureur au Cabinet d'Assurances MILLET à Nancy

Épouse en 1946 **Suzanne** BRULLER 1914, Veuve de Jean BRULLER 1912-1943 (1935) - Chef du réseau Bruyère - Exécuté au fort de Frouard en 1943

Blaise BRULLER 1939-1981

Jeannot et Henri BEAUMONT, frères de Marguerite, nés en 1898 et 1900, morts à la guerre de 1914
La Toche, fermière de Brantigny, née en 1875, héroïne guerre 1914, mère de **Georges**, né en 1895, amoureux de **Rachel Zellermann**
Joséphine VOSGEL, dite Fine née en 1898 à Socourt, cousine de Marguerite
Hortense VOSGEL, née en 1902, sœur de Joséphine et cousine de Marguerite. Par dépit, ira au couvent puisque **Georges** lui préfère Rachel
Marie GUILMAIN, dite Marie du Moulin, née en 1896, sage-femme à Brantigny et Charmes

Selon la formule consacrée, cette histoire relève de la pure fiction. Toute ressemblance, avec des personnes ayant vécu, de près ou de loin, des événements semblables, serait évidemment fortuite. Quoique...

⁂

Par la mort seulement l'homme échappe à la mort.
Claude Vigée, Aux portes du labyrinthe

Ici la pierre est nue comme la haine d'homme,
Sa flamme avec le vent délire sur nos lèvres.
Claude Vigée, « Jérusalem », Aux portes du labyrinthe

⁂

Il regarde la souffrance et la mort
donnée par l'homme en face.
Roger Bichelberger, La Ténèbre des noces

C'est toujours l'amour en nous qui est blessé,
c'est toujours de l'amour que nous souffrons
même quand nous croyons ne souffrir de rien.
Christian Bobin, L'Inespérée

À Noëlla, par amitié
À mes fils, Laurent, Matthieu, Guillaume
et à Michel, leur père et mon époux,
par amour, bien sûr.

CHAPITRE I

Paris, septembre 1980

— Fiche-moi la paix Dieu !

L'ordre donné à Dieu a claqué. Comme un livre refermé avec exaspération car il ne correspond pas à ce qu'on attend de lui. La rage au cœur. La colère au corps. Mouche serre alors les dents jusqu'à crisper les muscles de son cou pour jeter un regard meurtrier vers le ciel impavide. Grosse de colère, de tempête, de larmes refoulées depuis trop longtemps, elle s'en prend à Dieu, le défie puisqu'il se dérobe. Non, elle n'écoutera pas la voix de la raison ou du cœur. Du cœur, ou de l'âme ? Elle hausse les épaules. C'est fini tout cela. Elle a tout tenté pour y parvenir. Alors elle part, avec une seule idée en tête. Qu'on lui fiche la paix ! Oui, Mouche quitte Paris. Qui pourrait le lui reprocher ? Retrouver la terre de son enfance, la respirer. Quoi de plus normal ? Mais qu'en pensent les enfants ? Peu importe, ils finiront bien par s'y habituer et par y trouver leur compte.

Mouche contemple l'intérieur du camion. Elle essaie de deviner quels meubles s'y trouvent déjà rangés, coincés entre les différents cartons ou enfouis sous les couvertures. Elle aperçoit les pieds de l'armoire achetée aux puces avec ses premières traductions.

— Et la grande table de chêne ?

— Elle est au fond, madame, comme vous l'avez demandé, bien enveloppée.

Un instant Mouche ferme les yeux. C'est la table de Marguerite, sa grand-mère. Celle sur laquelle elle écrit, travaille. La table de chêne aussi va retrouver sa terre. Celle où Mouche y verra plus clair. Là-bas, elle réglera son compte à la colère qui lui bouffe l'âme depuis trop longtemps...

— Alors à demain madame, à dix heures, place de la Mairie à Charmes, on vous attendra Nénesse et moi, et vous nous guiderez jusqu'à votre « château ». Vous en faites pas, tout ira bien, le patron vous l'a dit, on est les meilleurs de la société Est Déménagements.

Lulu se hisse dans le camion où Nénesse s'est déjà installé.

Mouche adresse aux deux compères un petit signe avant de faire quelques pas rue des Pyrénées. Pourvu que tout se passe bien !

— Quand Dieu est là, on ne manque de rien.

Une formule de Marguerite ; elle avait réponse à tout, quand Mouche, enfant, venait se jeter dans ses jambes. Qui peut aujourd'hui savoir le tumulte qui agite ce petit bout de femme brune et sombre comme toutes les nuits d'angoisse ?

Demain à dix heures, à Charmes. Charmes, l'orée des Vosges, le pays de Marguerite. Une bouffée de tendresse envahit Mouche. C'est un peu de douce brume parfumée qui se répand sur une terre aride. Mouche respirera. Déjà elle sent la caresse apaisante de Marguerite. Ses cheveux de jais se souviennent de la main aimante qui passait et repassait pour les démêler.

— Ma toute petite, *ma drôle.* Pourquoi veux-tu tout savoir ? Laisse le jour se lever et la lumière blanchir l'horizon. Après, tu verras.

Elle est née comme cela, Mouche. Toujours à battre des ailes, à bourdonner, épier. Elle tourne, zigzague, pique, harcèle et épuise les uns et les autres.

Combien de fois Marguerite aura-t-elle tenté de calmer la petite fille ?

— On ne peut jamais tout savoir. Personne. Sauf Dieu.

— Alors y'a qu'à lui demander.

— Au Bon Dieu ? Mais il a bien d'autres chats à fouetter que de s'occuper de nos riens !

— Mais, grand-mère, c'est pas rien... Pourquoi j'ai pas de papa ?

— Écoute, les papas sur terre sont souvent décevants. Dieu, jamais. Avec lui, on ne manque de rien.

Sur ce point Marguerite s'est trompée. Mouche se souvient de manques et de vides. Et malgré Dieu accueilli pour faire plaisir à sa grand-mère, elle n'a pas été comblée. Jour après jour, Mouche s'est exercée à la prière. Consciencieusement, le matin au réveil et le soir au coucher. Mais aux questions posées, aucune réponse n'est venue.

— Tu es trop impatiente, chaque chose en son temps. Il faut savoir attendre.

— Tout de suite, je veux.

— Oh, le roi a dit nous voulons ! répondait Marguerite en levant les yeux au ciel, comme pour dire à ce Dieu discret : « Vous avez vu, vous avez entendu ? »

Il n'est pas seulement discret le Dieu de Marguerite, il est absent. Aussi absent que les pères peuvent être décevants.

Ce n'est pas faute de l'avoir cherché. Comme une frénétique petite folle, et même jusqu'à manquer de souffle, jusqu'à rencontrer cette sorte de méchante bête qui harcèle son corps jusqu'à l'étouffement. Tétanie ont dit les médecins. Quand elle sera grande, ça ira mieux. Elle tournera la page, comme tout le monde.

Mouche a essayé, bataillé même, au moins pour en finir avec cette enfance qui lui collait au corps et à l'âme. Une bagarre parfois rude, mais sans commune mesure avec celle de l'enfant du Domaine. Rien que d'y songer, elle blêmit.

C'est une histoire de laideur qu'aucun appel à la sagesse ne peut calmer. Une histoire atroce, qui encolère Mouche. D'abord elle a voulu taire cette histoire. Au fond d'elle, une petite voix chantait : il y a si longtemps... Est-ce bien nécessaire d'exhumer le passé ? C'est demain qui est intéressant.

Cette histoire de laideur oppresse Mouche. Elle fait un poids qui pèse lourd sur son cœur et comprime sa poitrine au creux des longues nuits. En elle, est le poison. Il travaille les chairs, gonfle l'abcès.

Elle ne sait pas comment elle est arrivée jusqu'au Père-Lachaise. Elle s'est laissée choir sur un banc. Le lieu se souvient-il des corps qu'il a accueillis, des pensées qui ont habité ces corps ? Et des âmes ? En quel jardin fleurissent-elles ?

Demain, Mouche sera à Charmes.

Elle poussera la porte de son jardin. C'cst toujours la même histoire qui recommence. Puisque le mal est venu d'un jardin... Mouche se promet d'en arracher les mauvaises herbes. Ellc traquera la moindre pousse suspecte, plongera les mains dans la terre, pour en arracher les racines indésirables. Après, oui après, elle pourra se donner aux nouvelles semailles.

⁂

Été 1948 au Domaine de Rochefontaine

Dans le plus grand secret, le dernier enfant d'une très honorable famille est le souffre-douleur d'un aîné jaloux qui en fait son jouet sexuel.

Au commencement était un jardin qui entourait la maison. Dans ce jardin poussaient toutes sortes de plantes. Il y avait aussi des espaces réservés aux enfants. Ils pouvaient y jouer, s'y abriter en toute innocence tandis que

Génie, la grand-mère, gérait en maîtresse avisée les affaires du Domaine de Rochefontaine. Sarah, sa belle-fille, brodait, faisait de la musique, rêvait aussi. Parfois, le soir faisait descendre un rien de bonheur qui enlaçait les parfums de la terre.

En ce temps-là, les enfants du Domaine de Rochefontaine jouaient en toute innocence.

Innocence ?

Mouche se redresse.

— C'est faux, c'est faux.

Ce jardin abritait déjà, malgré lui, les parfums de l'étrange. Les enfants pouvaient jouer au loup. « Il » n'attendait que cela pour sortir de son antre. Ténèbres qui jettent l'ombre. « Il » était de ceux que le mal possède. « Il » : « Le Veule ». C'est comme ça que Mouche l'appelle. Et ce veule n'avait rien d'un enfant de chœur.

Innocence ?

Oh non ! Le Veule n'est pas un innocent. À onze ans, le Veule sait ce qu'il fait quand il s'approche de l'enfant fragile, le petit dernier que tous ceux de Rochefontaine appellent l'Angelot. Il sait que le corps est sacré. Il sait les interdits, mais il a besoin de les enfreindre. Il rêve d'ailleurs d'un enclos avec un pieu où attacher l'Angelot pour venir le visiter, le soumettre et le plonger dans le feu de sa nuit comme bon lui plaira. Il hait l'Angelot, mais il se repaît du plaisir malsain qu'il tire de ce petit corps qu'il couvre de souillures. Le Veule a onze ans, l'Angelot quatre. Le Veule n'est pas innocent.

Cette vision obsède Mouche. Elle ne peut quitter ce tableau. Première station d'un abject chemin de croix infligé à un enfant.

— Et tu as laissé faire, Dieu ? Le drame d'un enfant ça ne t'intéresse pas ? Où donc étais-tu quand le Veule gonflé de jubilation s'approchait de l'Angelot ? Toi, Dieu, savais-tu quand ceux de Rochefontaine étaient encore dans l'ignorance ?

— Tu viens ? demande le Veule à l'Angelot.

Là où il l'emmène, le jour ne se lève pas. Là où il sera, il pourra crier. Nul ne l'entendra. Qui d'ailleurs entend le cri d'un enfant dont personne n'a réellement désiré la venue.

Sa mère ?

Les mères entendent toujours le cri de leur enfant. Et si elles se taisent, c'est qu'un autre cri de douleur éteint en elles le feu de l'amour. Le Veule sait tout cela, lui qui tient l'enfant à sa merci. Il sait entretenir la peur dans les yeux de l'enfant.

— Tu dis rien. C'est notre secret. Si tu dis, j'appelle mes monstres dévoreurs cachés dans le jardin. Je les commande, et ils viennent.

Si l'Angelot pouvait comprendre que tous les monstres de l'inconnu ne sont rien en comparaison de celui qui lui fait face et sort griffes et crocs. Mais qu'ont-ils donc à le regarder ainsi cet Angelot de malheur ? Sarah passe son temps à le bercer dans une langue étrangère et l'oncle Moshe prend des airs niais pour s'adresser à lui. Depuis qu'il est né, Sarah, leur mère, a changé. Avant elle disait : « Gilles mon chéri... » Maintenant, elle le repousse gentiment.

— Tu es grand, il est petit, lui.

Même les baisers sucrés et chantant de Sarah, il faut les partager avec l'Angelot. Mais à partir de ce jour, ainsi vient-il d'en décider, il va l'insulter. Il ne se contentera pas de le toucher, de lui faire peur, mal parfois, il dira :

— T'es rien que du caca, t'entends, du caca, chiffe molle.

L'enfant tressaille, renifle. Il ne s'oppose pas, terrifié, hagard. On dirait qu'il s'offre en sacrifice. Et l'autre, le Veule, les yeux haineux, le cœur bavant de hargne, le corps irradié de forces mauvaises, se perd dans les paysages de l'interdit et de la souillure pour cracher sa jalousie.

— T'entends, mignon petit con, à Rochefontaine, c'est moi qu'on aime le plus.

L'enfant hoche la tête en signe d'acquiescement. Que peut-il faire d'autre, sauf souhaiter que la séance finisse pour qu'il puisse retrouver sa mère, ou Mira, la chienne qui léchera ses larmes derrière la cabane ?

Combien de temps ce jeu cruel a-t-il duré ?

Longtemps.

Il y a eu le temps du jardin. Puis le temps des nuits. C'était donc cela les chuchotements, le grincement des sommiers. Les sanglots. Les chambres se souviennent. Qui, dans le silence des nuits, quand les vents se taisent, a entendu les cris de l'enfant étouffés sous des oreillers ? Personne n'a su ?

Au Domaine de Rochefontaine silence rime forcément avec ordre, et ordre avec bonheur. Que peut-il arriver dans l'enceinte du Domaine ? Génie veille sur tout et sur chacun. A-t-elle remarqué la mauvaise mine de l'Angelot certains matins ? Elle examine l'enfant avec autorité. Elle sait. Elle n'a pas sa pareille pour prendre son menton entre le pouce et l'index droits et tirer le gamin vers la fenêtre.

— Montre un peu. La digestion. Tu tiens de ton oncle. De toute façon...

Quand elle n'ajoute pas :

— À quoi pensaient donc Sarah et Auguste ? Faire un gosse en temps de guerre. Quand on manquait de tout. C'est pas ça qui va faire des bras vigoureux pour Rochefontaine.

***

Ce serait un beau jardin que celui du Domaine de Rochefontaine. Mais le Veule le traverse de sa jalousie meurtrière. Parfois il se farde, se déguise. Sa voix sait même se faire caressante pour l'enfant. Il a des mots doux qu'il lui susurre dans le cou. Pour un peu l'enfant rirait à gorge déployée.

— Dire que ce petit idiot d'Angelot a le culot de sentir bon la lavande. Le toucher et se frotter à lui va devenir un vrai plaisir !

Jusqu'à ce que la haine ombre son visage :

— Mais, c'est ma lavande, c'est d'abord pour moi que Sarah achète de la lavande dont elle parfume le linge !

Il se souvient de ce jour de marché. Il avait accompagné Sarah qui s'était arrêtée devant un marchand d'herbes odorantes et de flacons d'essences rares. Le vendeur, en désignant l'Angelot, avait dit d'une voix gorgée de soleil :

— Ce sera excellent pour le linge du petit.

Le petit, c'était lui, Gilles, et non l'Angelot.

Le petit s'est fait loup, ogre, monstre. L'Angelot doit payer pour que le Veule ait tout son plaisir, puisse contempler sa mère repassant le linge. La contemplation de Sarah peut durer des heures. Elle a des gestes qui n'appartiennent qu'à elle, qu'à lui. Quelle délicatesse quand elle sort la paire de fers du grand buffet encaustiqué de partout ! Quelle tendresse, quand elle les essuie, les frotte ! Elle les pose sur la cuisinière passée à la toile émeri. Quand ils sont à bonne température — ce qu'elle vérifie en les approchant de son visage à l'ovale parfait —, elle les fait glisser sur les étoffes. C'est comme une danse. Un pas à gauche, un pas à droite. Là, on s'arrête, on repart, on tourne, et l'odeur de propre envahit la pièce. Sarah tend ensuite la main vers le petit flacon d'opaline, le retourne, l'agite jusqu'au moment où quelques gouttes de lavande tombent. C'est un peu de paradis. Après, ses belles mains aux doigts si fins — et qui ne sont jamais si beaux que sur le clavier du piano — plient l'étoffe.

Le Veule ne peut détacher son regard, émerveillé jusqu'à ce que les mains de Sarah se posent sur un vêtement de l'Angelot. Pas les siens. C'en est trop ! Il ne supporte pas. Il se retient de crier en imaginant ce qu'il fera dans le jardin, derrière la cabane. Avant, Sarah terminait toujours la séance de repassage par ses chaussettes à lui, beiges, rayées de rouge, il avait le droit de courir cueillir un baiser. Maintenant, elle sourit béatement, refait les mêmes gestes, mais pour les nippes de l'Angelot.

Trahi ! Nu !

C'est son territoire qu'on confisque. Alors fou de douleur, le Veule décide de se venger sur l'Angelot. Il ne goûtera plus la douceur du printemps, le sucré de l'été. L'hiver succédera à l'hiver... Qu'avait-il besoin de naître ? On était très bien sans lui. Il lui fera mal. Il n'a même pas peur des représailles du Bon Dieu de Génie. Il s'en fout, sauf les soirs d'orage. Là, vraiment il a peur. Sinon Dieu, c'est uniquement pour les vieilles femmes. De Dieu il en parle avec le copain Momo, souvent d'accord lui, mais avec cependant quelques réserves.

— J'y crois pas toujours, mais je préfère quand même faire gaffe, « Le Bon Dieu, faut pas trop le chatouiller, dit Pépé, il pourrait se venger... »

C'est justement ce qui réjouit Gilles : chatouiller Dieu. Faire la nique au Bon Dieu de Génie, rien que pour embêter tous ceux du Domaine. Alors quand il « manigance » avec l'Angelot, là, c'est sûr, il gagne sur Dieu. Un jour, Gilles brisera à jamais cet Angelot que le curé a baptisé Gabriel. Il n'en restera rien, rien de rien... Promis, juré, craché. Aussi sûr que sa mère ne sera qu'à lui. Et qu'il pourra la contempler perdue dans la musique, sans avoir à la partager. Gilles aime voir sa mère drapée dans les crescendos et fortissimos des symphonies écoutées sur Radio Sarrebruck — en cachette de Génie —, avant de s'offrir à leur caresse les yeux fermés. Mais il aime surtout voir sa mère s'asseoir devant le piano. C'est un moment unique, magique, il tente d'imprimer à son cœur le rythme de celui de sa mère, dont il perçoit les battements sous le fin corsage, quand les doigts de Sarah courent sur le clavier. Du bout des doigts, Sarah implore la réponse du violon qui se fait désirer puisque ni Moshe, le frère de Sarah, ni Auguste, son mari, ne sont là pour jouer avec elle comme autrefois pendant son enfance alsacienne chez les Schüller. Au piano, Sarah irradie de bonheur, et Gilles se dit qu'il est le seul à connaître ses pommettes empourprées, ses lèvres palpitantes et ses yeux mi-clos. Une femme si belle a le droit d'aimer la musique. Il s'indigne des remarques de Génie et du silence d'Auguste. Secrètement, il se demande si son père sait encore faire chanter le corps de sa mère et l'inonder de soleil. Y songer l'électrise de partout. Et si le Bon Dieu de sa grand-mère n'est pas content de ses pensées, qu'il aille au diable avec elle.

Surtout, quand elle décide d'aller au cimetière sur la tombe de Léonce, son mari.

Le Veule a remarqué que Génie a sorti son vélo de la remise et fixé le siège d'enfant sur le porte-bagages. Elle va emmener l'Angelot avec elle au cimetière. Et lui, pourra rester avec Sarah, sa mère. Elle sera à lui.

Elle est à lui. Rien qu'à lui, puisqu'il vient de décider de rester avec elle.

— Gilles, ce n'est pas gentil de refuser ton aide à ta grand-mère. Qui portera l'eau pour arroser les fleurs sur la tombe du grand-père ?

S'il ne se retenait pas, il crierait à sa mère qu'il s'en fout du grand-père Léonce enterré depuis 1919 et dont il ne doit rien rester. Tout le monde sait bien que la terre est une ogresse. Les vers creusent, font des trous dans les cercueils, vrillent le bois et les corps. Et quand tout n'est plus qu'une fine dentelle, les fourmis font le reste. M. Boulin, l'instituteur de l'école Victor-Hugo, l'a bien dit. Le cimetière, le souvenir, c'est rien que des idées de vieilles femmes qui s'ennuient. Sûr que Génie ne pense plus à son Léonce depuis belle lurette. Elle a seulement peur du qu'en-dira-t-on.

— Je veux être avec vous maman, pour toujours, comme avant.

Et de ses deux bras, Gilles tente d'enserrer sa mère par la taille.

— Grand fou !

Avec infiniment de tendresse, Sarah écarte Gilles et son regard de braise. Doit-elle, une fois encore, raconter la fin de Léonce, le mari de Génie, mort des suites de la guerre de 1914-1918 ?

— C'était un homme de cœur. Tout Rochefontaine le sait. Après sa mort, ta grand-mère Génie a été courageuse. Elle s'est consacrée à ton père et au Domaine.

Gilles a jeté un œil sur le portrait de son grand-père, en fier capitaine du 42e R.I., avant de contempler sa mère penchée sur les étoffes des uns et des autres.

— Ton grand-père a beaucoup souffert avant de mourir. Il avait respiré les gaz sur le champ de bataille, et il étouffait souvent.

Ah ! qu'elle cesse Sarah avec l'histoire de Léonce. Si ça continue, il aura droit aux prières des morts récitées par Philomène, l'arrière-grand-mère. Tout le monde venait la chercher dès que quelqu'un mourait en ce temps-là. Génie n'aime pas parler de cela. Elle est jalouse. Philomène savait mieux qu'elle. Mais à l'occasion Gilles demandera à son père. Et puis, non il en a marre des histoires de morts. Ah si c'était celle de l'Angelot ! On le trouverait mort un jour de grand froid dans la forêt, ou écrasé par un tracteur, ou au fond du puits. Tout le monde pleurerait. Lui aussi, il faudrait bien, pour Sarah. Mais en douce, il applaudirait. Rien que d'y penser, Gilles sent passer le grand frisson. C'est sûrement très mal de souhaiter la mort de son petit frère. À tous les coups, se dit-il, ça doit porter malheur.

CHAPITRE II

Charmes, fin mars 1981

Qui parle de malheur ?

Le bonheur reviendra...

C'est pour qu'il revienne que Mouche a quitté Paris avec les enfants. La maison de Charmes peut s'éveiller au printemps naissant. Mouche en a visité toutes les pièces. Peintures, papiers peints, pose d'étagères ou de tableaux. Sophie et Philippe, les deux aînés, l'ont bien aidée. Sophie semble même y avoir pris du plaisir. La fenêtre du séjour bâille sur le jardin. Le soleil frôle les rideaux fleuris. Le quetschier s'offre au regard. La grosse branche qui se tend vers le potager disparaît sous un nuage de fleurs. Mouche s'est inquiétée auprès du voisin.

— Quand les fruits vont se développer, cette belle branche risque de casser ?

La remarque fait rire le voisin

— Toutes les fleurs ne donnent pas de fruits, petite madame, c'est comme en amour, promesse ne veut pas toujours dire serment.

Mouche veut savoir, comprendre, inscrire toute chose dans sa mémoire pour continuer à écrire depuis Charmes. Les lignes devront transpirer des parfums de la terre. Ah, qu'on sente cette terre de brume ! Que les visages ressentent la gifle du vent baigné de l'essence des bruyères et de celle de la sève des sapins ! Que les corps se tendent quand l'ombre des grands arbres se fait plus courte dans le parc proche du terrain de sports non loin des Remparts, parce que le soleil ose sa chaude caresse et que les filles dénudent leurs jambes et leurs bras ! Elle veut dire tout cela, la brûlure du froid, comme la fraîcheur de la sueur qui naît à la source de la chevelure, juste au-dessus de la nuque, avant de glisser frissonnante le long du dos jusqu'aux reins, quand les filles se cachent dans les cerisiers déjà rouges sang sous l'effet du soleil.

Le voisin rit, les paumes des mains appuyées sur le manche de la fourche quand Mouche demande si tous les quetschiers sont aussi beaux de promesses que le sien.

Il ne sait pas bien. Il y a des années à fruits, à cerises, comme à prunes ou à mirabelles. D'autres pas. Mais une chose est sûre, ce quetschier-là, l'Henriette — l'ancienne propriétaire des lieux — voulait le couper. Le printemps ne venait plus à bout des engourdissements du long hiver. La sève restait endormie. Comme une petite mort qui s'installait doucereusement.

— Sûrement, affirme le voisin, heureux du jeu de mots qu'il va lui dire, vous l'aurez charmé (dans notre belle ville de Charmes). Faudrait faire pareil pour le verger de mirabelliers à La Retournée.

Mouche va d'une pièce à l'autre dans l'ancienne maison rénovée où, malgré l'ardeur du soleil printanier, l'odeur des peintures nouvelles se mêle à celle des ans et à un reste de fraîcheur hivernale. Où poser son regard ? À l'intérieur ou à l'extérieur de la maison ? Le jardin l'attire. Les promesses de la terre nourrissent sa rêverie. Le vert des pousses tendres fait comme un ruban. De quoi baisser et fermer les paupières pour éviter quelques éclairs d'argent. C'est la Seine, ses quais et ses ponts qui dansent devant elle et font écran. Mouche se ressaisit.

— Ici tout commence. Ici, avec les enfants, nous écrirons le bonheur.

Elle veut y croire.

Charmes est une modeste bourgade vosgienne qui peut s'enorgueillir d'avoir régulièrement participé à l'histoire au cours des siècles. Princes, seigneurs, artistes sont venus, ont fait escale. Les musées témoignent, les pierres aussi puisque les guerres et leurs cortèges de maux ont couché les hommes parmi les ruines, les champs et les forêts. Ceux qui ont survécu ont appris à taire leurs larmes. Avec courage, en 1919 et au lendemain de 1945, comme leurs ancêtres l'avaient fait après l'occupation prussienne de 1870, ils ont reconstruit, souvent avec les moyens du bord. Il suffit de regarder l'église Saint-Nicolas pour comprendre les impossibles mariages des pierres d'hier et d'aujourd'hui. L'église Saint-Nicolas, dont certaines parties datent des XVe et XVIe siècles, a dû s'arranger d'un clocher résolument moderne. Mais qui oserait émettre une critique ? Cette église est le signe des souffrances endurées, parfois jusqu'au martyre.

Aujourd'hui, Mouche est incapable de dire le pourquoi de sa fuite. Il y avait urgence. C'était une question de vie ou de mort. Pourquoi a-t-elle choisi de s'arrêter à Charmes ? Parce que Charmes est le berceau de la famille de sa grand-mère ? S'y fixera-t-elle ? Charmes s'impose à elle, tel un lieu de retraite, de silence et de solitude pour une âme éperdue.

À Paris, Mouche s'épuisait.

Ici, le temps s'écoule lentement. C'est le lieu de tous les possibles. Celui où le souffle s'agrandit, où le corps et l'âme s'apaisent. Inutile de se battre contre l'horloge et d'invisibles ennemis qu'il faut tenir à distance. S'arrêter, pousser une porte. Regarder jusqu'à la contemplation avant de frôler et saisir la vie dans une étreinte teintée d'ivresse. La vie simple, naturelle comme la pluie qui tombe sur la terre asséchée.

Que sait-on des saisons à Paris, où tout est poudre et paillettes ? On se doit d'avoir vu, lu. Il faut avoir vibré pour... On pâlit d'envie devant des choses inutiles, on se crée des besoins, on a des exigences qui finissent par tuer le rêve à force de le rendre trop vite accessible.

Qui dira le charme de la province, de ses attentes irriguant le désir jusqu'à l'éclosion du plaisir, d'où s'échappent de subtiles senteurs ? Vivre au rythme des saisons, les guetter, s'y préparer en se racontant des histoires. Les citadins peuvent-ils imaginer ces soirées estivales quand les villageois se rassemblent sur des bancs adossés aux maisons en quête de fraîcheur nocturne ? C'est l'instant où l'on regarde les étoiles s'allumer dans le ciel. Alors vient le temps de la parole et des secrets. L'hiver, c'est autour de la grande table que l'on se presse pour fouiller tendrement les mémoires afin d'embrasser ceux qui ne sont plus. On veille sur les souvenirs, comme sur le feu qui ne doit pas s'éteindre, car il éclaire autant les cœurs qu'il chauffe les corps. Une lettre relue, une photo contemplée, et revivent les amours passées. Ainsi deviennent-elles éternelles en montrant leur chemin aux jeunes générations. Et l'on se raconte, une fois encore, l'histoire de Georges et de Rachel, qui voulaient se marier malgré l'opposition des familles, ou celle de la farouche Hortense qui préféra le couvent puisque Georges l'avait dédaignée au profit de Rachel. On marche avec le souvenir des chers disparus jusque dans la forêt proche. Les lieux qui les ont accueillis demeurent imprégnés de leur présence. Un craquement de feuilles, un oisillon qui appelle sa mère, un fourré tremblant où se terre quelque lapereau, tout dit à celui qui reste : « Je te donne ce lieu connu, étreint et aimé de moi. Souviens-t'en, et fais de même. »

En songeant à Hortense, Georges et Rachel, et à tous ceux de Charmes, Mouche sait bien qu'elle est venue les retrouver. Elle a l'envie de renouer avec eux. Elle le dit à sa grand-mère quand elle lui rend visite chez les religieuses de la rue des Quatre-Églises à Nancy. Elle sait le bonheur de Marguerite de la savoir toute proche.

— Tu es revenue ma princesse, comme je suis contente !

Les visites sont brèves. Marguerite est âgée et bien vite fatiguée.

— Tu viendras me chercher aux beaux jours, je voudrais voir ta maison, rien qu'une fois. Promis princesse ?

— Promis grand-mère, mais il faut que tu retrouves tes forces, que tu prennes tes médicaments et que tu manges.

— Ah ! ma petite-fille, mes vingt ans sont si loin !

Le fil qui relie Marguerite à la vie est bien mince. Son cœur flanche souvent. Pourtant, le médecin a noté une nette amélioration à son état. Le retour de Mouche n'y est sans doute pas étranger.

Pour la première fois, une vague de bonheur tente l'assaut. Mouche est presque heureuse. Au fond de la cuisine, une petite porte s'ouvre sur le jardin. Et si, de cette porte pleine, Mouche faisait une porte-fenêtre ? L'idée dessine un sourire sur ses lèvres. Ainsi, quand elle lavera la vaisselle, ou épluchera les légumes, elle contemplera le potager, veillera sur les laitues afin de les cueillir avant leur montée en fleurs. Demain, elle ira voir André Boscher, le menuisier installé à la sortie de la ville vers la colline du Haut-du-Mont. Il faudra le presser un peu. Elle a hâte de faire entrer le potager jusque dans la cuisine.

Mais que lui arrive-t-il ?

Elle ne se reconnaît plus.

Ainsi donc, ce désir de faire et d'entreprendre, qu'elle croyait éteint à jamais, lui revient. En quittant Paris pour s'installer à Charmes, Mouche ne voulait plus rien pour elle-même, sauf sauver les enfants, s'il en était encore temps. Et trouver une terre, la faire sienne, la préparer, pour les épousailles éternelles. Rejoindre un jour Jeannot, Henri, La Toche. Charmes est le lieu de Marguerite, mais c'est aussi l'histoire d'une tragédie. Combien de fois a-t-on ouvert l'album de famille pour évoquer l'héroïsme des cousins qui se sacrifièrent pour sauver les petites sœurs et la ferme familiale ? À Charmes, on sait le prix de la vie. Est-ce ce salaire-là qu'est venue percevoir Mouche ?

Mouche a donc envie de vivre, puisqu'elle fait des projets ? Le printemps vosgien qui s'installe apprivoise peu à peu Mouche, trop souvent encore emportée jusqu'à Paris, quand trop de questions surgissent et qu'elle cherche l'instant où tout a basculé.

⁂

On ne sait pas comment les idées naissent dans la tête et le cœur des êtres. Elles viennent, s'incrustent. On n'y prend pas assez garde. On se laisse happer, saisir par ce qu'on croit être la vie. Il y eut ce soir d'automne. C'était en 1977. Les arbres de la rue des Pyrénées avaient pris leur plus belle parure d'automne. Mais Mouche n'a rien vu de tout cela quand elle a failli se jeter du cinquième étage. Comme ça, sans motif apparent. La fatigue, les soucis ?

Qui n'a pas de soucis ?

Ceux de Mouche étaient-ils si lourds à porter ?

Entre les pieds de nez à la vie de Sophie, sa fille, qui survivait en ne mangeant que des miettes, les disputes des autres enfants et les absences d'un mari toujours à l'autre bout du monde, Mouche s'était épuisée. S'il n'y avait eu que cela...

Elle fouille sa tête, sonde son cœur. Cet appel au néant. C'est là, dans sa tête. De son index elle se frappe le front pour retrouver le geste de Marguerite, sa grand-mère, quand elle surprenait la tristesse de l'enfant.

Qu'aurait dit Marguerite en ce soir d'automne ?

— Princesse, ça ne va pas la tête ?

Le bord de la fenêtre était un moyen comme un autre d'échapper à ce qui n'allait pas ou n'allait plus. Sauf qu'aucun retour n'était possible. Dans ce cas, qui pourrait aider Sophie ou l'éternel absent ? Mouche craquait. Pour ne pas sauter, pour échapper à cette immense brûlure, elle a couru dans les rues, jusque sur les quais, les mains appuyées de toutes ses forces sur ses tempes.

Le sauvetage de Sophie passait par elle, la mère. Et celui de la mère par cet homme occupé dans les îles du Pacifique. Enfin, pas tout à fait, car le sauvetage de cet homme passe aussi par elle. Mouche a d'autant compris la leçon qu'elle n'est pas encore parvenue à l'appliquer.

C'est ainsi qu'en désespoir de cause elle a poussé la porte de Brigitte — « On verrait bien » — pour s'allonger sur le divan. Elle a mis le doigt sur les fêlures de l'être comme sur les vilaines cicatrices d'anciennes plaies qui attendent la première occasion venue pour se rouvrir. Sous la peau, la douleur est seulement contenue, parce que le mal n'a jamais été combattu.

— Il vous faudra du courage, avait dit Brigitte.

Elle en aurait.

— Si ce n'est pas pour moi, ce sera pour eux, pour les enfants. Pour lui, peut-être ? avait-elle dit d'une voix sourde.

Du courage.

Elle en a eu.

Elle a entamé une course de fond sans en connaître les règles. Jusque-là, elle n'avait connu que l'élan du sprinter. Au fil des séances chez Brigitte, Mouche est entrée dans l'histoire de l'Angelot du Domaine de Rochefontaine. Elle ne voulait pas. Elle n'était pas venue pour ça. D'ailleurs elle savait encore peu de choses à l'époque. Mais comment faire l'économie d'une histoire tragique qui a partie liée avec la sienne et celle de leurs enfants ? Si le divan de Brigitte a parfois accueilli une jeune femme brisée, ce fut pour en faire naître une autre. Mouche avait décidé d'en finir avec cette histoire de laideur qui s'était jouée à Rochefontaine, non loin de Nancy*. Peu à peu l'idée de punir le Veule s'est imposée à Mouche. Elle en fit le serment un jour d'errance le long des quais entre Concorde et le pont de l'Alma alors que le soleil l'éblouissait en jetant ses rayons sur les eaux de la Seine.

Aujourd'hui, Mouche sait qu'elle doit à ce serment fou d'être encore en vie, fière et farouche. Elle n'a qu'une crainte : que la haine l'emporte sur l'amour. Mouche se sent capable du pire. Aucune punition ne peut être à la hauteur des outrages infligés à l'enfance... Même la mort dans certains cas est trop douce pour un Veule. Alors Mouche prie Dieu, s'il existe, de l'écarter de la ven-

* Une quinzaine de kilomètres sépare le Domaine de Nancy.

geance. Mais quand elle se sent irriguée de sagesse, elle s'adresse aux anges du malheur : donnez-moi juste ce qu'il faut de colère pour agir, dénoncer, terrasser cette laideur ! Trop souvent le silence est complice du mal. Voilà pourquoi, sur chaque page de son agenda, elle a écrit en grandes lettres : « Vivre pour punir le Veule, tout en se gardant du pire. »

***

Parfois Mouche voudrait pleurer. Mais elle ne peut plus, elle ne sait plus depuis longtemps. Elle s'en est ouverte à Brigitte.

— Tout reviendra quand *le travail* sera terminé et quand vous aurez décidé de vous abandonner.

Elle se souvient de ses allers et retours entre la rue des Pyrénées et la rue de Rennes. Une grande pièce tendue de bleu. Un canapé de cuir blanc cassé. Un coussin de laine à losanges noirs et gris pour y poser sa tête. Et cette idée qu'elle chasse, pour se rassurer.

— Je ne suis pas folle, je ne viens que pour sauver Sophie... et l'éternel absent, s'il n'est pas trop tard.

Elle ne voulait pas parler d'elle, mais les mots sont venus à son insu. Une histoire a rencontré une autre histoire pour en faire naître de nouvelles. Quand tout se brouille et s'embrouille, il faut alors remonter le temps, jusqu'au tressaillement originel où sourd l'inconscient. C'est bien pour retrouver ce tressaillement que Mouche a décidé de se tourner vers Charmes.

Charmes, c'est un ailleurs inscrit dans une autre histoire, celle de Marguerite, sa grand-mère, celle de Blanche, sa mère — dont peut-être Mouche héritera... Faut-il donc aussi creuser la terre pour comprendre ? Elle a dû s'égarer, car elle a perçu la désapprobation de Brigitte. Du moins, il lui a semblé entendre Brigitte respirer un peu fort dans son dos. Mouche n'attendait que cela pour se fâcher avec elle, pour lui jeter ce trop-plein de vide qui l'enserre.

— Je pars, vous me cassez les pieds, je suis fatiguée. Pour tout vous dire, j'en ai marre. Vous ne m'aidez pas. Vous regardez votre montre et ouvrez votre tiroir-caisse. Moi, je cherche ma terre. J'irai à Charmes, les enfants retrouveront ainsi leur famille.

Mouche s'interroge encore sur une telle conduite et sur la réaction de Brigitte, impassible. Toujours attentive, sereine, lumineuse et mystérieuse à la fois.

— À sa place, j'aurais claqué ma patiente.

Le silence de Brigitte lui a pourtant fait l'effet d'une paire de gifles. Mouche a dit : « Je pars », mais sans bouger du canapé. Avec quelle tranquille assurance Brigitte a rompu le silence de la grande pièce. Douceur et fermeté à la fois.

— Vous fuyez Mouche. Charmes est le lieu de Marguerite, pas le vôtre, pas encore. Vous croyez entendre l'appel de cette terre. Vous êtes-vous interrogée ? Êtes-vous prête à le recevoir ? Vous vous donnez de faux prétextes en invoquant les enfants à sauver. Charmes n'est rien d'autre, pour l'instant, qu'une manière différente de sauter du cinquième.

⁂

Mouche ne veut plus penser. Ces réminiscences la déchirent. Il faut laisser Paris et le cabinet de Brigitte. Elle est à Charmes. Et si elle poursuit, c'est Brigitte qui aura raison. Mouche risque de tout mélanger. Sa quête personnelle et existentielle, l'histoire de ses proches, celle de Marguerite, de Blanche et celle des enfants.

Disparaître, n'est-ce pas la seule issue convenable ? Sans le serment concernant le Veule, Mouche serait déjà au royaume des ombres. En quittant Paris, sans laisser d'adresse, sauf à la maison d'édition qui l'emploie, elle a mis des distances. Figure-t-elle encore dans les carnets d'adresses de certaines relations professionnelles et amicales ? Peu à peu, elle s'efface de la vie des autres et assiste en spectatrice fascinée à sa propre disparition. Elle ne s'en irrite pas. Elle est soulagée. Que peut-elle espérer de mieux après l'échec de sa vie affective ?

D'où la surprise de Mouche en ressentant la vigueur du printemps. Elle se sent poignée de terre, d'une terre gourmande de la sève qui monte et irrigue les plantes après les froidures. Comme si le jour se levait après la nuit. Et si Brigitte s'était trompée ? Et si la fuite de Mouche débouchait sur autre chose ? Est-ce l'effet de ce printemps vosgien ? Grand séducteur et maître de vie, il est la source de ce chant nouveau. C'est lui qui souffle les rêves et esquisse le bel été. Mouche avait oublié les caresses et l'étreinte du vent, le frôlement de la nature impatiente. Dans quel vain combat avait-elle fatigué son âme ?

Sur le divan de Brigitte, elle s'est faite Pénélope, tricotant et détricotant sa vie pour retrouver le fil, remonter le temps. Être à Charmes n'est pas sot. Tout commence là, c'est évident. En tout cas, en ce printemps, c'est le seul lieu permettant à Mouche de risquer son regard au-delà des lignes que tracent les sapins et les hêtres agrippés aux vallons. Enfin, peut-être, car elle n'est sûre de rien. Elle a le cœur battant, c'est tout. Elle peut évoquer Marguerite, sa grand-mère, avec calme et sérénité, comme songer à Blanche, son impossible mère. Une filiation douloureuse pour Mouche, dont le mariage ne l'a pas guérie. Elle ne savait pas, en ce temps-là, qu'à Rochefontaine un feu couvait sous la cendre.

Mouche respire le printemps vosgien. Charmes est bien ce lieu de vie qui rassemble les enfants autour d'elle. Ils ont besoin d'elle. C'est si bon de mesurer l'attente, l'espoir dans le regard des proches. Elle en éprouve un petit pincement au cœur qui n'a rien de désagréable. Le fond de l'air a quelque chose de magique, ou de miraculeux.

— Je vis un jour exceptionnel, se dit-elle.

Et elle songe au père Étienne, le jésuite ami de Paul, son beau-frère. Le père Étienne a souvent deviné Mouche au-delà des mots prononcés. À plusieurs reprises, il l'a mise en garde contre la colère. La connaître, être lucide, n'est pas l'autorisation d'y céder. Car la colère est trompeuse, mange les vraies forces. Elle conduit à la haine dont elle est la servante.

— Il a raison, mais il n'a jamais tout su.

Mouche a tu sa solitude et ses révoltes, comme elle tait encore aujourd'hui les nuits où le désespoir la frôle. Faire silence, rester droite. Demeurer digne pour les enfants, sourire. Marguerite peut être fière, Mouche a mis à profit les leçons données.

— C'est dans le silence que se livrent les grandes batailles. Sois grande, forte, redresse la tête. Pense que tu es une princesse. Ma princesse...

— Oui, grand-mère, mais Blanche, maman ?

— Ta mère est ta mère avec des qualités et des défauts. En général, les êtres humains s'arrangent pour ne montrer que leurs qualités. Ta mère se moque des convenances. Elle prend un malin plaisir à exhiber ses défauts. Elle s'en pare, joue à la coquette. Les défauts de ta mère ne sont pas les tiens. Ils ne doivent pas empêcher tes qualités d'éclore et de te faire belle. Allons, princesse, ajoutait-elle en caressant affectueusement sa chevelure, tes yeux me disent que tu feras de grandes et belles choses.

Mouche n'a jamais oublié les leçons de Marguerite, sans doute avaient-elles été données à Blanche en leur temps, mais sans résultat apparent. Mouche se souvient avoir autant admiré que détesté cette mère qui refusait d'être appelée maman par son unique fille.

Adolescente, elle a hésité entre l'envie d'être une sainte femme comme Marguerite, ou celle de marcher sur les pas de Blanche. Être jolie, courtisée, étreindre la vie avec gloutonnerie est très agréable. Encore un peu et Mouche était aspirée par le même tourbillon que Blanche.

— Princesse, tu vas hélas lui ressembler, et me briser le cœur.

Alors Mouche a mis des distances entre sa mère et elle. Afin de vivre le moins mal possible, Mouche se force à la bonté, prend Marguerite comme modèle, mais Blanche reste sa mère, son impossible mère.

⁂

Maintenant, Mouche en est presque sûre. Elle est d'abord venue s'installer à Charmes, pour comprendre cette histoire de laideur. Tout son corps vibre à cette pensée, à cause de l'enfant du jardin. À cause des meurtres silencieux. Combien de temps faudra-t-il ? Mouche se jure de le prendre ce temps, quitte à le voler à Dieu, qui, lui, ne mesure pas le sien à l'aune des horloges humaines.

⁂

Mouche guette le retour des enfants. Le goûter est prêt sur la table de la cuisine. Elle a sorti les confitures, le chocolat. La couronne de pain, pétrie en fin de matinée, attend d'être rompue. La croûte, dorée à souhait, abrite une mie encore tiède. Si Renée, sa belle-sœur, pouvait la voir en cet instant, elle se moquerait gentiment. Mouche a besoin de toucher la matière, la farine, la terre, comme la laine. Des plaisirs simples, vrais, et qui parent les souvenirs de dentelles.

Les enfants se souviendront-ils de leur enfance, de l'odeur du pain qui cuit et de celle des confitures que l'on écume dans les immenses bassines de cuivre ?

Ils sont rentrés affamés et joyeux. Pierre s'est jeté sur le pain. Philippe sur la tablette de chocolat, et Clairette a plongé goulûment les doigts dans le pot de confiture de groseilles. Mouche n'a pas eu envie de se fâcher. Elle a même ri. Philippe a investi la salle à manger. Son besoin d'espace pour réfléchir au sens de la vie, à l'agir et au paraître. Il y a de la dissertation dans l'air. Philippe parle beaucoup. Il s'inquiète de la santé de sa mère. N'est-elle pas déçue de vivre ici, aux portes des Vosges ? Paris, c'est la culture. Et Philippe, aime-t-il Charmes ?

— Moi, je m'adapte, les grands espaces me conviennent. J'ai hérité des ancêtres.

Il aime travailler à proximité de Mouche. Il vient s'installer sur la table de la cuisine si sa mère est occupée à la préparation du repas. Une intimité très appréciée pendant que les jumeaux ont rejoint leurs copains. Philippe rêvasse le nez en l'air.

— Alors, cette dissertation ? interroge Mouche.

Philippe a pris son regard de velours pour murmurer dans le creux de l'oreille de sa mère :

— Ma mère est une sorcière. Elle devine tout.

La maison de Charmes laisse seulement échapper le bruit mouillé que fait Philippe en suçotant sa pointe Bic.

— La panne, maman. Pas d'idée. « On ne voit bien qu'avec le cœur. » Je suis d'accord, mais je n'ai pas de quoi transpirer sur quatre pages de copie.

Mouche rit. Elle conseille de relire *Le Petit Prince* de Saint-Exupéry. Philippe doit d'abord chercher seul avant d'appeler au secours.

— J'ai une idée ! Sophie ne va pas tarder à rentrer. Elle a sûrement planché là-dessus.

Mouche est sceptique.

Sophie sera-t-elle de bonne humeur ? Elle n'a pas vraiment apprécié ce déménagement. Elle déteste la province en général, et la campagne en particulier. Paris lui manque. Elle ne parvient pas à détester sa mère, alors elle se contente d'en vouloir à la terre entière. Elle a prévenu :

— Je ne moisirai pas dans ce trou.

Elle partira. Un refrain connu, et que les jumeaux reprennent sur tous les tons de la gamme.

— Sophie va se casser à sa majorité, tralalalalère, tralalalalère...

Or, Sophie sera majeure le lendemain de Noël.

***

Il faudrait préparer le repas du soir, mais le spectacle de la rue où jouent des enfants retient l'attention de Mouche jusqu'à la fascination. Damien, le petit voisin âgé de quatre ans, pédale fièrement sur son nouveau vélo. Depuis peu, il tient en équilibre sans les stabilisateurs. Quelle fierté dans son regard ! C'est alors que le grand frère, âgé d'une dizaine d'années, le rejoint, le bouscule et s'empare du vélo. Une authentique détresse secoue l'enfant qui s'est réfugié contre la haie de thuyas. Une scène banale, mais qui renvoie à une autre scène, dont Mouche ne peut se défaire.

Ce n'est plus Damien qui pleure, c'est l'enfant du Domaine de Rochefontaine, désespéré devant sa trottinette brisée.

Rochefontaine, février 1949

C'est un petit garçon de cinq ans qui vient de recevoir une trottinette de Marie, sa marraine de Sedan. La trottinette est rouge. Elle est équipée de solides roues à rayons habillées de pneus du plus beau noir. Sur la plateforme où l'on pose les pieds, il y a une pédale, et sur le guidon, une sonnette.

C'est un jeudi de février éclairé d'un rayon de soleil trop frêle et trop timide pour venir à bout des gelées nocturnes. L'air est vif, piquant. L'enfant est heureux, la grande sœur a promis de lui apprendre à faire de la trottinette.

— On va aller essayer la trottinette de ta marraine.

La grande sœur explique :

— C'est très amusant. Il faut pousser fort sur une jambe, tenir le guidon et se lancer, comme ta cousine Pauline ou le Riquet du-pont-de-l'Écluse, le copain de Momo et de Gilles.

L'enfant a les yeux qui brillent de plaisir, et ses petites mains viennent juste de se poser sur le guidon. Depuis la barrière du jardin, la grande sœur l'encourage, quand surgit le Veule :

— Attends l'Angelot, je vais te montrer !

Combien de fois va-t-il pousser sur le jouet de l'enfant jusqu'à la petite mercerie distante de trois cents mètres ? Au passage, il rencontre Momo, l'invite à se joindre à lui. Et l'autre se hisse sur la trottinette en s'accrochant au pantalon du Veule. Transformée en bolide sous le poids des deux garnements, la trottinette dévale la rue en pente sous les cris de « hue cocotte ! » Et l'on rit sans se soucier de l'enfant qui attend. Quand le Veule s'éloigne trop, l'enfant s'assied sur le rebord du trottoir. Quand il le voit revenir, il se lève, tend ses petits bras en toute innocence, pensant récupérer son jouet.

La grande sœur a tourné les talons, pour remonter l'allée principale bordée de troènes taillés très court. Dans la grande cuisine, Génie, la grand-mère, a besoin d'elle pour préparer la soupe du soir. Personne ne saura l'attente de l'enfant, encore moins son chagrin.

Les yeux pleins de larmes, il ne voit plus le bout de la rue. Il ne cherche même plus à se relever, et pourtant le Veule et Momo reviennent. C'est étrange, ils ne sont pas sur la trottinette. Ils tiennent quelque chose dans les mains. L'enfant renifle, anéanti.

— Ben faut pas pleurer, la voilà ta trottinette, t'en as même deux, lance le Veule.

— Regrette pas, reprend Momo, c'est une saleté de trottinette, elle nous a fait tomber. Un de ces « gadins » ! Tiens, regarde mon froc. Ça va être la fête à mon mignon petit cul !

Momo est reparti. Le Veule se penche vers l'enfant :

— Si tu l'ouvres, l'Angelot...

Il ne dira rien. Il ne dit jamais rien. Parfois la douleur gonfle son cœur jusqu'à n'en plus pouvoir. Ça fait comme un gros ballon qui s'enfle et qui empêche l'air de passer. Peut-être qu'un jour sa poitrine va exploser à force de tout garder.

Il y a des jours où il ne peut plus avaler. On appelle le docteur, car la fièvre lui vient, secoue son petit corps. Ô jours heureux de maladie qui font que sa mère l'installe à proximité de la chambre conjugale pour lui donner à boire, l'entendre s'il appelle ! Ô jours heureux de maladie qui le soustraient aux jeux du Veule à qui le jardin ne suffit plus, et qui le poursuit jusque dans la maison.

⁂

Le doute n'est plus permis. Mouche sait désormais qu'en quittant Paris elle cherchait non seulement *la terre de ses morts* (elle demande pardon à Barrès, si elle n'apprécie pas ses idées, elle trouve l'expression très juste pour évoquer la terre de Lorraine), mais le moyen d'aller jusqu'au bout de son serment. La proximité de Rochefontaine lui fait pressentir un proche dénouement. C'est lucidement que Mouche analyse la situation. Elle ne veut pas provoquer d'inutiles souffrances. Seulement dénouer l'inextricable pour que revienne la paix, afin d'écrire avec les enfants une page de vrai bonheur.

Chez Brigitte, Mouche a plongé dans la nuit. Elle s'est battue sur tous les fronts. L'époux absent. Elle-même, sans vraiment comprendre. Restait le sauvetage de Sophie dévorée par l'anorexie. La mère a eu faim de ce que sa fille refusait. Son image. L'épreuve du miroir est souvent douloureuse. Chacune se mirait dans l'autre. Qui, de la mère ou de la fille, oserait le briser la première afin de passer de l'autre côté ? Sophie n'en avait plus la force. Elle s'était enfermée dans une tour afin de ne plus jamais entendre vanter le charme des rondeurs, dont on disait qu'elles lui iraient si bien si elle consentait à se nourrir. Dodue, potelée ! Et quoi encore ! Des mots meurtriers, à bannir pour les siècles des siècles. Enfin quoi, Sophie n'est pas une bête de boucherie prête à être consommée ! Elle est toujours indignée quand elle entend des adultes se pencher sur un bébé et s'exclamer, béats d'admiration :

— Il est mignon à croquer !

Tous des goinfres, des anthropophages !

Est-ce la raison pour laquelle la nourriture ne l'a jamais beaucoup intéressée ? Combien de jeux et de grimaces pour qu'elle consente, petite, à ouvrir la bouche à l'approche de la cuillère ? Quand elle réalisa comment « on faisait la viande » qui se trouvait dans les assiettes, elle refusa tous les plats carnés. Elle suspecta tous les plats inconnus, par crainte de manger une poule ou son petit, des lapins, des veaux et des moutons. Elle aimait trop les animaux. Enfant, Sophie acceptait les légumes, un peu de laitage et du pain. L'année de ses dix ans, elle refusa de passer à table. Du temps perdu. Elle préférait lire, dessiner. Elle grignotait entre les repas. À ces périodes de grand jeûne succédaient des fringales subites. Alors, elle dévorait des paquets entiers de biscuits, Mouche s'en réjouissait. « C'était toujours cela de pris. » Qui sut que Sophie commençait à se faire vomir ?

Vers treize ans tout a basculé. D'abord, elle n'a plus réussi à fermer une petite jupe étroite. Ses frères grandissaient et se moquaient.

— Elle a du cul Sophie, et des nénés aussi.

Des rondeurs normales qui devaient ajouter un peu de grâce à la gamine au regard de chat écorché. Elle devenait plutôt jolie. Elle ne voulait pas habiter un corps qui refusait d'entrer dans les vêtements aimés de l'enfance. Elle ne voulait plus entendre les sottes réflexions des adultes sur son passage.

— Elle va être bien roulée la môme. Voilà qui nourrira son homme !

Tous les mêmes ces adultes, des chiens qui ne songent qu'à manger, à la dévorer. Des voraces ! Être adulte se résume donc à vivre pour manger ? Mais pour manger, il faut tuer ? Sophie ne voulait être ni l'assassin, ni la victime. Elle détestait les charmantes rondeurs qui s'agrippaient, malgré elle, à son torse et à ses hanches et lui donnaient le droit d'entrer dans le monde des adultes. Surtout ne pas grandir, ne pas grossir, ne pas leur ressembler. Elle ne voulait pas être mignonne à croquer. Jamais, plutôt mourir.

Où donc était la petite chérie de sa maman et de Marguerite, son arrière-grand-mère maternelle ?

Alors que Mouche se dirige vers la cuisine, c'est le souvenir de l'enfant aux joues creuses, au teint cireux qui lui revient. À mesure que Sophie perdait du poids, un étrange silence s'installait entre ses parents. Les médecins insistaient pour que la famille s'orientât vers une thérapie familiale. Le mari n'y tenait pas. Mouche était à bout. En finir avec la vie était peut-être la porte de sortie. Pousser celle de Brigitte devenait alors une alternative dont elle ignorait l'issue. Peu de personnes surent ses escapades rue de Rennes. Ce fut son secret. Elle y mit toute son énergie. Des petits boulots, allant de la distribution de prospectus aux heures de ménage, et jusqu'aux lectures de manuscrits pornographiques pour une maison d'édition. C'est en voulant forcer la bête qui rongeait sa fille à abandonner la partie qu'elle eut la révélation de sa propre faiblesse.

— Responsable, disait Brigitte.

— Coupable alors ?

— Responsable, c'est bien suffisant, reprenait Brigitte, mais Sophie doit regarder son propre mal, et son père le sien.

Mouche détournait la conversation quand était prononcé le mot « père ». Cette blessure-là ne regardait qu'elle. Pour oublier, elle se jetait à corps perdu dans le travail. Ainsi, elle ne pensait pas aux adieux si éprouvants que le chef de famille renouvelait régulièrement en partant pour de longs séjours à l'étranger, à Mururoa et dans les îles. De toute évidence, ces départs préparaient une rupture qui surviendrait forcément un jour ou l'autre.

— Cette fois tout est dit, il ne reviendra plus.

Et la course reprenait. Et Sophie disparaissait.

Et ce père absent réapparaissait pourtant, l'air toujours plus absent. Une valise se posait dans une entrée, un lit se défaisait. Deux corps s'y allongeaient, mais ne se rejoignaient plus depuis longtemps. Après le temps des additions et des multiplications venait celui des divisions. Chaque voyage, chaque séjour distendait les liens, effaçait les traces de l'amour. Mais cet amour avait-il existé ou avait-il seulement été rêvé ?

Il arrivait aussi à Mouche d'avoir l'impression de marcher vers l'échafaud quand elle courait chez Brigitte. Elle savait bien qu'à vouloir tout comprendre, tout expliquer du conscient et de l'inconscient, on porte quelques coups. Trop tard pour le couple ? Et pour elle ? Elle n'avait pas d'idée là-dessus. Il y avait les enfants. Il y avait Sophie. Elle voulait les sauver.

Depuis la station de métro Saint-Placide, elle avalait les mètres jusqu'à la rue de Rennes en répétant :

— J'y vais pour Sophie, pour la sauver, elle et les autres aussi, avant qu'il soit trop tard.

Rien de ce qu'elle avait imaginé ne s'est passé. Comment se fait-il qu'elle, la secrète, la taiseuse, celle qui ne voulait que penser aux autres, se soit mise à parler d'elle ? Est-elle cette mère monstrueuse, captatrice ? Castratrice ? Oh non, pas cela ! Elle a donc osé oublier Sophie. Le pourquoi de la porte poussée. L'ombre de Sophie rôdait pourtant, se précisait quand un mot s'échappait. Brigitte, qui se manifestait peu, croisait ou décroisait ses jambes. Naissait alors un imperceptible souffle d'air, et ce seul souffle, dans le silence d'une âme qui cherche sa lumière au fond des ténèbres humaines, suffisait pour qu'elle reprît son exploration.

Quand Sophie a-t-elle renoué avec la vie ? Mouche ne sait plus. Elle ne sait pas, elle n'a jamais rien noté. (Elle aurait dû.) Mais la mère et la fille ont fini par se rencontrer et se sont parlé. Sophie a même pleuré sur l'épaule de sa mère à propos d'un rien. Un rien qui ouvrait la porte d'un tout. Pour Sophie, Mouche a trouvé les mots et les gestes qui lui avaient tant manqué. Le langage est venu au secours de la gestuelle. Et quand le silence a uni la mère et la fille, il était habité.

Doucement les parfums se sont mis à tournoyer dans l'air, apprivoisant peu à peu Sophie jusqu'à habiller son corps et à caresser son âme des plaisirs de la vie. De tout petits pas. Il ne fallait pas effaroucher Sophie, ni l'éblouir trop vite.

Mère et fille ont retricoté leur vie jusqu'à réinventer la tendresse, celle qui nimbe de lumière et de beauté le moindre petit geste pour que se dissipe toute crainte, pour que le désir irrigue chaque fibre du corps qui appelle la vie. Peu à peu l'appétence a retrouvé sa place à la table de vie. Mouche l'a fleurie. La séduction oui. La suffisance non. Car elle est l'antichambre du dégoût. Sophie s'est laissée emporter, baissant peu à peu la garde.

***

Mouche vient de se souvenir que demain la classe de Clairette visitera le musée Lorrain à Nancy. Le jean préféré de la demoiselle est au lavage. Elle imagine déjà le visage fermé de l'enfant découvrant le pantalon suspendu dans la remise.

— Allons, Clairette, je le sécherai au fer si c'est nécessaire, et puis si ça n'est pas possible, tu en mettras un autre. Le monde ne s'arrêtera pas de tourner pour un jean qui n'a pas été lavé et séché en temps et en heure.

Elle rit en songeant au Domaine de Rochefontaine où Génie veillait à tout et sur tout. Une organisation sans faille. Il y avait une laveuse. Une laveuse à l'oreille attentive et à la langue bien pendue. C'est ainsi que Mouche a pu ici glaner un mot, là entendre une phrase. Il est arrivé qu'elle force la confidence pour reconstituer l'histoire de l'Angelot et du Veule, de Sarah et de Génie, d'Auguste qu'elle visite régulièrement depuis l'installation de la famille à Charmes.

Mouche assemble le puzzle souvent avec hâte, fébrilité, et agacement quand elle piétine pendant quelque temps à chercher l'élément manquant. La mort de Moshe, le frère de Sarah, fait un trou dans le puzzle. Reste Léna, son épouse. Elle sait. Les deux femmes se rencontrent. Mais depuis la mort de Moshe, Léna pleure tellement « son aimé » que sa mémoire flanche souvent.

Quant à Auguste, qui aima plus la paix que son épouse et ses enfants — cela il le confesse —, il se dérobe, s'abrite derrière un vague geste de la main ou une petite phrase.

— La vieillesse est parfois un naufrage.

Mouche n'en croit pas un mot. Un jour elle saura. Elle a remarqué combien Auguste était sensible à la maison de Charmes où elle l'invite de temps en temps. Il attend toujours avec impatience l'arrivée de Mouche. Ces jours-là, il sort son costume, sa cravate. Quand Mouche ne s'est pas manifestée à lui depuis deux semaines, il téléphone pour avoir des nouvelles. Auguste aime bien la maison et le jardin de Mouche. Il lui donne quelques conseils, puis s'asseoit sur le banc sous le quetschier. Elle l'observe. Un regard qui se perd, le front qui se plisse, le sourcil qui s'élève indiquent les mouvements de l'âme.

— J'aurais dû être plus courageux du temps de Sarah et partir comme je l'ai fait ensuite.

Auguste ne vit plus au Domaine, ce n'est plus de son âge, affirme-t-il, et puis il ne veut pas se mêler de la vie de son gendre et de sa fille qui paraissent fort bien se débrouiller sans lui.

— C'était bon pour Génie.

— C'est plus sage en effet.

— Vous croyez ?

— Peut-être, quoique... Au fond, je ne sais guère.

— Mais si, vous savez Mouche, et je vais vous dire : vous avez raison. Avec les meilleures intentions, on peut faire du mal. Génie, ma mère, n'était pas une méchante femme. Elle avait seulement un goût immodéré pour le pouvoir. Pour ne pas tomber dans ce travers, j'ai préféré m'éloigner de Rochefontaine et laisser ma fille Renée et son mari Ladislas. Chaque génération doit faire sa vie. Les vieux doivent se retirer. On ne peut pas avoir été et être encore. La roue tourne. Si j'avais ouvert les yeux à temps, Sarah serait peut-être encore de ce monde, et nous serions tous deux ici avec vous aujourd'hui. Maintenant Sarah est couchée dans le caveau familial du cimetière des Aulnes, près de ma sœur Jeanne, aux côtés de mes grands-parents : Corentin, que je n'ai pas connu, et Philomène, qui a recueilli le dernier souffle de son fils Léonce, mon père.

— Léonce, votre père, est mort des suites de la guerre de 1914 ?

— Vous savez cela ?

— Renée m'en a parlé et Louise aussi qui fut l'amie de Sarah.

— Louise... Louise Molstein ?

— Hum hum, elle-même.

— Je l'avais oubliée. Elle est donc toujours du monde ?

— Elle habite ici à Charmes où sa fille Odette est gérante d'une *Sanal** — chère Louise, bavarde, mais que Dieu lui pardonne. Elle aura fait du bien à Sarah quand Génie était trop dure.

Ce jour-là, Auguste s'est mis à parler assis sur le banc du jardin de Charmes. Il raconte à Mouche sa vie avec Sarah. La difficile cohabitation avec sa mère Génie, maîtresse du Domaine de Rochefontaine bien avant la mort de Léonce.

— J'aurais dû croire Alphonse, mon oncle de Sedan, le frère de mon père : « Tant que Génie vivra, tu ne seras jamais le maître. C'est pour cela que Victoire et moi sommes partis vivre à Sedan, le pays de Victoire. Tu sais ce qu'il m'en a coûté de me séparer de mon frère Léonce. Mais on ne pouvait pas risquer la brouille à cause de Génie. Maman (ta grand-mère Philomène) m'a donné

* Chaîne de magasins d'alimentation.

ma part d'héritage, et Victoire et moi avons pu reprendre la quincaillerie de ses parents. »

Mouche écoute Auguste entre soupirs et silences, un mot de trop et toute confidence cesse pour faire place à une conversation de routine sur le temps ou la politique. Mouche sait que Génie était fille unique, seule héritière de la ferme Jeanmaire dont les terres jouxtaient celles du Domaine.

À Rochefontaine les vieux racontent qu'à dix-sept ans Génie avait usé de son charme pour séduire Léonce que l'agriculture n'intéressait guère.

— Mon père faisait des études de droit, tandis qu'Alphonse travaillait déjà au Domaine avec Victoire qui s'entendait bien avec ma grand-mère Philomène. Et puis, Génie est venue.

Il ne peut pas tout dire à Mouche. Que sait-il réellement de sa mère qui avait jeté son dévolu sur Léonce au soir des feux de la Saint-Jean ?

Léonce fut troublé par cette jeune fille à la poitrine généreuse et aux larges hanches. M. Jeanmaire avait mis Génie en garde.

— C'est pas un gars pour toi le Léonce Vuillemot. S'ra notaire, pas fermier. Pour nous, faut un gars fort.

— Il le deviendra et, s'il ne peut pas, moi je pourrai.

On a vu Génie travailler aux côtés des saisonniers pour rencontrer les Vuillemot. On l'a vue sur les marchés, fréquenter l'église, se perdre dans d'interminables dévotions afin de plaire à Philomène. Une femme droite et pieuse. On disait :

— La demoiselle Jeanmaire, elle cherche mieux que sa condition, une vraie sainte-nitouche pour aguicher Madame Philomène Vuillemot.

— À la campagne les vieilles paysannes ont la dent dure. Et Rochefontaine n'a pas fait exception à la règle, dit Auguste. Pourtant ma mère a tenu sa place à la perfection au Domaine.

Les fiançailles eurent lieu à l'automne. Le mariage était prévu pour le printemps suivant. Mais Génie rendait Léonce fou rien qu'en l'approchant. Léonce évitait de se trouver longtemps seul en présence de l'ardente jeune fille. Génie n'était pas une journalière qu'on pouvait se risquer à déshonorer sans un mot dans les granges.

— Faut pas vous sauver Léonce, puisqu'on est promis.

Elle lui prenait les mains et les posait haut sur sa taille et dans son cou. Il n'en pouvait plus, Léonce. Une belle diablesse de femme, qui fait jaillir des torrents de feu dans les veines des hommes. Une diablesse qui vous chauffe n'importe quel lit au cœur des hivers les plus rudes. Une femme comme celles qu'on culbute et retrousse sans se poser de questions derrière les bottes de paille. Une femme qui prend plus qu'elle ne donne, tout en sachant se donner sans compter quand elle veut parvenir à ses fins. Léonce pressentait en Génie la femme capable de s'ouvrir, de l'engloutir, avant de l'emporter en des lieux où une femme honnête ne se risquait pas à l'époque. Mais qui donc avait initié Génie ? Il eut quelquefois des doutes. Et s'il n'avait pas été le premier ? Elle savait tant de choses. Il préféra ne pas avoir à répondre aux questions qui parfois l'assaillaient. Il aimait trop ces jeux de l'amour où le corps s'enivre jusqu'à la folie, jusqu'à l'abattement. Il se rappelait cet été-là, où il crut devenir fou à force de se dominer. Frôlements, petites caresses. Déjà, elle gémissait, quémandait et appelait l'homme en elle. N'y tenant plus, le feu au corps, Léonce fit avancer le mariage. Ce serait à la Noël, quand la terre est au repos. Ah oui, l'épouser pour la posséder puisqu'elle lui ouvrait les portes du plaisir. Il allait joindre l'utile à l'agréable. Ainsi fut-il. Pour l'éternité. Mais elle dura peu.

Ce jour-là, Auguste n'a rien dit de plus à Mouche. Mouche a bien essayé de s'intéresser au travail du Domaine, aux activités nouvelles. Auguste en a profité pour se lancer dans une savante tirade sur l'avenir de l'agriculture et de l'élevage. Le passé ? Non, ma fille. Il faut aller de l'avant. Elle a insisté.

— J'aime bien savoir la vie d'autrefois. J'aime quand vous racontez Génie et Sarah, et les enfants aussi.

Il secoue la tête.

— Les radotages des vieux n'intéressent pas la jeunesse, a-t-il dit en faisant ressortir une jolie fossette de jeunesse sur sa pommette gauche.

Auguste pratique l'art de l'esquive. Et quand il accepte de se souvenir, c'est souvent pour ouvrir le registre des récompenses et satisfecit. Ses enfants ont tous réussi dans la vie. Il est le plus heureux des hommes. Dieu récompense ses peines et fera de lui un centenaire. D'ailleurs, il fait tout pour cela. La vie est si belle. Que sait-il du désir de Mouche de vouloir percer le cœur d'un mystère peu glorieux ?

*
**

C'est tout de même un curieux hasard — faut-il l'appeler ainsi ? — d'avoir retrouvé Louise, l'amie de Sarah, venue vivre chez sa fille Odette, gérante de la Sanal de Charmes. Louise était la couturière de Rochefontaine. Elle habitait au-dessus de la mercerie que tenait sa tante à l'époque de Génie et de Sarah.

Aujourd'hui, malgré son âge — qu'elle dissimule par coquetterie —, Louise aide Odette à l'épicerie.

— Je n'ai pas encore l'âge de la retraite, dit-elle.

Dès sa première rencontre avec Mouche, la glace a fondu.

— Si je ne suis pas indiscrète, naturellement rien ne vous oblige à me dire, mais sur votre chèque, c'est marqué Vuillemot. Vous seriez pas parente avec ceux de Rochefontaine. Les gens du Domaine ?

Et comme Mouche acquiesce, Odette entre en trombe.

— Faut encore que tu questionnes mes clientes, maman ?

— C'est manière de… pour causer quoi…

Et comme Odette repart vers la réserve, Louise fait signe à Mouche de s'approcher :

— Pour causer tranquillement, faut venir les vendredis. C'est le jour où Odette est à Nancy. On parlera de Sarah. Chère et pauvre Sarah...

La curiosité de Mouche est mise à l'épreuve. Elle ne résiste pas :

— Dites-moi Louise, qui et comment était Sarah ?

— Non, non, pas aujourd'hui à cause d'elle... chut !

Et Louise de s'agiter, l'œil brillant, comme une petite fille heureuse du bon tour qu'elle va jouer.

— Faut pas écouter ma mère, ajoute Odette qui réapparaît les bras chargés de deux cartons. Elle pourrait vous écrire des romans sur tout et rien. Si vous lui dites ça (elle montre sa main), elle en tire ça (elle tend le bras) et toute la bonne femme y passe. Allez, c'est pas le tout, le travail doit pas manquer avec quatre enfants et un mari toujours absent.

— C'est ce que je pensais, s'exclame Louise pas décidée à attendre vendredi, vous avez quatre enfants ! Comme Sarah. Sarah s'en occupait parfaitement. Paul, l'aîné, est un monsieur, on le voit parfois à la télévision. Gilles, il paraît qu'il est bien marié avec une avocate de Nancy, la petite-fille du sénateur de Guerville. Et Renée, ben, elle a l'âge d'Odette et a repris le Domaine, enfin avec son mari, mais ils ne font plus autant d'agriculture à ce qu'on en dit. Et ce petit, si fragile, l'Angelot qu'ils disaient, c'est donc votre époux ? Il est fort au moins ? Quand je vous regarde, petite madame, je me dis : quel dommage que Sarah n'ait pas su son mariage ! Comme elle aurait été heureuse de le savoir papa de quatre enfants ! Elle redoutait tellement de le laisser à cause de sa maladie. Oh ! vous savez, elle n'avait pas peur de mourir. On se demandait même si elle ne souhaitait pas mourir, pour en finir plus vite avec la vie. Si elle a tenu, c'est pour lui. Pauvre petit, un Angelot triste que Génie la Méchante croyait débile.

Et un morceau du puzzle !

Le fils étrange se mariait, prenait femme. On ne peut pas dire que ceux du Domaine ont pavoisé à l'annonce de ce mariage. Mais en pesant bien le pour et le contre, ils ont dû être satisfaits du mariage du fils différent. Enfin, il était casé.

⁂

Cette page-là de l'histoire du Domaine, Mouche ne la connaît que trop. Ceux de Rochefontaine l'ont accueillie froidement. Après avoir été franchement hostiles au mariage, ils ont fini par dire oui du bout du lèvres. Gabriel voulait se marier. Soit ! Mais qu'il fasse vite et demeure discret. Le jeune homme ne tenait pas spécialement à garder de liens avec sa famille. C'est Mouche qui a désiré entrer au Domaine de temps en temps, surtout pour les enfants. Mouche se souvient de conversations surprises entre ceux du Domaine et son époux soupçonné de travailler au loin pour échapper à son malheur.

C'était un soir de Toussaint peu après la naissance des jumeaux. À l'exception de Gilles, les frères et les sœurs s'étaient retrouvés à Rochefontaine, où Moshe et Léna avaient été invités. Paul avait pris congé au dessert. Il devait se rendre au Luxembourg avant de s'envoler pour Rome. Fatiguée, Mouche était allée se coucher au deuxième étage avec les enfants, laissant Gabriel avec les siens. Un banal mal de tête l'avait contrainte à venir demander de l'aspirine. Or, ce qu'elle entendit du bout du couloir en approchant du salon la sidéra.

— Êtes-vous heureux, Gabriel ? demandait Catherine, l'épouse de Gilles.

— Es-tu sûr d'elle, Gabriel ? reprenait Renée. Si, pour une raison ou pour une autre, vous deviez vous séparer, ne t'inquiète pas pour les enfants, nous sommes là. Mouche est charmante.

— Mais avec une telle hérédité, coupa Catherine.

Les garces ! songea Mouche, elles ont attendu le départ de Paul.

Ses belles-sœurs se livraient donc à un interrogatoire serré sans laisser à Gabriel le temps de répondre. Mouche imaginait Gabriel silencieux, embarrassé. Auguste se taisait, comme Léna et Moshe près de la cheminée. *Qui ne dit mot consent.*

C'était un peu fort. Le Veule avait pu dévorer un enfant en toute impunité sans que personne n'intervienne ou ne se soucie de l'avenir de l'enfant à cette époque. Mais que cet enfant, devenu adulte, présente quelques inaptitudes au bonheur était une faute forcément imputable à l'épouse ! Pourquoi fallait-il contraindre Mouche à reprendre le rôle de l'« étrangère au Domaine », celui autrefois joué par Sarah ?

Ce soir-là, Mouche composa avec son mal de tête et regagna l'étage des enfants.

⁂

Louise n'a pas fait exprès. Mais le coup a été porté. Mouche a chancelé. Au point de ressentir, quelques heures plus tard, le même malaise que cette nuit-là au Domaine après avoir entendu Renée et Catherine. Elle a laissé le temps passer. Être digne, comme Sarah ou Marguerite. Ne rien montrer. Mais savoir. Savoir enfin, pour en finir.

Mouche est bien décidée à revoir Louise. Louise a parlé de l'absence d'Odette chaque vendredi après-midi, quand elle va récupérer Martin, son troisième fils interne chez les frères maristes de Nancy. Ces jours-là, elle en profite pour faire quelques achats : fil, coton à broder, aiguilles toujours nécessaires à Louise qui n'a rien perdu de ses talents de couturière et continue de tirer sur l'aiguille.

CHAPITRE III

Rochefontaine, avril 1955

Tirer sur l'aiguille. Sarah s'y emploie depuis plusieurs jours. Cet après-midi-là, elle peine pour recouvrir d'un tissu doré l'indispensable gros-grain qui soulignera la taille de la jupe de soirée de Renée. Sarah pousse sur le chas de l'aiguille à l'aide de son majeur droit habillé d'un dé d'argent. Une tâche ardue. Une maladresse, un peu d'agacement devant la difficulté, l'aiguille, mal guidée, vient piquer l'index. Sarah le porte vivement à sa bouche, suce la perle de sang afin de ne pas tacher le taffetas noir de la jupe de Renée. Puis elle reprend l'ouvrage, réajuste les différents morceaux d'étoffe et de gros-grain et guide à nouveau l'aiguille. Une trouée difficile à opérer. L'aiguille passe une fois, deux fois, se plie et casse. Sarah soupire et se penche vers la travailleuse de hêtre posée sur le guéridon tout proche pour chercher une autre aiguille, plus longue, plus épaisse, plus robuste, mais à la pointe très effilée pour percer les étoffes.

Renée doit être jolie, élégante pour le bal de La Nuit de l'École d'Agriculture de Pixerécourt. Ce sera son premier bal. Sarah se réjouit pour sa fille. Elle accompagnera Paul, qui vient de terminer brillamment son premier cycle. Pour être certains d'obtenir la fameuse permission, Renée et Paul ont demandé à Moshe et Léna, leur oncle et tante, de les aider. Ils ne se sont pas fait prier pour jouer les intercesseurs auprès d'Auguste.

— On te le promet, Auguste, Renée, on la surveille, elle ne quittera pas notre table. On fera avec elle comme avec notre fille, enfin comme on aurait fait si Yahvé l'avait voulu. Ce sera un immense plaisir pour nous. Renée a l'âge de sortir, tu ne peux pas refuser, Auguste. Tu nous vexerais. Cela voudrait dire que nous ne sommes pas capables...

Moshe n'en finissait pas d'argumenter.

— Mais tu me fatigues, Moshe. T'ai-je dit non ?

Sarah rit encore à ce seul souvenir. Elle se souvient de la joie de Renée :

— Mon cher papa, je sens que vous voulez bien ? Merci, oh ! je vous adooore, avait-elle dit en lui sautant au cou.

— On adore seulement Yahvé, chère enfant, avait corrigé Moshe en pointant l'index vers le ciel, seulement lui.

Chez les Vuillemot, on surveille les jeunes filles. Génie n'a pas eu à intervenir sur ce point, mais elle a guetté son heure, sachant que, de toute façon, elle serait sollicitée. Renée aurait besoin d'une toilette. Elle ne se contenterait pas d'une robe d'après-midi. Il faudrait bien passer par

Génie qui décide et administre le Domaine et Auguste la contrarie rarement.

Ce dimanche-là, en accordant la permission à sa fille, Auguste a joué son rôle de père. Il a ensuite pointé son menton vers Sarah et tourné son regard vers Génie avant d'ajouter :

— Pour les nippes, vous vous débrouillerez toutes les deux, c'est une affaire de femmes.

Obéir et quémander. Voilà à quoi se résume le rôle de Sarah au Domaine.

À mesure que l'aiguille se faufile et fait son œuvre, Sarah revoit la scène qui l'a opposée à sa belle-mère.

Comme Sarah hésitait à aborder le sujet à la table familiale afin de ne pas perturber les repas, elle a dû guetter le moment propice pour en parler avec Génie. Génie a pris un malin plaisir à jouer au chat et à la souris avec Sarah.

— Vous croyez que je n'ai que cela à faire : discuter avec vous ma fille. Cent cagettes de laitues et choux et autres légumes à repiquer pas moins. Baptiste est en arrêt maladie, et on ne trouve personne à Rochefontaine pour le remplacer. Et les lignes de carottes à éclaircir, sans compter la terre à préparer pour les plants de tomates que l'on mettra à La Chapelotte, qui s'en occupera ?

Fort heureusement, le temps est venu au secours de Sarah. Contrainte et forcée par une pluie froide et drue, Génie s'était résignée à ne pas quitter la grande cuisine. Elle y écossait des petits pois. Elle a vu Sarah s'approcher, l'air embarrassée. Une jouissance quasi physique à l'idée de mesurer, une fois encore, son pouvoir sur Sarah. Elle soulevait et gonflait sa poitrine. Elle s'emplissait de l'air du Domaine, réajustait son châle, inclinait la tête, la relevait. Génie composait et recomposait indéfiniment le personnage de la maîtresse femme qui ne peut laisser place au sentiment. Elle s'obligeait à chasser toute tendresse de son visage, serrait les dents avec rage avant de plonger dans l'ouvrage de l'instant.

Le temps a beau ajouter des années à l'âge de Génie, les gestes sont toujours les mêmes, exécutés avec une perfection qui touche au sublime. Elle, la maîtresse des lieux, se soumet à la terre et aux travaux. Elle est le modèle du courage et du sacrifice. Une femme toute donnée au Domaine dans l'intérêt des héritiers, et vertueuse avec ça, jusqu'à écarter Léonce, son mari, de la chambre conjugale après la naissance de leur fille Jeanne.

— C'est dur pour vous mon ami, ça l'est peut-être pour moi aussi. Nous avons deux enfants, n'est-ce pas suffisant ? Un domaine ça ne se partage pas indéfiniment.

Léonce n'avait pas bien compris. Génie était allée trouver le curé pour être certaine de ne pas se mettre dans son tort :

— Léonce, le curé l'a dit : pour ne pas procréer, il n'y a pas d'autre solution que celle de faire chambre à part. Sinon nous serions dans le péché.

Léonce s'était fâché.

— Le curé, le curé, qu'est-ce qu'il en sait ? Ma bonne Génie joue les prudes et les bourgeoises, pourtant il n'y a pas si longtemps...

— Taisez-vous mon ami. Le curé l'a dit.

— Le curé, c'est pas un homme. Pourquoi voulez-vous que le Bon Dieu nous ait faits, nous ait mariés, si c'est pour nous séparer ? Et s'il nous vient un autre enfant, que diable, nous l'élèverons ! Nous avons encore de la terre jusqu'à Liverdun. Moi j'ai besoin de ma femme. La nature commande, voilà tout.

— J'ai épousé un animal. Doux Jésus, pardonnez-lui !

Et Génie se signait.

Et Léonce se moquait, pensant que sa femme était sous l'emprise, non du curé installé au presbytère depuis vingt ans — et qui en avait vu d'autres —, mais d'un jeune abbé doué pour la prédication. Il aurait conduit toute la gente féminine de Rochefontaine dans les couvents, tant ses sermons étaient efficaces.

À quoi songeait Génie lorsque Sarah s'est approchée d'elle ? Comptait-elle ses dix années de mariage, dont quatre volées par la guerre ? Génie avait tout sacrifié au Domaine. Jeune veuve et encore jolie, elle avait éconduit tous les prétendants. Le Domaine d'abord. Elle oublierait les choses du corps. D'ailleurs ne disait-on pas que tout passe ?

Et ce jour-là, quand Sarah s'est approchée de la grande table où Génie écossait des petits pois, Sarah a eu envie de se moquer pour cacher sa gêne.

Elle a puisé aux sources de l'être pour retrouver son rire.

Enfoui ou enfui ?

Elle s'aventurait dans les méandres du passé à la recherche de l'écho des éclats de rire qui couraient dans la grande plaine bordée par la Forêt-Noire. Des éclats de rire qui allumaient des étoiles dans ses yeux. Ah ! que lui revienne l'odeur du hangar à tabac qui l'enveloppait aussi sûrement que les mains d'Auguste aux jours heureux, quand il lui faisait la cour. Elle frémissait de tout son être les soirs d'été quand une main restait posée sur la taille et que l'autre, égarée au creux de ses reins, entreprenait de remonter le long de son dos. Le coton du chemisier était si fin qu'Auguste allait sentir la douceur de sa peau, la chaleur de son sang. Toutes les fibres de Sarah se tendaient. Elle n'y comprenait rien au feu qui l'inondait. Le regard prometteur d'Auguste l'incitait à demeurer pressée contre lui. Il avait la chemisette entrouverte, et elle devinait ce torse large et fort. Comment résister à l'envie d'y poser la tête, d'y frotter ses joues et ses lèvres tièdes et sucrées. Folie ? Oui sans doute ! Sentir l'homme contre elle jusqu'au trouble. Appréhender délicieusement la chute des corps, quand les boutons ont été ouverts entre deux baisers, quand des courbes, jusque-là gardées secrètes, ont été révélées, offertes aux regards et aux timides caresses, quand le cœur a cogné si fort, que les gorges ont eu tant de peine à contenir le désir devenu si fort, violent presque, et que le souffle a manqué. Il y a eu le froissement de l'étoffe sur et sous les mains quêtant fiévreusement les espaces secrets... Le bruit des agrafes arrachées, et celui des pressions qui cèdent libérant un corps affolé. Le désir contenu, c'est aussi fort qu'un rire dont l'écho court sur les montagnes. Il s'engouffre dans les taillis quêtant le souffle des nuits d'été, qui appelle la fraîcheur de l'aube quand les corps repus d'amour et de serments sont enfin pacifiés. C'est là qu'est resté le rire de Sarah.

Longtemps, Sarah a espéré retourner en ces lieux. Et puis le torrent tumultueux qui irriguait son corps s'est assagi, et elle en a oublié jusqu'à son existence. Même les mains d'Auguste ont perdu de leur pouvoir. Elles se risquent encore, certaines nuits, à refaire le chemin parcouru. Ont-elles la nostalgie des feux follets dans la grande plaine ? Qu'espèrent-elles ? Sarah ne se dérobe pas. Et si sa peau a gardé les mêmes parfums et la même chaleur veloutée, elle n'est plus qu'une enveloppe vidée de tout frémissement. Pour expertes que soient les mains d'Auguste, elles sont dans l'incapacité de retrouver les chemins du rire. Se souviennent-elles de son écho ? La plaine, le parfum de la terre et du corps vont leur devenir étrangers. Résignées, flétries à jamais, elles attendront de se poser le long du corps pour traverser la longue nuit.

Face à Génie, Sarah a failli hésiter. Pour sa fille, elle s'est reprise. Renée doit être jolie. C'est sur elle que des mains d'homme doivent se poser.

— Vous aviez quelque chose à demander ma fille ?

Quel art ! Du grand art même. Génie sait placer Sarah en situation d'infériorité. Sarah ne s'y est pas arrêtée. Elle ne pensait qu'à Renée qui devait tressaillir, se faire des souvenirs. Inutile de se lancer dans des préliminaires, de tourner autour des choses. Génie allait être déçue.

Jusque-là, Sarah s'est prêtée au jeu de Génie. En obligeant Sarah à mettre les formes, Génie vient presque toujours à bout des résistances de la jeune femme. Mais c'est fini ; bien décidée à marquer le point, Sarah est entrée dans le vif du sujet. Elle s'est jetée dans la bataille avec l'énergie du désespoir, pour obtenir l'indispensable crédit.

— Belle-maman, il s'agit de la tenue de Renée pour cette Nuit de l'Agriculture. Nous pouvons sans doute nous adresser à Louise, la couturière de Rochefontaine, elle n'est pas très chère.

— Comme toujours ma fille, coupa sèchement Génie, puisque vous préférez rêver au lieu de faire. Moi, je n'ai que deux bras.

— Belle-maman, il s'agit d'une robe habillée. On ne s'improvise pas couturière.

Un mauvais rêve ! Génie faisait un mauvais rêve. Sarah, qu'elle dit avoir dressée — oh ! ce ne fut pas une mince affaire, les étrangères sont retors —, Sarah contestait, répliquait, avait l'audace de poursuivre. Quelle effrontée !

Génie se lança dans une longue et silencieuse réflexion en dénouant son châle avec une lenteur presque excessive. Une économie de geste qui en disait long sur les savants calculs auxquels elle devait se livrer intérieurement. Un bref instant, le masque de rides sévères qui couvre habituellement son visage s'estompa. Ses yeux retrouvaient le brillant de leur jeunesse quand elle échafaudait des projets, quand le goût du risque l'habitait, quand elle prenait plaisir à relever les défis. Mais une soudaine douleur venait de traverser son poignet. Longuement Génie regardait ses mains. Les travaux de la terre avaient creusé profond les sillons. Génie sut, en cet instant précis, qu'elle était entrée dans la vieillesse.

Un frisson de crainte l'avait saisie, de la nuque jusqu'au creux des reins. Génie secouait la tête pour chasser les souvenirs. Elle porta ses mains à son cou, et ses doigts rencontrèrent quelques mèches s'échappant de son chignon. Elle remit de l'ordre dans ses cheveux, lentement, très lentement avant de rendre son verdict. Le châle noir avait glissé de ses épaules et gisait à terre. Déjà Sarah se baissait pour le ramasser et le reposer sur les épaules de Génie, qui eut un sursaut dédaigneux au contact du tissu et des mains de la jeune femme. Génie ne voulait pas de sa sollicitude.

— Sarah, vous coudrez la tenue de Renée.

La maîtresse du Domaine retrouvait sa place, donnait des ordres.

Mais Sarah avait juré de ne pas se laisser dicter sa conduite. Pour cette fois, rien que pour cette fois, elle ne baisserait pas la garde devant la vieille femme.

Tant qu'il s'est agi d'elle-même, Sarah n'a guère opposé de résistance. Sauf par jeu quand, après son mariage, elle en profitait pour taquiner Génie. Sarah jouait la carte du charme et lançait son rire sous le toit du Domaine. Elle savait l'inutilité de sa démarche. Le dernier mot serait, de toute façon, pour Génie. Mais rien n'était grave à cette époque. Ces joutes entre belle-mère et belle-fille faisaient exister les deux femmes. C'était avant, avant le temps de la lassitude, avant que Sarah ne tourne progressivement ses regards vers l'autre rive, avec crainte et fascination à la fois. Cette rive borde d'étranges jardins. Des jardins qui ont fait pousser les monuments du souvenir. Là, entre deux pots de pensées ou de chrysanthèmes posés sur des cailloux blancs, à l'ombre des croix, fleurissent les éternels regrets.

Un de ces jardins attend Sarah. Elle le sait.

Pour l'apprivoiser et apaiser la douleur plus vive chaque nuit, Sarah arpente en songe le chemin de ce jardin.

***

Sarah ne peut détacher ses pensées de la scène qui l'a opposée à Génie. Un moment rude, comme la traversée des étoffes. En songeant à Renée, Sarah redouble d'énergie et pousse avec fougue sur l'aiguille. C'est du bonheur de sa fille qu'il s'agit. Sarah a une revanche à prendre sur le bonheur. Il a filé trop vite. Il l'a effleurée dans la grande plaine avant de regagner le plus sombre de l'immense et mystérieuse forêt. Elle l'a attendu longtemps, si longtemps. Il n'est jamais revenu.

***

Si Génie a proposé à Sarah de coudre, cela signifie qu'elle dit oui pour l'achat du tissu. Génie a attendu une riposte qui n'est pas venue assez vite à son gré. Elle a relancé sa belle-fille.

— Naturellement, mon offre ne vous satisfait pas. Vous n'êtes pas heureuse, vous n'êtes jamais heureuse.

— Pour une fois, nous voilà d'accord belle-maman. Puis-je cependant vous rappeler qu'il ne s'agit pas de moi, mais de Renée, votre petite-fille.

— Ah ! que vous êtes épuisante et comme...

— Je vous complique la tâche n'est-ce-pas ? Si la gestion du Domaine est une trop lourde tâche, passez le flambeau.

Sarah a osé, quel culot ! Génie fulmine.

— Ce serait du joli.

— Vous voulez tout savoir, tout ordonner, tout réglementer. Et vous êtes tout chagrin en constatant qu'il n'en sera pas toujours ainsi. Vos rhumatismes vous rappellent que toute vie a un terme. Toute Génie et patronne que vous êtes, vous n'êtes pas éternelle, madame mère.

Madame mère. C'est rare dans la bouche de Sarah. Une fâcherie se prépare, dirait Auguste. Quelle mouche a piqué Sarah pour attaquer ainsi ?

— Effrontée, vous n'êtes qu'une effrontée ! Enterrez-moi Sarah ! C'est ma place que vous enviez ?

— Sûrement pas ! Yahvé m'est témoin. Je trouve seulement anormal que le moindre achat requière votre consentement.

— Une tenue de bal n'est pas une petite dépense.

— Allons, madame mère, vous gérez le Domaine de main de maître. Personne ne se risquerait à dire le contraire. Permettre à Renée de représenter dignement les Vuillemot lors de cette soirée ne ruinera pas votre œuvre (Sarah insiste sur le mot). C'est l'honneur de la famille, et le vôtre. Voulez-vous que l'on rie de vous ? Que l'on croie le Domaine de Rochefontaine en difficulté ? Vous savez qu'on trouve des coupons de tissu à des prix intéressants chez Bouchara. Et puis, la bonne chrétienne que vous êtes peut bien donner quelques travaux à une pauvre veuve.

— Pauvre, pauvre, c'est à voir. Votre Louise ne manque de rien. N'est-elle pas l'unique héritière de sa tante, propriétaire de la plus grande mercerie de Rochefontaine, puisque son oncle, un vieux grigou de juif, est impuissant ? Pauvre, Louise ? Les juifs ne sont jamais pauvres. Leurs arrières sont toujours assurés.

Et Sarah de se moquer :

— Il n'y a pas que les juifs pour savoir gérer un patrimoine. Sur ce point, madame mère, vous n'avez de leçon à recevoir de personne. Je voudrais tout de même vous rappeler que ce n'est pas une tare d'être juif, ni d'être sans descendance. Pour en revenir à la robe de Renée, il faudra bien passer par Louise, car je ne suis pas capable de confectionner une robe de soirée.

Au comble de la colère, Génie se leva bruyamment, tourna les talons en martelant furieusement le sol. Sous son poids le parquet émit quelques plaintes. Du même pas vengeur, elle traversa la grande salle à manger. Derrière la tenture qui cache une porte abritant un rangement, elle saisit rageusement la vieille clenche de porcelaine blanche, pour se trouver face à une commode en noyer dont les tiroirs ferment à clef. Là, sont les comptes du Domaine. Génie s'agaçait en fouillant nerveusement dans la poche de son tablier pour en extraire une clef. La colère rendait incertains les gestes de la vieille femme. Elle bougonnait, maugréait en cherchant le trou de la serrure avec sa clef. Sarah entendait quelques bribes de phrases : « L'ingratitude des gens de rien. » Enfin Génie put extraire de la commode « sa bonne conscience » — c'est ainsi que Sarah nomme le livre de comptes —.

C'est une scène à ajouter à *L'Avare* de Molière, dit Renée quand elle observe sa grand-mère plonger dans le livre de comptes du Domaine. Elle en tourne les pages avec orgueil et énumère à haute voix les dépenses concernant chaque personne du Domaine de Rochefontaine ! On dirait qu'elle égrène une sorte de litanie des regrets et des consolations tout à la fois. Chaque somme énoncée est pour Sarah un reproche et, pour Génie, la preuve que grâce à elle personne ne manque jamais de rien au Domaine. Parfaite Génie, jusque dans ses excès.

— Renée, Renée, Renée.

Ses doigts couraient sur les lignes du livre de comptes. Sarah entendait déjà l'énumération des dépenses concernant Renée au cours des derniers mois. Les pulls, les chaussures, les crayons et les gommes. « Si elle pouvait, ajoute parfois Renée moqueuse, elle me comptabiliserait le savon et le cirage au jour le jour. »

— Renée, nous y sommes... derniers achats vestimentaires, il y a trois mois, les petites culottes, plus une pour... — elle s'arrête, il est des mots tabous. Il y a dix-huit mois, un manteau. Il y a un an, un tailleur. C'est parfait. Elle n'a besoin de rien.

— C'était pour la communion solennelle de Pauline. Madame mère, une jeune fille du monde ne va pas à un grand bal vêtue d'un tailleur d'après-midi.

— Mais, Sarah, votre fille n'est pas obligée d'aller au bal. Le bal, le bal, elle n'a pas encore vingt ans.

— Auguste a donné son accord...

— Évidemment, Auguste est toujours d'accord. Du bois dont on fait les flûtes cet homme-là...

— Ça dépend pour qui, a murmuré Sarah.

Génie a haussé les épaules et soupiré. Et Sarah s'est insurgée.

— Évidemment, madame mère, ce pauvre Auguste n'en fera jamais d'autres. Avec lui, on peut s'attendre à tout, déjà qu'il a introduit ici une « espèce d'étrangère » à la région comme à la religion.

Génie est contrariée. Sarah aurait-elle appris ce qu'elle dit d'elle ? Il faut calmer le jeu.

— Voyons Sarah, monsieur le Curé m'a expliqué, les protestants aussi sont chrétiens.

— Je n'étais pas protestante, madame mère. On vous a dit cela pour que vous acceptiez que j'entre dans cette maison. Vous le saviez fort bien. Vous avez joué le jeu, car cela vous arrangeait. Jusqu'à la naissance des enfants j'ai travaillé autant que chacun des saisonniers. Vous-même l'avez reconnu. Évidemment je n'ai perçu aucun salaire. Certes, depuis j'ai renoncé puisque vous me tenez à l'écart de toutes les décisions. Que dire à une juive ? Que peut comprendre une juive ?

— Allons ma fille, vous n'êtes pas de celles et ceux qui ont mis à mort le Christ.

Et Sarah de lui rire au nez :

— Mais votre Christ aussi est juif. Vous l'ignoriez, il est des nôtres. Il a donné sa vie, pour tous, pour moi si j'ai bien compris monsieur le Curé, et aussi pour vous, surtout pour vous.

— Sarah !

— Madame mère, vous faites du cinéma. Il y a un instant vous égratigniez Louise. C'est une habitude chez vous de critiquer les juifs en ma présence. Mais cela ne me blesse plus. Je n'attends rien de vous. Je voudrais seulement que vous sachiez que, bien souvent, je lis dans vos pensées. Vos gestes et vos expressions vous trahissent. Et grâce à la langue de vipère de votre laveuse, la très chère Georgette, à qui vous vous confiez, toute la ville est au courant de ce qui se dit au Domaine. Vous vous chargez de ma réputation, il est vrai. Mais Dieu merci, juste retour des choses, de ce fait, la vôtre est faite.

— Vous êtes une sorcière, je l'ai toujours su.

Et Sarah d'éclater de rire.

Rire de sorcière ?

— Tout malheur qui entre dans cette maison, c'est Sarah, c'est évident. Sarah, l'étrangère, la voleuse de parti pour les filles de cette ville. Elle n'avait rien, n'était rien, et elle a eu le toupet de se faire épouser. Pas d'amour chez elle n'est-ce pas ? Rien que de savants calculs. Elle a piégé Auguste et le retient par le plaisir, forcément, une juive, ça a tous les vices. Tout cela, je le sais madame mère. Ma conversion, ma pratique religieuse — je vais à la messe et à confesse, je fais partie de la Ligue* — ne vous satisfont pas ?

— Du vernis, ma belle. Une juive reste une juive.

— Nous y voilà et d'abord qu'en savez-vous ? Seriez-vous plus pharisienne que les pharisiens qui ont condamné Jésus ? Auriez-vous la science infuse ? La

* Devenue ACGF (Action catholique générale féminine).

vérité est autre : vous vivez à l'économie. La religion, la vôtre, faite de trop de principes, vous étouffe à tel point, que votre âme, votre cœur ne peuvent plus battre et aimer. Madame mère, très sincèrement, je vous plains !

⁂

En se rappelant la scène, Sarah se surprend à sourire. Dire son fait à Génie ne lui est jamais arrivé. Le mardi suivant, quand, après la messe, elle a poussé la porte de la mercerie pour acheter le gros-grain et les agrafes pour la ceinture de la jupe de Renée, Louise était là et Sarah lui a tout raconté de l'orage qui a fait trembler le Domaine.

— Pour une fois, pour une fois, y'oh, j'aurai vraiment été irrespectueuse et même odieuse, et le plus triste, Louise, c'est que je n'ai aucun remords.

Discrète comme toujours, Louise a écouté tout en proposant une petite tasse de café et en conseillant Sarah pour la confection de la tenue de Renée. Une longue jupe de taffetas noir, c'est toujours élégant, et moins difficile à réaliser qu'une robe. Pour le chemisier, Renée pourra emprunter dans la garde-robe d'Odette.

⁂

Renée vient d'entrer. Elle s'approche de sa mère, agrandit son regard en la contemplant en train de coudre. Elle touche le tissu. Un peu inquiète, elle demande si la jupe sera prête pour samedi. « Nous sommes déjà jeudi. » Elle saisit la jupe un peu vivement des mains de sa mère, la pose devant elle et se met à tourner, à virevolter dans le salon.

— Vous êtes douée, maman !

— Louise m'a bien aidée.

Elle repose l'ouvrage sur les genoux de Sarah puis attrape un coussin et vient s'asseoir tout près de sa mère, comme lorsqu'elle était petite fille.

— Je voudrais vous dire un secret, maman.

Sarah s'arrête de coudre, pique l'aiguille à son corsage et enlève ses lunettes. Elle devine. Le visage de Renée est éclairé d'un regard qui ne trompe pas, un de ces regards qui prennent naissance à l'aube des temps, source et braise, crainte et désir à la fois.

Quand ce regard enveloppe les filles et les pare de mille attraits, les mères le reconnaissent avec bonheur et douleur. Bonheur, parce qu'elles pénètrent une fois encore dans ce temple de douceur, là où elles furent heureuses. Douleur, parce que ce temple est désormais l'antre réservé à leurs filles. Elles les y auront conduites, et il sera temps pour elles d'en ressortir sur la pointe des pieds, afin de gagner discrètement l'autre rive, celle où l'on se prépare au détachement. Les battements de cœur — Sarah pose sa main sur la chevelure de la jeune fille — ne se diront plus. Il faudra les taire, leur apprendre doucement la sagesse, et ne rien montrer du trouble qui peut encore se manifester.

C'est l'heure de la tendresse. Sarah sait bien tout cela depuis si longtemps qu'elle tait, réprime et enfouit toute émotion. Génie aurait rappelé à l'ordre. Génie n'aurait pas supporté.

Sarah a seulement frôlé ce temps délicieux où l'âme se trouble, où le corps tressaille. Très vite, elle a dû composer. Aujourd'hui, en écoutant sa fille, en partageant son secret, elle sait qu'il lui faut désormais rester sur cette rive et détourner le regard. L'amertume ? Non. Les larmes ? Elles perlent au bord des cils. Allons, il s'agit du bonheur de Renée, sa fille.

Sarah s'efface et songe à ce qui l'attend : les jardins plantés de croix au creux des longues nuits. Pourtant, il faut vivre encore et tenir un peu. L'Angelot est jeune. A-t-il besoin de moi ? se demande Sarah.

Et Renée ?

— Je crois que je suis amoureuse.

— Y'oh, quelle bonne nouvelle ! Mais toi, es-tu aimée ?

— Oui, enfin je crois. D'où le problème...

— Au contraire.

— Maman, ne me compliquez pas la chose. Vous le connaissez, c'est un ami de Paul, il vient quelquefois ici.

— Beaucoup d'amis de tes frères passent par ici.

— Lui vient plus que d'autres.

— Tu veux parler de Ladislas ?

— Voilà.

Sarah qui n'a pas ri depuis longtemps se laisse aller au rire que Moshe, son frère, aime tant et qui fait comme une cascade. Elle croyait ce rire mort pour toujours, et voici que les confidences amoureuses de Renée réveillent ce rire. Une belle revanche. Elle rit tant, que Renée doit poser une main sur ses lèvres et la rappeler à l'ordre. Génie travaille dans le potager. Elle risque d'entendre.

— Maman, ce n'est pas gentil de vous moquer.

— Renée, je me réjouis de savoir que ton cœur connaît l'élan amoureux, c'est merveilleux. Et si je ris, c'est uniquement en imaginant la tête de ta grand-mère. La famille pure race des Jeanmaire-Vuillemot va en prendre un rude coup. D'abord, une espèce d'Alsacienne, on ne sait même pas, et juive de surcroît. Maintenant, un Polonais, c'est bien cela, Ladislas est polonais ?

Renée fait un signe de tête affirmatif.

— Est-il catholique au moins ?

— Je crois, mais il est plutôt marxiste.

— Ne dis rien pour l'instant. Dans son malheur, Génie a tout de même de la chance : Ladislas n'est que polonais.

— Vous, qu'en pensez-vous maman ?

— Si ce garçon est sérieux, si sa famille est d'accord, s'il t'aime comme tu l'aimes, je me réjouis, comme le fera sans doute ton père.

— Et s'il n'est pas très fortuné ?

— Il est intelligent. Il fait des études. Il a du courage, deux bras et une tête. Y'oh, il a toute la vie pour faire fortune.

— Oh ! maman, vous êtes extraordinaire, j'aimerais si souvent parler avec vous, et grand-mère nous trouve toujours tant d'occupations qui font que...

— Il n'est pas dans mes habitudes de donner des conseils, pourtant je voudrais te mettre en garde. Si ce mariage a lieu, il y a une règle à suivre : vivre à l'écart de vos familles respectives. Tu connais ce vieux dicton : *Un petit chez-soi est préférable à un grand chez-les-autres.* Préférez une seule pièce, même vide et sans confort pour faire votre nid, à une grande maison où rien ne manquerait, mais sur laquelle régnerait une mère ou une belle-mère. S'aimer c'est bien, c'est exaltant, mais c'est difficile parce que l'amour est aussi fragile qu'il est merveilleux. Le bonheur est un feu sur lequel il faut veiller presque jalousement. Je n'ai pas bien su. Naïvement, j'ai cru qu'aimer et sourire suffisaient à désarmer la bêtise et la méchanceté, et je me suis trompée. Je t'en demande pardon. Le temps des déceptions s'installe très vite. Et quand on n'est pas vraiment heureux, on ne peut pas rendre heureux ceux que l'on aime. N'essaie pas de me rassurer ma fille, nous aurions pu être plus proches. Il y a comme cela des rendez-vous manqués avec l'amour et le bonheur.

⁂

Sarah reprend son ouvrage, tire sur l'aiguille en contemplant Renée. Un beau brin de fille. Elle a hérité des Jeanmaire pour la solidité de la corpulence, ce qui pourrait être agaçant. Heureusement la douceur des Vuillemot coulent dans ses veines. Cela se voit à ses gestes. Ceci compensera cela. Une Génie par famille, c'est bien suffisant. La cloche de l'entrée principale retentit. Sarah risque un œil, observe et admire le grand jeune homme qui salue Génie en train d'inspecter la taille des troènes.

— Paul n'est pas là. Il termine son stage.

Mais le jeune homme doit insister puisqu'il ne tourne pas les talons et suit Génie jusque dans la maison.

— Sarah, la visite est pour vous.

Et Génie de rester plantée dans l'embrasure de la porte :

— Merci, belle-maman. Vous pouvez nous laisser. Je ne pense pas qu'il soit encore nécessaire de me chaperonner. D'ailleurs, Auguste n'est pas jaloux.

Sarah offre un fauteuil au jeune homme. Vexée, Génie claque la porte du salon.

— Désirez-vous que j'appelle Renée ? taquine Sarah après les salutations d'usage.

Ladislas secoue la tête. Ainsi Renée s'est confiée. Parler sera plus facile. Il connaît les us et coutumes de France. Les parents d'un jeune homme doivent venir officiellement demander la main de la jeune fille. Il est bien embarrassé, car ses parents parlent si peu, et si mal le français. Il insiste sur l'amour qui l'unit à Renée.

— Madame, Renée et moi nous nous aimons, nous partageons les mêmes idées, le même amour de la terre. Nous voulons nous marier assez vite.

C'est alors que Génie entre en trombe dans la pièce, regarde le jeune homme de haut en bas, et de bas en haut, et lance un « hum, hum » qui n'est pas de bon augure. Sarah feint d'ignorer sa présence :

— Il faudrait que vous rencontriez Auguste. Les choses s'arrangeront, Ladislas. À bientôt.

Elle se tourne ensuite vers Génie et lance avec humour :

— Vous n'êtes pas bien belle-maman, vos douleurs vous feraient-elles souffrir ? Dois-je vous masser ?

La porte n'est pas refermée sur Ladislas que Génie éclate :

— Il n'y aura pas de polak ici. Une étrangère, cela suffit.

— Belle-maman, il ne s'agit ni de votre fils, ni de votre fille. L'accord d'Auguste — et le mien — suffira.

— Il s'agit du Domaine, ma fille. Paul ne le reprendra pas puisqu'il se destine à la recherche. Et Gilles n'a pas l'âme pour travailler la terre. Quant à l'Angelot, c'est peu probable, chétif et... Enfin, tel qu'il est.

— Je vous ferai remarquer, coupe sèchement Sarah, que cet enfant n'est point sot. Vos insinuations sont méchantes. Gabriel lit et compte comme tous les autres enfants de sa classe.

Au comble de la fureur, Génie n'entend pas la remarque de Sarah, elle est hors d'elle, ne parvient plus à articuler correctement ce qu'elle a à dire. Son visage vire au rouge, se congestionne. Elle s'arrête un instant, se hâte vers la cuisine, ouvre le robinet d'eau froide au-dessus de l'évier et boit. Elle revient vers Sarah qui a repris son ouvrage.

— Renée aime la terre, elle n'abandonnera pas le Domaine. Ce... ce Polonais a étudié à Pixerécourt comme Paul.

— Où est le problème belle-maman ? Ce garçon aime la terre, comme ses grands-parents paternels et maternels qui étaient fermiers.

— Justement, pour ce va-nu-pieds, Renée est un beau parti. Je le jure, moi Génie, je ne permettrai pas que notre exploitation s'appelle Woj... et quelque chose. Jamais, jamais, vous entendez !

Génie hurle. À ses cris Sarah oppose une grande douceur.

— Wojkiewiczki. Ladislas s'appelle Wojkiewiczki, cela vaut bien Jeanmaire ou Vuillemot.

— Avec un nom pareil, c'en est fini des Vuillemot.

— Qu'en savez-vous donc ?

Le premier bal de Renée, ses premiers battements de cœur sont comme une embellie dans le ciel de Sarah. Elle songe à Gilles, moins présent au Domaine. Prendrait-il quelque distance en suivant Momo dans ses expéditions ? Quant à Gabriel, il travaille bien en classe. *Excellent travail, mais enfant trop secret, peu communicatif.* Chaque mois répète les mêmes notes, les mêmes appréciations.

Sarah s'arrête longuement sur les notes, évite de lire les appréciations. Elle oublie ainsi la douleur qui lui vient parfois à la hauteur de la taille, sur le côté droit. Douleur qui la déconcerte et la fatigue toujours plus.

Auguste est rentré des terres qui bordent la Chapelotte. Il a fauché tout l'après-midi avec un des saisonniers. En se lavant le visage et le torse, il crie à Sarah que d'ici peu le Domaine devra « se mettre sur son trente et un ».

— Notre fille va nous être demandée en mariage. Ladislas est venu me voir cet après-midi. Il est bien ce garçon, tout le monde l'aime, sauf ma mère.

Sarah écoute Auguste avec attention et perçoit la joie et la crainte étroitement mêlées dans le ton de sa voix. Elle ferme les yeux pour les ouvrir sur la grande plaine de son enfance au pied de la Forêt-Noire.

Renée est aimée. Renée est aimée. Puisse-t-elle ne jamais être déçue ! Ne jamais être obligée de cacher ce qui la fait vivre.

Ah ! cette douleur, ces nausées. Sarah s'est trop tue. Aujourd'hui, elle contemple Auguste. Comme elle l'a aimé ! Sans le rendre vraiment heureux.

— C'est moi qui l'ai entraîné au sommet des tourments et qui vais le précipiter dans le gouffre des eaux amères. Mon silence a fait le lit du malheur qui nous frappe sans nous unir. J'en suis responsable. S'il faut mourir, qu'il en soit ainsi, songe Sarah qui mesure l'intensité de la douleur qui laboure son torse, tandis qu'Auguste se secoue avec la fougue d'une jeunesse dont les ans ne viendront pas à bout de sitôt, lui qu'on disait jadis un peu frêle.

— Nous aurions pu être si heureux... Dieu fasse que je supporte sans me plaindre. Dieu fasse que j'en sois capable ! Pourquoi faut-il payer si cher le prix du bonheur ?

CHAPITRE IV

Charmes, mai 1981

Le prix du bonheur... Cet homme, que Mouche tente de décrire dans sa nouvelle, n'en a pas la moindre idée. Que sait-il du bonheur ? Épris de perfection, il n'a pas compris que le ciel lui fasse « don » d'un enfant handicapé. La machine à écrire est une terre que Mouche laboure avec ardeur. Elle s'arrête parfois, ici pour gommer, là déposer quelques gouttes de Typp-ex, quand elle ne retire pas sa feuille de la machine en se précipitant sur son stylo pour écrire entre les lignes et retaper le tout. Cette fois, Mouche fait la pause. Elle a entendu les chiens aboyer et troubler le calme de la grand-rue gonflée de silence. C'est l'heure du facteur. Encore un peu, et Mouche percevra le bruit métallique du clapet de fermeture qui retombe sur la boîte après la chute du courrier. Suivra alors la plainte de la chaîne d'un vélo qui quémande un peu d'huile. Le gravier rose des trottoirs crissera au passage des roues qui peinent tant pèsent les deux sacoches accrochées à l'avant et à l'arrière du vélo. Pour aller plus vite, quand il ne pleut pas, Jean-Marc, le jeune facteur, laisse le courrier « à ciel ouvert », comme il dit. De maison en maison, de boîte en boîte, les lanières des fermetures des sacoches battent en cadence le garde-boue des roues du vélo.

Mouche s'étire, tend les bras et les jambes gagnés par l'ankylose. Depuis plusieurs heures, elle sèche sur la même page du *Ballon rouge* :

Ce père rongé par le remords, saisi par la honte après avoir confié son fils handicapé à une institution...

Rien à faire. La panne.

Mouche préfère abandonner son texte et sort pour aller vérifier le contenu de sa boîte à lettres. C'est l'occasion de « prendre un bain d'hortensias » en passant près du petit muret qui les abrite. Ça fait du bien aux yeux de contempler les fleurs qui s'essaient à bleuir et blanchir. Il ne devrait pas y avoir de courrier. Mouche n'attend rien de particulier. Ce n'est pas le temps des factures. La semaine passée, elle a reçu une lettre de son éditeur, confirmant un appel téléphonique que Sophie n'a jamais transmis. Négligence ou vengeance ?

Sophie signifie comme elle le peut sa désapprobation de devoir vivre en province. Sur la porte de sa chambre, au marqueur indélébile, elle a écrit :

« Vivre enterrée chez les demeurés, c'est pas le pied ! »

Une provocation, c'est évident.

Dans sa missive, l'éditeur redisait combien il aimait « follement » le recueil de nouvelles, au point de courir le risque de le publier, tout en sachant le genre peu prisé du public.

Qu'a-t-il encore derrière la tête du Grand Mystérieux, comme l'appellent tous ses collaborateurs ? Un ouvrage de commande ? Une biographie d'artiste connu du show-biz qu'il faudra enregistrer et décrypter ensuite, avant de passer à l'écriture ?

Mouche n'apprécie pas particulièrement de telles commandes, mais c'est bien payé. Ce qui agace Mouche dans ce genre de travail, sauf quand elle prend le parti d'en rire, c'est ce qu'elle appelle « le service après-vente ». Lesdites stars doivent être accompagnées, nursées le temps des habituelles promotions. Il faut parfois rafraîchir leur mémoire défaillante sur ce qu'elles ont « écrit » (!), sur l'âge qui est le leur, sur ce qu'elles ont lu, aiment faire, cuisiner. Certaines stars ont bon caractère, d'autres sont capricieuses voire tyranniques.

Mouche peste quand un tel travail lui est commandé. Elle dit que c'est le dernier. Qu'elle n'en fera plus. Elle veut écrire ses propres livres. Son éditeur est toujours d'accord avec elle... Il promet bien sûr de publier ses ouvrages — il l'a déjà fait — mais après un livre urgent qu'il veut absolument à son catalogue. Reste que les dix nouvelles auraient séduit le Grand Mystérieux.

Est-il sincère, ou fin stratège ?

⁂

Une lettre gît dans la boîte. Mouche s'en saisit. Elle l'examine, perplexe. Une grande enveloppe des Éditions La Transparence.

Le contrat ? Non. Impossible. Les contrats sont tous directement expédiés par le groupe Prestige. Mouche évalue l'épaisseur de l'enveloppe. Elle pressent autre chose. Une inquiétude l'envahit, s'empare d'elle. La beauté du printemps lui devient étrangère. Elle oublie *Le Ballon rouge*, le père saisi de remords face à l'enfant qui tend la main. Elle pousse la porte de la maison les yeux fixés sur l'enveloppe qu'elle n'ose ouvrir. Elle sait déjà que les nouvelles risquent d'être blessure.

Il faut pourtant l'ouvrir cette lettre lourde de mystère, et la lire aussi. De la première enveloppe Mouche extrait une autre enveloppe à l'écriture connue.

— Suzanne ! Oh, Suzanne ! Comme j'aimerais être près de vous ! Suzanne quand vous reverrai-je ?

Mouche,

Je ne sais où te joindre. Ton téléphone ne répond plus, et ma lettre m'est revenue. Je me suis souvenue que tu travaillais pour les Éditions La Transparence. Avec un peu de chance, ma missive te parviendra et tu sauras...

Un drame est arrivé ici. Stupide. Drame de la bêtise et qui hante mes nuits. Après une mission au Tchad suivie de quelques jours de repos passés à Toulon, Blaise s'apprêtait à embarquer sur le Colbert. *Une courte mission, à peine huit semaines, disait-il, peut-être les dernières avant de rejoindre*

Paris. Le taxi venait de nous déposer non loin du port de plaisance. Blaise voulait marcher un peu, poser ses yeux, disait-il, les baigner de la lumière, se souvenir. J'étais à ses côtés, et mal à l'aise. Pourquoi se souvenir ? J'ai eu l'impression qu'il faisait des adieux. Qu'il emplissait son regard pour la dernière fois. Il avait du mal à s'arracher à la terre. Pourtant, il a toujours aimé partir.

« En mer, j'oublie, je suis autre. Le vent emporte mes tourments. Les pensées qui demeurent en moi me sont douceur. »

Pourquoi te dis-je ces choses Mouche ? J'avais promis de ne jamais te troubler avec les états d'âme de Blaise.

Mouche s'arrête de lire. Elle secoue la tête. Le ton de la lettre de Suzanne agite déjà des voiles de deuil. Blaise est mort ? C'est cela qu'elle va lire ? Ce n'est pas possible, pas possible.

Il ne faut pas poursuivre la lecture de la lettre de Suzanne. Tant que ses yeux n'auront pas lu, rien d'irrémédiable ne sera arrivé. Elle n'aura fait qu'un vilain rêve, un cauchemar. Blaise sera vivant. Elle veut repousser la tragédie annoncée. Lire la suite, c'est déjà lire la pierre tombale.

— Mon Dieu, que je me trompe ! Ce n'est pas vrai ! Faites que ce ne soit pas vrai !

Tu ne voulais pas — et je t'en avais fait la promesse —, que je dise à Blaise ce que tu étais devenue. Tu m'avais interdit de te parler de lui. Je n'ai jamais vraiment compris pourquoi.

Je t'aime trop Mouche pour ne pas respecter ton choix. Me pardonneras-tu ? je t'ai trahie deux fois.

Il y a plus de dix ans, par hasard, à Nancy, dans la salle d'attente du professeur Brenner, le cardiologue, je me suis trouvée en présence d'une femme avec qui j'ai sympathisé. Pourquoi ? Des affinités ? Elle évoqua les Vosges, son village. Je lui ai dit que c'était le même que celui d'Adrien, mon second mari. Elle est devenue très pâle et silencieuse avant de reprendre le fil de la conversation. Le ton avait changé. J'ai senti cette femme sur ses gardes. J'ai su, presque instantanément — une intuition ? —, qu'il s'agissait de Marguerite, ta grand-mère.

Je n'ai pas pu m'empêcher de l'interroger. Il y avait eu trop d'ombre jetée sur toi et sur Blaise. Je me suis présentée. Elle avait déjà compris que j'étais la mère de Blaise. Elle s'est encore tue. Et puis, nous avons repris notre conversation. Le professeur Brenner était très en retard.

Je sentais que Marguerite maîtrisait chaque phrase, chaque mot. Je voulais savoir ce qui s'était passé, comprendre les circonstances de ton mariage avec Gabriel, alors que j'avais écrit à ta grand-mère que je ne mettrais pas d'obstacle entre toi et Blaise, et qu'au contraire Adrien se réjouissait de ce possible bonheur.

Pour ta grand-mère, ma lettre n'est jamais arrivée. Je lui ai dit qu'il me semblait que Blaise aussi avait écrit. Elle a fait silence, enchaînant tout aussitôt que les filles sont étranges quand elles tombent amoureuses du jour au lendemain. Elle a dit que ton mariage avec Gabriel l'avait réjouie. Un beau parti. Évidemment, c'était rapide. Un coup de foudre paraît-il, juste le temps de faire les papiers. En moins de deux mois, sa princesse était mariée et enceinte. Enfin, disait-elle, sans cesse.

Pardonne-moi Mouche, mais j'ai flairé quelques mensonges.

Je voulais qu'elle me dise les circonstances de ce mariage. Le pourquoi du comment. Au lieu de cela, elle restait dans le vague. Je savais si peu de chose. Blaise était secret. Mais pas assez pour cacher sa souffrance. Il s'était mis à te détester avec une férocité sans égale, à la hauteur sans doute de l'amour qu'il avait pu te vouer. Je ne t'apprendrai rien, Mouche, Blaise t'a aimée comme un fou. Mais de cela, je n'ai rien dit à Marguerite. Son comportement était étrange. Quand Marguerite parlait de toi, de Blanche ou d'elle, j'avais l'impression qu'elle tentait de préserver un secret en me questionnant soudain sur Adrien, mon second mari.

Elle a su beaucoup de vous deux. Surtout si elle a détourné des lettres. Ce fut une étrange conversation où chacune parlait à mots couverts, pensant que l'autre savait et ne savait pas à la fois. Marguerite terminait toujours par « Mouche est fragile comme vous savez ».

Je t'ai trahie Mouche, une deuxième fois, en parlant de toi avec Blaise, après cette entrevue. Je ne supportais pas l'idée de sa souffrance. Je trouvais surtout injuste qu'il te déteste pour une indélicatesse dont tu n'étais pas responsable.

Depuis, bien sûr, j'ai appris, tu me l'as dit, que tu avais écrit à Blaise. Pourquoi n'a-t-il pas reçu la lettre que tu avais postée directement à la grande poste, rue Saint-Jean ? Cette lettre s'est-elle réellement perdue ou a-t-elle été interceptée ? J'ai imaginé mille choses. J'ai soupçonné Blanche. À cette époque, elle travaillait au centre de tri. Après, tu t'es mariée, et tu as préféré faire silence pour ne pas susciter de regrets. Les dés étaient jetés.

Pourquoi a-t-on voulu vous séparer ?

Peut-être ai-je mal agi en donnant les éléments qui manquaient à Blaise. Mais je ne le crois pas. Ma conscience exigeait cette trahison pour que certaines blessures puissent se refermer. La colère de Blaise s'est apaisée. Il a retrouvé quelque sérénité. Il s'est intéressé à tes travaux. Il s'est repris à rêver. Il disait : Tôt ou tard, je retrouverai Mouche comme Édouard a retrouvé Reine trente-cinq ans après leur brouille. Je la reconnaîtrai, elle me reconnaîtra. Dieu ne se mettra pas en travers de nos chemins deux fois...*

Chaque mot, chaque lettre est un voile de deuil qui pare Mouche. En tremblant, elle reprend la lecture de la missive de Suzanne depuis le début, comme pour repousser l'instant où elle lira l'inéluctable. Elle ne veut pas de cette mort couchée sur le papier.

Pas la mort de Blaise.

Elle ne veut pas lire ce jour éteint. Elle va entrer dans la souffrance de Suzanne, celle-là même qui va la plonger dans la déchirure. Elle voudrait n'avoir pas reçu cette lettre. Que sa maison d'édition ne l'ait jamais transmise. Elle aurait pu continuer à rêver, à se souvenir, à imaginer Blaise sur les mers, à bord du *Colbert* ou du *Clémenceau.*

L'arrivée de cette lettre fait se lever une terrible tempête. Une tempête qui balaie tout et sème la mort sur son passage. Se raidir, s'accrocher, alors que le sol se dérobe.

---

* Reine est la cousine germaine de Suzanne.

Elle est seule face au mystère de la nuit. Cette aube existe-t-elle ? Cette rive promise à l'homme, où est-elle ? Et si tout était faux, et si le néant était la seule issue à la vie ?

Le néant existe. Elle s'en souvient pour l'avoir frôlé, il y a longtemps. C'est Blaise qui l'en a arrachée à Toulon.

Sauvée.

Aujourd'hui, sa mort la plonge dans le tourbillon noir et glacé. Qu'elle se souvienne, qu'elle n'oublie jamais ! Pour qu'il vive ! Encore. Toujours.

Que les rues de la vieille ville de Nancy témoignent du rire des amoureux ! Que les mers fassent mémoire de ce jeune capitaine gagné par l'ivresse de leur immensité !

Chaque jour elle posera son regard sur le lilas. Dans le souffle du vent, dans le tremblement du feuillage, elle tentera d'entendre ce qui fut autrefois si doux à son âme :

— Vos yeux ont la couleur du lilas du jardin de ma mère.

L'arbre fera chanter les mots dans son cœur. Les souvenirs sont le rempart de l'oubli. Peuvent-ils venir à bout de la mort et du néant ? Mouche se souviendra. Elle en fait le serment. Trop de gens, pour guérir du chagrin, d'un deuil, disent « il faut oublier ». Elle ne veut pas oublier. Jamais. Si le souvenir est au prix de la souffrance. Elle paiera. Parce que cette souffrance-là est encore une étincelle de vie, tellement plus belle et préférable au jamais plus de la mort.

⁂

La lettre de Suzanne est là, dans sa main.

Elle voudrait pouvoir la froisser, la jeter à la mer. Ne rien savoir.

La mer est noire et froide, comme figée dans la mort. Mouche va-t-elle devenir semblable à elle ? Elle pose une main sur son cœur. La bête de colère est sourde, anesthésiée. Comme si le mal lui faisait du bien. Glacée malgré le soleil du dehors, malgré le printemps en marche. Mouche reprend la lettre de Suzanne.

Ce n'est pas sur cette terre que Blaise et toi fêterez vos retrouvailles. Mouche, comment te dire ? J'ai tant de peine. Comment vivre encore quand un fils a trouvé la mort ? Je l'aimais tant, moi sa mère. Je n'avais plus que lui, que lui...

Blaise est mort. Un homme pris de boisson a tiré sur le port le 5 mars dernier, blessant trois passants, une femme et son bébé, et Blaise. La jeune femme et son enfant n'ont été que légèrement blessés. Blaise, qui marchait à mes côtés, s'est effondré en regardant le Colbert. *Il venait de me parler de toi Mouche. Il venait de lire* L'Enfant qui riait avec les étoiles, *la nouvelle publiée dans Lettres Actu. La balle l'a atteint à la tête. C'est un homme déjà saisi par la mort que le chirurgien a tenté d'opérer. Quatre jours de coma tissés d'espoir au moindre frémissement. Je l'ai veillé, Mouche, je lui ai parlé de toi. J'avais l'impression qu'il entendait. Je pensais même t'appeler pour que tu lui parles, pour que ta voix l'aide à sortir de sa nuit. Mais il est mort, mort à quarante-deux ans. Pourquoi ?*

Ce qui me révolte, c'est l'attitude de la justice. Le meurtrier a été arrêté. On l'a déclaré en plein délire éthylique. Six semaines d'hôpital psychiatrique, et le voici libre, simplement sous contrôle. Cet homme ne fera même pas de prison. Il peut se promener sur le port, regarder la mer et les bateaux, alors que Blaise gît sous terre et ne verra jamais plus le soleil, ni la mer, ni les bateaux. Je suis révoltée.

J'ai bien trop mal pour croire en un Dieu qui permet l'absurde.

N'est-il pas scandaleux qu'un homme qui n'est que bonté meure ainsi à quarante-deux ans ?

Pourquoi cette mort, stupide, inutile ? Pauvre Suzanne qu'elle ne peut même pas aller embrasser.

Mouche, écrivons-nous. Adrien n'est plus, tu le sais. Il est des faits dont je voudrais t'entretenir... et qui te concernent.

Aujourd'hui, je sais que j'ai bien fait de parler à Blaise. Il ne t'a pas retrouvée sur cette terre, mais il aura emporté le meilleur souvenir de vous deux. Un peu de vérité aura été dit.

Mouche ne peut plus respirer. Elle a le souffle coupé. Comme une épée qui transperce. Elle lit et relit sans cesse les mots de souffrance.

On ne meurt pas comme ça. Sauf à la télévision et dans les journaux. Ce sont les autres, des inconnus. Pas ceux que l'on connaît, que l'on a aimés, et que l'on chérit encore. Elle s'appuie au mur du couloir qui relie le séjour au petit bureau et glisse jusqu'au sol avant d'enfouir sa tête dans ses genoux.

— Où êtes-vous Blaise ? Quel navire vous a emporté si loin et sans moi ?

Mouche voudrait pleurer comme il y a dix-huit ans. Les larmes font un poids sur sa poitrine, mais ne trouvent pas le chemin des yeux. Cette fois Blaise ne viendra pas consoler Mouche. Il ne viendra plus, jamais.

C'est donc Mouche qui va à lui, un peu comme elle l'avait fait en ce mois d'avril, il y a dix-huit ans, parce que les projets de Blanche la révoltaient.

⁂

Elle est partie sans prévenir. En laissant une lettre à Marguerite. Mouche ne pouvait plus rester rue des Ponts. Mouche ne voulait pas devenir la promise du gros Lucien, un ami de sa mère, son protecteur, en tout bien, tout honneur, disait-il à Marguerite quand il passait par la rue des Ponts.

Grand-mère,

Tu as toujours dit : les histoires des grandes personnes ne te regardent pas. Ne t'en mêle pas. Comme aujourd'hui, ces histoires me concernent et que je suis encore une petite fille obéissante, je préfère me sauver pour n'être pas obligée d'obéir à Blanche qui me ferait entrer dans une histoire de grandes personnes qui ne m'intéresse pas. Embrasse Blanche, et dis-lui que le gros Lucien peut toujours attendre, mais que je ne par-

tagerai jamais mon lit avec lui. Si Blanche veut de l'argent, elle n'a qu'à se débrouiller toute seule.

Ta petite-fille, ta princesse, une fille vendue.

MOUCHE.

Cette nuit-là, Mouche attend dans son lit que le silence inonde l'appartement. Quand seul le tic-tac du réveil posé sur la table de nuit se fait entendre, quand elle est certaine que Marguerite dort profondément — Blanche est sortie —, elle se relève, remplit un sac à la hâte. Elle sort sur la pointe des pieds, les chaussures à la main. Avant de gagner la gare de Nancy, elle dépose sa lettre dans la boîte de l'association Savoir où Marguerite donne encore quelques cours à deux pas de l'église Saint-Léon. Ainsi Blanche ne pourra pas intercepter sa lettre et la soustraire avec le fallacieux prétexte de ne pas inquiéter Marguerite, car Marguerite doit savoir pourquoi Mouche fuit.

***

D'abord, c'est la nuit froide et glacée à la gare de Nancy. En avril, les nuits apportent encore des gelées. Et puis, la nuit dans une gare... C'est comme la nuit dans un port, ou certains soirs à Pigalle. Qui est cette gamine en larmes ? On s'arrête un instant. Mais son chagrin est au-delà de l'instant, il l'absorbe tant que le monde réel a disparu autour d'elle. Les curieux et les passants la prennent sans doute pour une simplette et s'éloignent. L'innocence est parfois une grande protection. Le jour a déjà pâli la nuit, quand Mouche réalise qu'il faut qu'elle parte avant qu'on la retrouve. Mais où aller ?

Loin.

Toulon est le lieu le plus éloigné qu'elle connaisse. Suzanne y habite depuis qu'elle a quitté Nancy pour suivre Adrien, son époux, à La Seyne. Les Chantiers Navals, l'un des principaux clients du Cabinet d'assurances et d'expertises d'Adrien, l'obligeaient à de fréquents déplacements. Adrien n'est plus très jeune et son cardiologue l'a mis en garde : il faut vous ménager. Adrien s'est donc installé à deux pas de Toulon. Ravie, Suzanne a suivi et en a profité pour cesser ses activités aux Cristalleries et se rapprocher ainsi de Blaise.

Pour fuir Blanche et le gros Lucien, Mouche décide d'aller à Toulon, comme elle le fait en rêve, quand plus rien ne va entre Blanche et elle, entre Blanche et Marguerite qui se disputent à cause d'elle. Ses pensées s'envolent alors vers ce port, vers Blaise, son poète navigateur. Elle aime se souvenir de leur rencontre l'année précédente.

C'était aux Cristalleries, on y fêtait le prochain départ de Suzanne. Blaise, le fils de Suzanne, était là avec monsieur Adrien. Les jeunes filles du secrétariat tentaient de se faire remarquer par le bel officier qui ne voyait que Mouche.

Après cette journée douce et embaumée, une correspondance d'abord amicale, puis teintée de tendresse, s'est établie entre eux. Mais Blaise ne s'est pas contenté d'écrire à Mouche. Avant l'installation définitive de ses parents à Toulon, il a tenté de la revoir, de l'inviter à passer un dimanche chez sa marraine. Blaise avait écrit à Marguerite pour lui demander sa permission. Elle prétexta une autre invitation ce jour-là. Mouche était très en colère. Elle n'avait pas réussi à convaincre Marguerite du sérieux du jeune homme. Tout dialogue était impossible. Marguerite, si tendre pour sa princesse, semblait figée dans un autre temps. Mouche a boudé pendant plusieurs jours, s'est enfermée dans sa chambre et, sur son journal, elle a écrit : « Marguerite doit être bien jalouse pour vouloir ainsi gâcher ma joie et mon soleil. » Mais par fierté, Mouche n'a rien osé dire à Blaise. Suzanne fut à demi surprise. Blaise pressentait-il quelque mystère quand il a dit : « Mouche, quelque chose nous dépasse, que nous saurons peut-être un jour. Ne nous y arrêtons pas. Rêvons seulement d'une longue marche à deux. Votre rire, vos yeux lilas me manquent tellement. Fasse le ciel que nous donnions un jour corps à notre rêve ! »

Un jour pourtant Blaise est venu, par surprise, l'attendre à la sortie des Cristalleries. Mouche se hâtait, car Marguerite chronomètre ses trajets. Elle est plus sévère pour elle qu'elle ne l'a été pour Blanche. L'expérience de Blanche a été une leçon.

Mais Blaise a surgi de derrière les platanes en bourgeons.

— Je vous enlève. J'expliquerai à votre grand-mère.

Mouche n'a rien oublié. Elle revoit la très jeune fille à l'aube de ses dix-sept ans. Heureuse de travailler aux Cristalleries, depuis six mois. Son salaire y est plus élevé qu'il ne l'aurait été au Cabinet d'assurances de monsieur Adrien où elle n'a travaillé qu'un mois. Et ses horaires lui permettent de suivre des cours de théâtre. Avant le transfert du Cabinet d'assurances, monsieur Adrien, son premier employeur, s'est occupé de Mouche. D'où les mises en garde de Marguerite à propos de l'honnêteté des hommes. Mouche se rappelle avoir haussé les épaules.

— Grand-mère, tu vois le mal partout. Le patron estime que c'est son devoir de ne pas lâcher ses employés.

Mouche n'a pas parlé du regard triste de monsieur Adrien quand elle s'est trouvée face à lui. Marguerite n'aurait pas compris. Elle aurait beau lui dire que ça n'a rien à voir avec le regard vitreux des hommes de Blanche, ce serait peine perdue. Et quand il lui a parlé, c'était très naturellement, presque comme un père, si elle peut oser cette comparaison, car Mouche ne sait pas comment parle un père.

— Ma petite fille. Il faut penser à l'avenir. Je sais, jolie comme vous l'êtes — mon Dieu ces yeux, et ces cheveux, comment est-ce possible ? Il a dit cela dans un murmure, pour lui-même, avant de reprendre : Vous trouverez sans doute un bon parti, ce qui vous évitera de travailler, mais ça ne suffit pas toujours, les temps changent.

— Un mari dans ma vie ! Vous m'avez vue ? Jamais ! Je veux faire du théâtre. D'ailleurs ma grand-mère, comme ma mère se...

— Justement, mademoiselle Beaumont, je voudrais vous poser quelques questions sur votre situation familiale.

— C'est obligé ?

— Pour certains papiers sans doute. Vous vivez chez votre grand-mère, Madame Beaumont ? C'est votre grand-mère paternelle ?

— C'est ma grand-mère maternelle.

— Madame Beaumont ?

— Oui... enfin... non... Elle s'appelle Madame Marguerite Reynaud

— Marguerite Reynaud ? C'est curieux, j'étais persuadé qu'elle s'appelait Marguerite Beaumont, sans doute parce que dans mon pays j'ai connu des Beaumont, des gens très bien du reste...

— À Charmes, à Brantigny ?

— Vous êtes de là, je ne me trompe pas ?

(Zut, j'ai parlé trop vite, se dit Mouche. Grands dieux, si Marguerite l'apprend !)

— Ma mère, enfin je crois.

— Votre mère, c'est Blanche Beaumont ?

— Comment le savez-vous ?

— Par votre état civil, voyons.

— Mais, je n'ai pas encore rempli la feuille que m'a remise Madame Dancourt.

Monsieur Adrien a vraiment l'air embarrassé. Il joue avec son stylo. Heureusement, Madame Dancourt entre un parapheur à la main.

— Pardonnez-moi monsieur Adrien, quelques lettres urgentes à signer.

Monsieur Adrien s'est ressaisi :

— Parlons de votre avenir ma petite fille. On le remplit ce questionnaire, il vous sera utile pour votre carrière ? Votre mère, c'est donc Madame Blanche Beaumont ?

— Ben oui, du nom de son mari un M. Beaumont. Elle est née Reynaud, fille de Madame Marguerite Reynaud (comme ça Marguerite sera contente, se dit Mouche).

— Ah non, c'est pas possible du tout, soupire Adrien. Enfin si. Blanche a pu épouser un de ses cousins. Passons. Comment va Marguerite, votre grand-mère ?

Mais pourquoi la santé de Marguerite l'intéresse-t-elle ? se demande Mouche, et puis ma mère Blanche par-dessus le marché, et comment sait-il tout ça ?

— Bien, sauf son cœur qui n'est pas régulier.

— Nous avons quelque chose en commun. Et Blanche, madame votre mère ?

— Bien je crois.

— Vous vivez chez votre mère ou votre grand-mère ?

— Ma mère et moi nous habitons chez grand-mère. C'est surtout elle qui m'a élevée, car ma mère doit travailler depuis la mort de mon père.

— Ah oui ? C'est bien triste.

— Oh vous savez, je ne l'ai pas connu. Il est mort avant ma naissance.

— ?

— C'était la confusion de la Libération, comme dit grand-mère.

— Et le père de Blanche, votre grand-père, il... il est mort ?

— Ça, je ne sais pas. Marguerite, ma grand-mère, n'en parle jamais. Elle dit que c'est sa vie.

Le téléphone a mis fin au questionnaire. Perdu dans ses pensées, monsieur Adrien repose le combiné.

Mouche s'en veut. Elle a failli dire que Marguerite s'appelait Beaumont de son vrai nom. Elle s'est rattrapée. Enfin, elle espère. Marguerite lui a fait la leçon. Personne ne doit savoir. Pour tous, Marguerite, c'est Madame Reynaud. Une veuve. Une institutrice avec un enfant sans être mariée, autrefois ça n'était pas possible. Surtout dans une école religieuse. Les sœurs qui ont embauché Marguerite ont été très gentilles. Elles n'ont jamais posé de question. Mouche se promet de ne rien révéler de l'entretien avec monsieur Adrien. Ce n'est pas la peine de causer des tourments à sa grand-mère. Elle ne sait pas pourquoi elle a parlé des Vosges. C'est interdit, comme tant de domaines. Oh ! et puis zut, que Marguerite et Blanche se débrouillent avec leurs histoires et leur secret. Tous ces mystères sont fatigants. Quand Mouche pose des questions à ceux de Brantigny, c'est pareil. Le silence.

Monsieur Adrien reprend doucement l'interrogatoire.

— Je comprends, ma petite fille. Cela a dû être difficile pour Marguerite et Blanche et pour vous aussi. Un papa qui manque ça fait un trou, là, au cœur. Comme un enfant qui manque à son père, dit-il d'une voix sourde. Marguerite, votre grand-mère, dites-moi, c'était bien l'institutrice de Brantigny ? Marguerite est née à Charmes ou à Brantigny ?

Eh voilà qu'il y revient, songe Mouche. Quel entêté !

— Je ne sais pas. C'était peut-être son mari qui était de Brantigny, ou de Charmes. Moi, j'allais en vacances à Brantigny, enfin à côté, parce qu'elle y a des cousins et des amis.

— Mais elle était institutrice, remarquez je vous parle d'avant la guerre.

— Laquelle ? Elle a connu les deux. Pendant la première ? J'avoue que je ne sais pas. Mais il me semble que oui, c'est cela, elle devait enseigner à Brantigny car la Fine le dit.

— La Fine ?

— Une de ses cousines, Joséphine.

— Attendez, vous parlez de Joséphine Vosgel ?

— Ben, vous savez tout !

— Mon Dieu, c'est bien ça...

Monsieur Adrien a mis sa tête entre ses mains, perdu dans un lointain que Mouche ne comprend pas.

— Comment savez-vous ?

Mouche tente de rompre l'inquiétant silence de monsieur Adrien

— Oh, rien, j'ai aussi de la famille là-bas.

— Alors si ça se trouve, vous connaissez bien Marguerite ? Je vais le lui dire ?

— Surtout pas ! Un jour je vous raconterai, enfin, plus tard, peut-être.

— Et mon père alors ! Et mon grand-père ! C'est ma vie, et personne ne veut jamais rien me dire !

— C'est si loin, si loin mon petit. Marguerite était discrète.

Monsieur Adrien est devenu étrange, pensif avant de dire :

— Ah ! Quelle vie, ma petite fille ! Revenons à aujourd'hui, je voulais vous faire part d'un projet. Vous venez à peine d'arriver depuis deux semaines et nous allons devoir nous séparer. Pas à cause de votre travail. Je vous trouve très bien, très compétente. C'est ma santé qui commande.

Ce cabinet d'assurances va être transféré dans le Sud. Je vous garderais bien, mais Marguerite ne vous laissera sans doute pas partir si loin. Si vous en êtes d'accord, vous allez vous présenter aux Cristalleries. Je vais vous faire une lettre pour Madame Bruller, directrice du personnel. C'est ma femme. Elle vous trouvera un emploi qui vous permettra de suivre vos cours au Conservatoire où je vous souhaite de réussir, ce dont je ne doute pas, avec les yeux que vous avez... Est-ce possible…, murmure-t-il encore à mi-voix. Ne dites rien pour l'instant à Marguerite, vous savez bien, à cause de son cœur.

C'est ainsi que Mouche a fait la connaissance de Suzanne Bruller du nom de son premier mari, le père de Blaise, un résistant exécuté par la Gestapo au fort de Frouard. Elle a aussi appris que Suzanne s'était remariée avec monsieur Adrien après la guerre. Il avait promis au père de Blaise de s'occuper du jeune garçon, si les événements tournaient mal. Il a ainsi veillé sur la maman qui aurait pu être sa fille.

Mouche revoit son arrivée aux Cristalleries et se souvient de l'accueil chaleureux de Suzanne. Des mois de bonheur pour la jeune fille, trop heureuse de donner plus d'argent à Marguerite, et de disposer de plus de temps pour suivre les cours du Conservatoire. Comédienne, c'est ce qu'elle veut être. Elle joue parfois avec la Compagnie Lorraine. Les anciens de la troupe l'encouragent, affirmant qu'elle est née pour les planches. Du sobriquet Mouche, donné par un cousin vosgien, pour se moquer de sa peau pain brûlé et des yeux au bleu étrange presque mauve, qui perce les âmes, la jeune fille s'est fait un prénom qui sera son nom de théâtre. On ne la fera plus jamais pleurer avec un sobriquet qu'elle a adopté.

— Ma revanche, lance-t-elle entre deux tirades.

⁂

Mouche n'a rien oublié de cette époque.

La lettre de Suzanne a ravivé les souvenirs en lui déchirant le cœur.

Elle revit sa promenade avec Blaise.

— Je vous enlève, j'expliquerai à votre grand-mère.

Mouche n'a pas peur, malgré les interdits de Marguerite qui pense la protéger d'une autre souffrance. Elle désobéit et elle est heureuse. Elle suit Blaise, reste à ses côtés jusqu'à l'heure de son cours de théâtre. Être enlevée par lui a quelque chose de grisant.

Cette fin de février est exceptionnellement douce. Le thermomètre affiche dix-huit degrés au cours de l'après-midi. L'eau des fontaines de la place Stanislas est fraîche à leurs mains qui jouent à s'attraper. L'arôme du café face au Grand Théâtre est incomparable. Et les lèvres de Blaise qui s'égarent effleurant ses cheveux...

La colère de Marguerite est grandiose. Elle met Blaise à la porte sans l'écouter. Mouche n'aurait jamais cru la douce et calme Marguerite capable d'une telle démesure. Tout ce qu'elle dit des hommes. C'est comme si elle lisait un livre entier de reproches accumulés pendant des années. Mouche pleure.

— J'ai rien fait, grand-mère, rien, je te promets.
— Princesse, tu n'as pas le droit de mal tourner.

*
**

Maintenant Blaise n'est plus.

Les larmes qu'elle retient sous le ciel vosgien l'emportent dans le train qui roule vers Toulon, dix-huit ans plus tôt, quand elle a voulu se soustraire au gros Lucien.

*
**

Mouche émeut le contrôleur.

Pas de billet.

Pas de portefeuille. Perdu, volé. Elle ne sait plus. Elle bafouille, invente. Elle va vers Toulon, son père est mort. Le contrôleur n'insiste pas. Il ferme les yeux sur l'infraction, et continue à faire des petits trous dans les billets des autres passagers.

Il fait déjà nuit quand Mouche arrive à Toulon. Elle n'ose pas quitter la gare avant l'aurore. Pendant toute la journée, elle erre dans la ville. Elle cherche le boulevard Fénelon qu'elle trouve alors que l'après-midi est déjà bien avancé. Elle repère l'immeuble cossu où habite Suzanne. Que dira Suzanne en la voyant ?

Non loin, sur un banc, elle se laisse choir.

Épuisée.

Vers vingt heures, elle entre dans l'immeuble aux portes vitrées derrière lesquelles de jeunes palmiers s'épanouissent.

Elle sonne. Son attente se heurte à un silence immense et glacé.

Alors, fatiguée, transie, elle s'asseoit sur le paillasson. La tête posée sur ses genoux. Suzanne est peut-être absente pour plusieurs semaines.

Tant pis.

Elle restera là, ou ira s'allonger au bord de la mer et elle attendra jusqu'au dernier sommeil si c'est nécessaire. Tout, plutôt que le gros Lucien sur elle. Elle n'a pas peur de mourir. Si Dieu existe, comme le croit Marguerite, il lui fera un lit de lis et de roses. Il y versera du parfum. Il lui enverra Nougatine qu'un camion a écrasée avant la naissance des chatons qu'elle portait. Au paradis, dit Marguerite, Dieu console les affligés et rassasie les affamés.

Que désire Mouche ?

Les ronrons de Nougatine, un lieu pour dormir, un bol de lait chaud et, si ce n'est pas trop demander, le sourire de Blaise qui la protégerait du gros Lucien. Vaincue par la fatigue et la faim, elle s'endort recroquevillée sur elle-même, le dos appuyé à son sac de toile de jute.

Il est presque minuit quand Blaise la trouve. D'abord, il ne reconnaît pas la jeune fille. Doucement, il a pris son menton avant de murmurer sans y croire :

— Mouche, que faites-vous là, qu'est-il arrivé ?

Elle est pâle et défaite. C'est bien Mouche, ce sont ses yeux, mais ce n'est pas la jeune fille rieuse qui l'a tant ému aux Cristalleries, ni celle qui sautillait à ses côtés dans les allées de la Pépinière en lui récitant des poèmes dont elle avait oublié l'auteur.

La jeune fille qui gît à la porte de Suzanne est une enfant perdue. Elle le regarde sans le reconnaître. Elle demeure assise, sans réaction. Il ne sait pas qu'elle n'a rien absorbé depuis deux jours. Il essaie de lui expliquer l'absence de Suzanne en voyage pour trois semaines. Suzanne n'est pas là. C'est ce que Mouche entend et retient et qui donne à son regard cette lueur d'effroi.

— Mais je suis là, Mouche. Qu'est-ce qui ne va pas ?

Elle pose sur lui de grands yeux plaintifs. Elle tente de parler, mais aucun son ne sort de sa bouche pour expliquer le motif de sa présence. Elle ne peut que sangloter. Suzanne absente, elle veut repartir aussitôt. Elle se lève. La tête lui tourne et son pouls s'accélère. Elle fait quelques pas, doit s'appuyer au mur du couloir. Et c'est la nuit. Blaise la porte et la dépose dans un fautcuil dans l'appartement de sa mère. Elle ouvre les yeux. Effrayée, elle manifeste son intention de partir. Une folie dans l'état qui est le sien. Blaise est ferme et l'asseoit de façon autoritaire.

— D'abord on mange, on se repose, après on parle et on avise.

Non, non, fait-elle de la tête pour remplacer la voix qui se dérobe. La détresse de Mouche inquiète le jeune homme. Le plus urgent est de l'aider à retrouver quelques forces. Désespérée de ne pouvoir se faire comprendre, Mouche s'agite, tremble, pleure. Un mot force la barrière des lèvres. Deux syllabes arrachées et qui sont une déchirure... *en... ue.* Que veut dire Mouche ?

Il met un doigt sur ses lèvres.

— Ça peut attendre.

⁂

Il a cassé deux œufs dans une poêle. Mouche n'arrive pas à avaler. Il a l'idée de faire un potage. Suzanne a toujours quelques sachets de soupe instantanée à diluer dans de l'eau chaude. Il la lui fait absorber cuillère après cuillère. Il y a autant de larmes que de potage dans l'assiette. Il a l'impression d'avoir recueilli un oiseau blessé sur le pont de son bateau. Il chauffe un peu de lait, le sucre avec du miel. Elle boit. Blaise parle doucement en caressant ses cheveux. Le lait sucré apporte un peu d'apaisement à la jeune fille. Blaise lui montre la chambre de Suzanne pour qu'elle se repose. Mais elle ne veut pas. Par gestes, elle explique qu'elle a besoin de se laver. Elle se retrouve toute habillée sous la douche. L'eau lui fait du bien, la lave des jours précédents et de sa peur. Blaise essuie son visage, ses cheveux. Il doit la soutenir à chaque instant.

— Un petit effort Mouche, un dernier. Déshabillez-vous et enfilez ce pyjama.

Il doit l'aider. Elle se laisse faire sans s'abandonner. Elle grelotte, claque des dents. Faut-il appeler un médecin ? Il a posé la question à haute voix. La terreur qu'il lit dans son regard est une réponse. Elle secoue encore la tête pour dire non. Il la porte jusqu'au lit de Suzanne.

— Reposez-vous.

Blaise pose une main rassurante sur le front de Mouche. Elle s'agrippe à lui. Il embrasse doucement ses mains :

— N'ayez pas peur, je reste ici, vous n'êtes pas seule, Mouche. Écoutez-moi. Demain, tout ira mieux.

Entend-elle ? Elle ne parle pas. Elle a posé son regard sur Blaise. Les larmes se sont arrêtées de couler. Blaise continue de l'apaiser en lui parlant doucement dans un souffle jusqu'à ce qu'elle baisse les paupières et finisse par sombrer dans un sommeil secoué de sanglots réprimés.

Quand Mouche ouvre les yeux le lendemain, le soleil inonde déjà la pièce. Blaise est là, assis dans le fauteuil près de la fenêtre. Elle doit avoir des yeux qui interrogent : où suis-je ?

— Vous êtes chez Suzanne. Vous vous souvenez ? Allez-vous mieux ?

Elle est confuse de ne pouvoir rien exprimer. Elle se souvient de la douche en découvrant le pyjama qu'elle porte. Les mots butent sur ses lèvres. Elle émet des sons incompréhensibles. Elle panique, met une main sur sa gorge. Il pose encore l'index sur ses lèvres.

— Rien ne presse. Vous me direz plus tard.

Blaise devine que le plus urgent est de sécuriser Mouche. Il faut retrouver la jeune fille rieuse au bord du bassin de Neptune, place Stanislas, celle qui lui écrit presque chaque semaine, commente les événements, raconte les livres et les films, et envoie des poèmes qui en disent long sur l'interrogation du sens de la vie. Il la conduit à la salle de bains, parfumée de lavande. Il a tout préparé pour qu'elle se sente bien.

— Pendant que vous vous habillez, je prépare de quoi vous restaurer.

Elle ne peut que lui adresser un regard reconnaissant. Les mots ne viennent pas. Il prend ses mains dans les siennes, les embrasse. Il répète ce qu'il lui a déjà dit, et ajoute :

— Je suis content que vous soyez là. Tout va s'arranger.

Il y a cette promenade sur le port. Elle est tout près de lui, agrippée à son bras comme à une bouée. Il devine, à ses lèvres tremblantes, qu'elle tente encore d'aller chercher les mots, de les arracher de son cœur. Elle s'arrête, met les mains sur sa poitrine, les tend vers lui et secoue la tête en signe d'impuissance. Il plonge dans son regard pour guetter l'étincelle. Il la rassure. Il se dit qu'il faut la divertir. Peut-il lui parler ? Elle acquiesce d'un mouvement de tête. Il la regarde longuement pour cueillir un sourire au fond de ses yeux. Près du port, il lui raconte ses voyages. Les grands oiseaux. Il récite des poèmes, ceux de Verlaine et de Rimbaud, de Musset et puis les siens, ceux qu'elle joint à ses lettres. Il dit qu'ils sont superbes. Mouche pose furtivement sa tête sur l'épaule de Blaise. Mais elle s'affole quand il dit qu'elle est une perle rare et qu'il risque ses lèvres sur son front. Blaise perçoit la fragilité de l'instant. Il sait qu'un geste maladroit peut précipiter Mouche dans le gouffre au bord duquel elle se trouve. Il se veut apaisant. Il est là pour l'aider à briser l'isolement. C'est la seule chose qui compte. Il se force à faire le clown :

— Je suis le chevalier qui abat les murs des prisons et délivre les princesses captives.

Mouche sourit. C'est la première fois.

Alors que l'après-midi s'achève, ils quittent le port pour regagner l'appartement. Mouche se précipite à la cuisine. Elle ouvre les placards avec fébrilité. Elle cherche les casseroles.

— Vous voulez cuisiner ?

Elle joint les mains comme pour dire, s'il vous plaît, laissez-moi faire. Elle a jeté des nouilles dans une casserole d'eau bouillante. En cherchant une cuillère pour les remuer, elle trouve le bloc pense-bête où Suzanne note ce qu'il faut acheter. Mais il n'y a plus de crayon au bout de la ficelle. Elle arrache un morceau de papier et se tourne vers Blaise. Il met du temps à réaliser qu'elle demande un stylo, un crayon.

— Mais comment n'y ai-je pas pensé plus tôt ?

Alors elle écrit, presque avec rage :

— Il fallait que je parte, à cause de Blanche.

Mais elle ne s'étend pas.

— C'était grave ?

Ô l'étrange conversation entre la voix de Blaise et le bruit du crayon de Mouche qui court sur le papier. De quoi oublier les nouilles dans la casserole.

Parfois elle pose son regard dans un ailleurs douloureux, cherche les mots, rature, recommence et les larmes lui reviennent. Et les sanglots la secouent.

Elle se reprend :

— Demain, je pars. Merci pour tout, et pardon.

Il la saisit aux épaules pour la forcer à le regarder :

— Pour aller où ?

Il lit sur son visage qu'elle ne sait pas, et que peu importe.

— Vous allez rester le temps de retrouver votre parole. Vous ne partirez pas avant de me réciter Paul Fort et Hugo, et vous-même.

— Et si c'est trop long ? écrit-elle sur le papier.

— Votre présence est un cadeau. C'est un plaisir pour moi d'être à vos côtés. Tout ce temps que vous me donnez. C'est moi qui vous serai redevable. Mouche, vous allez voir comme ce grand chagrin va être terrassé. À deux nous serons plus forts. Ce sera notre secret. Et la parole reviendra, et votre rire aussi.

De l'index, il effleure son nez.

Elle se jette contre lui, réprimant de nouveaux sanglots.

— Mais qui a bien pu vous faire mal à ce point ?

L'odeur de brûlé qui arrive de la cuisine ne trompe pas. Les nouilles ce sera pour une autre fois.

— Au premier carrefour sur le boulevard Fénelon, il y a un petit bistrot, venez nous allons nous régaler d'un plat de bolognaises.

Sur la nappe de papier, puis sur les serviettes, Mouche écrit à Blaise. Elle tend aussi ses mains vers lui entre deux mots, entre deux phrases. Il les tient et les retient pour lui signifier qu'il comprend. Elle écrit que petite fille, après une dispute, grosse comme un avion à réaction (pour le bruit des voix), entre Marguerite et Blanche qui voulait la mettre en pension au lieu de la laisser chez Marguerite, elle s'est sauvée, a marché depuis la rue des Ponts jusqu'au faubourg des Trois-Maisons. Elle s'est endormie au bord du canal, tout près de Maxéville. Elle voulait prendre un bateau. Ce sont des mariniers qui l'ont découverte. Elle ne pouvait plus parler. Cela a duré des semaines. Marguerite a eu l'idée de la conduire dans la montagne vosgienne. Près du col de la Schlucht, chez la cousine Marion. Il y avait des bêtes qui faisaient sa joie. Un jour, Rika, la chienne, a failli être écrasée par un tronc d'arbre qui s'était détaché de la schlitte que lançait Vincent, l'apprenti, récemment embauché et encore inexpérimenté. Personne n'avait rien vu, sauf elle. Rika allait être écrasée par l'immense bûche. Elle a crié « Rika, Rika ! » Elle se rappelle de Marion la serrant sur son cœur jusqu'à l'étouffer. « La petite a parlé, la petite a parlé ! »

— Je vais demander à mon amiral une permission et nous allons aller chez la cousine Marion.

Et comme elle fait comprendre que c'est impossible parce que la cousine de Marguerite est au ciel.

— Alors on ira chez mon oncle Fernand en Alsace. C'est presque pareil.

Elle rit, et il embrasse de nouveau ses mains.

Mouche demande à Blaise de retourner sur le port ou ailleurs. La nuit tombe doucement. Elle ne veut pas rentrer tout de suite.

— Le mont Faron, vous tente ?

Il fait froid là-haut. Blaise jette sa veste sur ses épaules. Ils se sont assis au pied d'un arbre. Elle est blottie contre lui. Elle a quelque chose d'émouvant. Une beauté proche de l'enfance dans un corps de femme. Dix-sept ans, une grâce et une intelligence hors du temps, hors des normes. Une sorte de petite sirène fascinée par les bateaux qui passent, et qu'elle dévore des yeux. D'où vient-elle ? Qui est cette jeune fille élevée par deux femmes ? Un mystère troublant qui la pare d'une auréole étrange dont il veut se défendre. Il est responsable d'elle. Elle dépend de lui. L'embrasser, la bercer, la toucher et se laisser emporter. Entrer au cœur du silence et arracher la parole confisquée. Mouche tremble à chaque regard. Mais Blaise n'a pas le droit de profiter de sa faiblesse et de blesser son rêve.

Quatre jours que Mouche est là, à ses côtés, suspendue à lui, et toujours prisonnière du silence. La nuit recouvre Toulon. Blaise tente de percer la toile et de rompre l'isolement de la jeune fille. Il a une idée.

— Je vais vous raconter une histoire. Si l'histoire vous plaît vous me donnez un petit baiser, amical, cela va de soi. Si elle vous déplaît, vous me pincez.

Elle est d'accord.

***

Jamais plus Mouche ne rêvera à l'histoire de la petite fille que se disputaient deux femmes et qu'un prince a regardée. Jamais plus. Le prince s'en est allé. Les sorcières peuvent danser tous les sabbats du monde. Blême, elle réalise combien le souvenir de ce qui ne fut pas, de ce qui aurait pu être, l'a aidée à traverser ces années. Elle écoute Blaise. Elle entend tous ces jours que nul n'a connus.

Et Blaise se fait conteur :

« Dans une belle et grande ville de l'Est, Nancy sans doute, vivait une institutrice, Marguerite. Elle enseignait à l'école Saint-Léon, tenue par des religieuses. Marguerite était une femme magnifique, intelligente et un peu mystérieuse. On ne savait rien d'elle sauf qu'elle avait une fille Blanche fort belle, mais un peu égoïste. On disait que Blanche faisait rêver tous les hommes. Mais elle n'était pas heureuse. Pourquoi ne se mariait-elle pas ? Trop de beauté fait peur. Chacun se disait : le voisin risque de me la prendre. Un jour, cette très belle femme a eu une petite fille. Qui était le papa ? Ce fut le secret de Blanche et la colère de la grand-mère. La petite fille fut une surprise pour sa mère. Elle était comme un jouet non désiré que le Père Noël dépose dans la cheminée. On le regarde, on le trouve beau, très beau. Si beau qu'on se demande ce qu'on va en faire. La petite fille était belle, aussi brune que la maman était pâle. De sa grand-mère, la petite fille avait l'intelligence. Les fées s'étaient penchées sur elle. Elles la destinaient à un prince. La grand-mère veillait avec amour sur l'enfant. Comme la petite fille grandissait sa mère se mit à la voir. Belle ou jolie ? Elle avait des yeux étranges, couleur lilas. La jeune fille ne pourrait qu'attirer les hommes. Bientôt on ne regarderait qu'elle. Avec le temps, Blanche allait perdre un peu de son éclat, et les regards se détourneraient. Elle le savait et s'angoissait. Est-ce la raison pour laquelle elle voulait prendre sa fille à ses côtés ? Mais la jeune fille a refusé, et a vu, dans sa mère, la méchante sorcière qui la mettait dans une prison. Elle s'est sauvée avec l'espoir de rencontrer son prince. Dans sa fuite, elle croise un jeune homme. Il est gentil, il l'aime depuis toujours sans doute. Il veut l'aider. Mais elle se tait, ne le voit pas. Elle cherche un prince. Lui, il… »

Mouche se jette sur Blaise, presque colère, pose une main sur sa bouche pour qu'il cesse de parler. Elle le pince, lui fait mal même, mais aussitôt embrasse ses mains.

— C'est cela, et ce n'est pas cela, je ne suis pas loin n'est-ce pas ?

Elle pose un regard qui en dit long sur le drame qui la secoue. Et Blaise comprend les syllabes entendues le premier soir de son arrivée : « vendue ».

— Bon Dieu, mais comment peut-on être aussi vil ?

Et elle aime cette colère. Elle aime qu'un homme s'indigne de l'inconduite d'autres hommes.

⁂

Jamais plus il ne pourra la défendre.

Elle se souvient de ses mains sur ses cheveux, de la tendresse contenue, de son écoute. La patience respecteuse. C'est elle qui s'est mal conduite.

⁂

Au sixième jour, Mouche vient frapper à la porte de sa chambre. Elle entre un papier à la main.

— Je veux dormir avec vous.

Blaise dit non. Il explique que l'amour c'est beau, mais grave. Qu'il sera heureux de dormir avec elle, mais dans d'autres circonstances. Qu'elle est encore fragile. Elle se met à pleurer, s'agenouille devant le lit. Elle enfouit son visage dans le drap et sanglote. Il la relève et la serre contre lui.

— Je vous aime, je vous aime. Il ne faut pas en douter. Je vous aime trop pour profiter de votre faiblesse. Quand vous serez plus forte, quand les mots viendront sur vos lèvres.

Elle secoue la tête. Quelle est cette expression de douleur et de terreur qui ombre son visage ? Qu'entend-elle par dormir ? Ne s'est-il pas mépris ? Il s'en veut.

Il la soulève de terre et la dépose dans le lit. Il s'allonge à côté d'elle et lui prend la main. Il essuie ses yeux. Elle pose la tête contre son épaule et ne bouge plus. Elle s'endort la première. Longtemps il la regarde dormir. Immobile et digne dans le sommeil. Il essaie de dégager sa main. Elle referme la sienne pour le retenir. L'émotion le gagne. Qu'est-ce que l'amour entre deux êtres ? De quoi est-il capable ? Jusqu'où fait-il marcher ceux qui l'ont reconnu ? Ce corps allongé près du sien l'attire mais, au-delà de cette attirance, il ressent la force d'un élan qui oblige au dépassement de soi pour que cette jeune fille soit heureuse. Blaise ne pourra pas être heureux si Mouche ne l'est pas. Donner à l'autre, s'oublier dans l'autre. Il a connu d'autres femmes qui lui ont donné des instants de bonheur quand les corps chantaient la même mélodie. Des plaisirs sans lendemain que le vent emportait comme il les avait apportés. Aucune femme ne l'a ému comme Mouche. Aucune ne l'a conduit à ce point de lumière qu'il devine derrière les portes encore closes. Est-ce cela le véritable amour ? Au petit matin Blaise s'endort. Quand il se réveille, Mouche est levée, habillée, coiffée, debout près de la fenêtre. Elle tient un papier à la main.

— Pardon. Je ne voulais rien. Je ne suis pas une fille que l'on peut aimer.

Il ne veut pas la blesser. Il veut l'aider à grandir. Peut-il lui dire qu'à la fête des Cristalleries, il n'a vu qu'elle. Suzanne lui avait tant parlé du naturel de Mouche que, sans l'avoir jamais rencontrée, il l'a reconnue entre toutes les jeunes filles qui faisaient cercle auprès de l'orchestre. D'elle, émanait cette étrange beauté sauvage qui abrite la grâce et esquisse une émouvante fragilité. De nombreuses jeunes filles allaient et venaient, élégantes, coiffées, poudrées et parfumées. Il ne les a pas vues. Il essaie de lui expliquer qu'il se moque de ses origines. Elle ne le croit pas. Il veut qu'elle guérisse et qu'elle choisisse. Il n'acceptera pas d'être aimé par reconnaissance. Il prend son menton, la force à le regarder.

— Il faut me croire Mouche.

Elle baisse les paupières. Et de ses lèvres, Blaise effleure celles de la jeune fille. Le ciel s'ouvre pour l'un et l'autre. Un arc-en-ciel extraordinaire avant l'éclair, la foudre. Ils ressentent la fulgurance de l'instant qui peut construire et détruire. Mouche ne bouge pas. Figer cette fraction du temps dans le corps. Capter cette lumineuse caresse qui effleure ses lèvres. La sentir, la respirer. Bien sûr que le cœur s'emballe, bien sûr que le feu couve. Ne rien brusquer. Entrer dans l'attente. Apprivoiser le désir qui vient de les éblouir. Savoir ce qu'il offre, ce qu'il dérobe. Quelle porte ouvre-t-il ? Quels lieux découvre-t-il ? Un océan de feu, un ciel infini ? Une montagne se dessine et s'élance, un torrent lui en arrache le flanc. Une lumière brûlante les enveloppe. La terre ne les porte plus. Lentement, très lentement, Blaise s'arrache à l'effleurement des lèvres de la jeune fille. Il ne faut rien brusquer. Il faut avancer à petits pas. Il ne faut pas entrer trop vite dans des paysages qu'on n'a pas fini de peindre. Cette nuit, elle ne demandait rien d'autre qu'un peu de sécurité.

— Je vous demande pardon, Mouche.

Elle pose son regard sur Blaise avec une lenteur troublante autant que troublée. Le visage est lisse. Son regard semble avoir communié aux lueurs d'une aube d'éternité. Blaise tend le bloc de papier. Elle fait signe que ça n'est pas nécessaire. Elle montre son cœur. Tout est là.

Tout à l'heure, après la visite qu'elle veut faire à ce Dieu qu'elle cherche, ils iront jusqu'à Sanary. Blaise veut lui montrer des criques au-delà des plages connues.

Mouche suit docile, absorbée par le paysage et la mer qui étincelle entre deux rayons de soleil. Elle pose sa main sur le bras de Blaise quand il faut se hisser sur un rocher rugueux. L'un et l'autre tressaillent dans le silence de leur âme. Le ciel s'est couvert. Le vent souffle et ébouriffe leurs cheveux. Elle est debout face à la mer, perdue dans le pull qu'il lui a prêté. Il l'observe. Que pense-t-elle ? Elle respire lentement comme si elle voulait se grossir de l'horizon et des rares bateaux dans le lointain, de la brume qui cache peut-être une île. Dans deux jours,

Blaise reprendra la mer. Elle peut rester dans l'appartement. Suzanne se fera un plaisir de l'accueillir. Il parle. Elle ne cille pas, toujours debout face à la mer. Il fait un pas vers elle, lui prend la main et l'invite à rentrer. Elle n'oppose aucune résistance. Où est-elle ? Sur quelle terre, sur quelle mer ?

Sur le chemin du retour, il s'arrête pour acheter un journal. Il le feuillette et s'engage sur la chaussée pour la rejoindre. Il va traverser sans remarquer le feu qui change, et la voiture blanche, un taxi, qui tourne à vive allure et risque de le renverser. Mouche attend sur le trottoir et voit déjà Blaise sous les roues de la voiture. Dans un effort surhumain elle parvient à hurler :

— Blaise, Blaise !

Et c'est la nuit, le tourbillon, le train qui la secoue. Elle ne sait plus. Des voix, des moteurs. Elle a de l'eau sur le front. Une odeur de menthe flotte près d'elle. Ouvrir les yeux, oui il faut. La lumière fait mal.

Quand Mouche revient à elle, elle est assise à la terrasse d'un café. On fait cercle autour d'elle. Une serveuse lui bassine les joues et les tempes avec un mouchoir humide.

— Ce n'est rien, entend-elle, c'est l'émotion, elle reprend ses esprits.

Blaise ? Où est-il ? À l'hôpital ? C'est grave ? Mouche s'affole. Il est à ses genoux, il lui tient les mains et les embrasse.

— Faut drôlement qu'elle soit amoureuse la môme, déclare le chauffeur de taxi. Il a rien votre chéri. Il est là. Je sais encore conduire. Remettez-vous, sinon, c'est vous que je vais conduire à l'hôpital.

Elle rougit. Les couleurs lui reviennent. Plus rien n'existe que le bonheur de Blaise.

— On lâche la bûche que l'on peut pour faire jaillir la parole. Peut-être que vous m'aimez au moins autant que vous aimiez Rika. Je suis si heureux, Mouche.

Devant tous, il pose respectueusement ses lèvres sur celles de Mouche.

Ensemble ils retournent à la crique. Face à la mer qui mouillent leurs pieds, alors que le vent a pris de la force, elle parle à Blaise. Elle se serre contre le jeune homme, surprise par son audace. Blaise garde ses distances et ne tente aucun geste.

— Vous êtes guérie maintenant, grande et forte. Peut-être n'avez-vous plus besoin de moi. Je vous rends votre liberté. Pour moi ces quelques jours illumineront ma vie.

Comment dire à l'autre le désir, quand on est une jeune fille ? Marguerite répète sans cesse qu'une fille ne fait pas le premier pas. Et Blaise vient de la placer dans la situation inverse. Il ne veut pas d'un amour reconnaissant. Il ne l'obligera pas. Si elle désire Blaise, elle devra braver les conventions, et le lui signifier. Peut-il comprendre que si elle franchit la distance la première pour entrer dans cet amour, elle devient la fille de Blanche, sa mère, une fille qui s'offre, et à qui nul ne résiste, mais que personne n'épouse ? Alors, se taire, garder son amour ?

Près de la mer, Mouche a pris des forces pour retrouver la parole confisquée. Elle a dit ce qu'il pouvait entendre. Ce qu'elle savait. Elle ne veut pas retourner chez Blanche. Elle ne sera ni la maîtresse de Lucien, ni sa femme.

Si elle rejoint Blaise de l'autre côté du mur, elle doit être sûre de son cœur. Elle a la folle envie de lui sauter au cou. Mais un monde les sépare. Suzanne la trouve sympathique, intelligente. Dira-t-elle la même chose si Blaise déclare qu'elle est la femme de sa vie ? Elle a dix-sept ans. Il en a vingt-cinq.

⁂

Bien des années après, elle apprendra que Suzanne avait non seulement accepté, mais désiré cette union qui s'inscrivait dans des plans que Mouche comprendrait un jour. Après la fugue de Mouche, il faut bien l'appeler ainsi, Suzanne avait écrit à Blanche, puis à Marguerite, car elle ne se résignait pas à voir Blaise aussi malheureux. Elle n'eut jamais de réponse. Était-ce ces vieilles histoires mettant en cause les deux femmes, Adrien à Charmes ou à Brantigny ?

Mouche a parfois surpris des bribes de phrases entre Marguerite et Blanche. Les cousins de Brantigny entretiennent le mystère. Quelles confidences Adrien a-t-il faites à Suzanne avant de mourir ? Que sait Marguerite qui se tait quand Mouche la visite ? Quand Mouche lui demande :

— Et toi, grand-mère, qui as-tu un jour aimé ?

— De moi je pourrais te parler, mais il n'y a rien à dire ma princesse, je ne suis qu'un intermédiaire. Je te dirai un jour, dans ta maison de Charmes, si Dieu le veut.

— Et Blanche, que sait-elle ?

— De moi, elle ne sait rien et dit qu'elle ne veut rien savoir.

— Et pour elle, pour moi Marguerite ?

— Je te le jure princesse, je ne sais rien. J'ai voulu la faire parler, tu n'y arriveras pas davantage.

Mais comment vivre quand on ne sait rien de soi ?

Mouche se compare à un arbre sans racine, à une fleur sans parfum. Que pourra-t-elle transmettre ? Elle n'a rien oublié de cette fugue, sa parenthèse de bonheur comme elle la nomme aux soirs de grande solitude.

*
**

Elle se souvient du retour à l'appartement de Suzanne après le jaillissement de la parole.

Au salon, Mouche pose un regard implorant sur Blaise et lui demande l'histoire de la petite fille qui a grandi entre deux femmes. Il n'a pas le temps de terminer, qu'elle est tout près de lui. Tête folle, je ne suis que cela, songe-t-elle, mais tant pis.

— À moi maintenant de raconter la suite. Cela ne va pas être facile, mais c'est vous qui m'avez imposé l'épreuve. J'ai cru comprendre que vous ne viendriez pas à moi pour ne pas m'obliger à vous suivre par reconnaissance. Alors, j'ai choisi, et me voici. Peut-être que vous allez perdre toute estime pour moi. Je ne vous en voudrai pas. Je sais de qui je suis la fille. Un héritage bien encombrant. Je n'ai pas vraiment été bien élevée. Marguerite a fait ce qu'elle a pu, mais j'ai subi l'influence de ma mère.

Enfin, voilà la suite de l'histoire.

Vous avez raison Blaise, la jeune fille a fui la sorcière. Elle cherchait un prince, et vous dites qu'elle a trouvé un jeune homme. Si je vous dis que ce jeune homme a tous les traits de son prince, qu'il est son prince... Est-ce que ce jeune homme acceptera que cette jeune fille lui donne son cœur ? D'ailleurs c'est fait, elle le lui a donné. Ce qu'il faut maintenant, c'est que ce jeune homme soit vraiment un prince. Qu'il n'humilie pas cette jeune fille.

Elle s'arrête, la gorge serrée, avant de poursuivre :

— L'autre jour vous avez dit deux fois « je vous aime ». Je n'étais pas prête à ce moment-là, car je ne pouvais pas vous répondre. Aujourd'hui, je suis prête. Si ce que vous avez dit l'autre jour est toujours vrai, me voici. Aimez-moi Blaise, pour de vrai et maintenant. Ne me faites pas attendre, je ne sais pas attendre, je ne suis que la fille de Blanche. Et puis, je n'oserai jamais vous demander cela deux fois. C'est trop difficile. Pardon pour tout.

Elle s'écarte, se laisse tomber à genoux, les deux bras ouverts, les paumes des mains offertes et tendues vers lui. Elle ferme les yeux pour cacher ses larmes et murmure dans un souffle court.

— Blaise, je suis à vous.

Il se précipite et la relève, pose d'abord un doigt, puis ses lèvres sur celles de la jeune fille.

— Mouche, je ne vous en demande pas autant, et pas si vite.

— Moi si, murmure-t-elle en se serrant contre lui, en prenant ses mains pour les poser sur sa taille.

Qui résisterait à une telle déclaration ? Ne l'a-t-il pas appelée de toutes ses forces cette parole retrouvée pour qu'elle lui revienne chargée d'amour ? Il songe en la couvrant de caresses et de baisers que jamais il ne se lassera d'elle. Il le lui dit. Mais il lui dit aussi qu'elle est si jeune. Il craint de la blesser. Pour arriver jusqu'au jardin de l'amour, combien de ronces. Elle déclare que dans sa tête et dans son cœur, elle est grande, très grande.

Il découvre ce qu'il a ressenti l'autre nuit auprès d'elle et qui l'emporte bien au-delà du plaisir physique. Mouche se donne avec retenue et se tait dans l'amour pour faire entendre le chant de l'âme. Elle est cet amour qui montre un ciel où dansent les oiseaux, un océan profond aux reflets argentés. Et le marin qu'est Blaise reconnaît, dans le don de la jeune fille, la perle précieuse et rare. Il est le premier à pousser la porte d'un amour qu'il croyait n'exister que dans les pages de la Bible. Voici qu'il fait sien le Cantique des cantiques. Quoi que fasse sa bien-aimée, il sait qu'il ira la rechercher, il la couvrira de bijoux et de lumière.

Blaise dormait encore quand Mouche est partie. La nuit a été longue et courte à la fois. Mouche est retournée chez les deux femmes. Elle n'a rien dit. On ne lui a rien demandé, sauf d'être gentille avec Lucien qui passerait sur son inconduite.

⁂

Le printemps était prometteur, ce matin, même sous le ciel vosgien. Le froid est tombé, confisquant tout rêve.

— Blaise est mort. Et c'est moi qui l'ai tué. Est-ce vous Dieu que je défie qui m'avez punie de trop d'audace ? Mais je dois vous remercier aussi pour ces quelques jours. Je n'ai pas pu vous demander pardon pour quelque chose que je n'ai jamais regretté. Si c'était à refaire, je le referais. Est-ce pour cela, à cause de moi, qu'il est mort ? Je l'aimais, je l'aimais depuis ce soir aux Cristalleries. Imaginer le gros Lucien sur moi était au-dessus de mes forces. Quand je suis partie à Toulon, je ne savais pas pourquoi. Là-bas était Blaise, là-bas était l'éclair, l'argent et la nuit mystérieuse. Là-bas j'ai aimé et ai été aimée.

Elle est rentrée parce qu'on n'échappe pas à son destin, à son histoire, à celle que d'autres ont commencé à écrire. Marguerite et Blanche ne parvenaient pas à conclure. Il fallait qu'elle continue.

Auprès de Blaise, elle s'est demandée, entre deux étreintes, entre deux vagues, entre deux soleils, si elle avait le droit d'écrire l'histoire de Blaise à ses côtés. Elle avait le désir fou de rester, de rester pour toujours. Mais quand on ne sait pas qui est son père... Elle ne voulait pas lui faire honte. Alors, elle est rentrée rue des Ponts, comme elle était partie, sur la pointe des pieds, avec une seule certitude : elle ne serait jamais au gros Lucien.

⁂

— Blaise est mort. Suzanne avez-vous su ? se demande-t-elle. Pas vraiment. Vous avez seulement appris comment j'ai échappé à Lucien. Qui a coupé le fil entre Blaise et moi ? Moi, puisque je me suis sauvée, honteuse après mon audace. Honteuse, parce que je suis la fille de Blanche, et non le bel oiseau de Blaise. L'être pur. J'ai écrit et j'ai attendu des nouvelles qui ne sont jamais venues. Après l'espoir fou, j'ai douté de lui et de vous. L'éloignement lui avait rendu sa lucidité. Il avait réfléchi. Que pouvais-je lui offrir, moi, la fille de Blanche ? Tout cela était clair pour moi.

Et voici que des signes qui ne trompaient pas et dont elle ne pouvait s'ouvrir à personne l'ont obligée à tourner précipitamment la page, puisque Blaise ne donnait pas signe de vie...

Mouche se dit qu'elle devra écrire à Suzanne. Elle lui doit certaines révélations sur la semaine toulonnaise.

Le vent est tombé. Il faut se reprendre et continuer à vivre, à se laisser absorber par le quotidien, par la banalité. Les soirs avant de s'endormir, à l'instant où l'on est seul face à soi-même, Mouche pourra entretenir le souvenir. Elle ouvrira et refermera le coffret de la mémoire. Elle en explorera tous les recoins afin de commencer le lent travail de deuil d'un amour esquissé et qui se perdait dans l'aquarelle des ans. La brume l'enveloppera. La mer bordera ses souvenirs, ourlera ses rêves, et les bateaux, se balançant doucement dans le port, feront naître un murmure qui viendra doucement caresser les quais baignés des odeurs de la mer. Cette mer découverte dans le regard de Blaise jetait des milliers d'éclats d'or au soleil, et d'argent sous la lune. Les vagues qui venaient mourir sur le sable léchaient et mordillaient ses jambes jusqu'au frémissement. Mouche n'oubliera jamais les frissons des soirs de fraîcheur et la tiédeur d'un pull posé avec tendresse sur ses épaules. Blaise veillait sur elle avec douceur. Il faudra garder précieusement ces instants uniques pour entreprendre le dernier voyage jusqu'à la terre du jamais plus.

Mais Blaise sera vivant. Comment peut-il en être autrement ?

— Ceux qui aiment et sont aimés ne meurent jamais, répète-t-elle pour s'en convaincre.

CHAPITRE V

Rochefontaine-Lay-Saint-Christophe, avril 1954

Et si maman ne m'aimait plus ? songe Gabriel qui s'est retenu de pleurer devant son oncle Moshe quand sa mère lui a annoncé qu'il allait passer quelques jours chez Hannah.

— C'est qui Hannah ?

Les larmes sont montées depuis son cœur jusqu'à sa gorge et ont fait comme un nœud. Il n'a pas osé dormir de la nuit. Il ne connaît pas Hannah. Gabriel ne sait même pas où elle habite. Moshe a souri, s'est penché vers l'enfant, a posé affectueusement son bras sur ses épaules, et a expliqué.

— C'est la fille d'une cousine de Léna. Elle habite à Lay-Saint-Christophe, une ferme sur la route de Malzéville.

Quand le soleil s'est levé, Gabriel a vu la situation différemment.

De toute façon, il sait que la décision est déjà prise. Il y a peu, il aurait dit non. Car il lui aurait paru impensable de s'endormir sans le sourire et le baiser de Sarah, sa mère. Maintenant qu'elle ne vient plus. Maintenant qu'il est isolé dans sa nuit. Désespérément seul face au monstre qui le tourmente, il préfère accepter. Il voudrait savoir si cet éloignement, auquel il doit se soumettre le temps des vacances de Pâques, est le fruit de la visite faite à sa mère par Mademoiselle Mangin, l'institutrice. Les deux femmes ont eu l'air de se comprendre. Sarah a beaucoup pleuré. Génie est entrée et s'en est mêlée. Alors Sarah s'est levée de son siège et s'est presque mise en colère :

— Madame mère, je vous demande de me laisser. Il s'agit de *mon* fils.

— Vous êtes dans *ma* maison.

— Dans ce cas, je raccompagne mademoiselle Mangin jusqu'à *sa* classe.

— Sarah, n'étiez-vous pas souffrante ? Cet après-midi encore vous avez rendu...

— J'étais, madame mère, comme vous le dites si bien : *j'étais* souffrante. Je vais déjà beaucoup mieux, grâce à vous. Je mets vos conseils en pratique : j'essaie de moins m'écouter.

Gabriel n'a pas compris la signification de cet échange entre sa mère et sa grand-mère. Il a seulement enregistré la scène, après avoir surpris quelques phrases entre l'institutrice et sa mère :

— Ses résultats à l'écrit sont très bons… C'est un élève très sage... trop sans doute… Il est toujours seul… Il fuit les autres enfants... Dès qu'on lui adresse la parole, il perd ses moyens, bégaie, et les autres enfants se moquent... J'évite de l'interroger pour ne pas le mettre mal à l'aise... Parfois, à la récréation, les autres lui tournent autour en chantant sur l'air de *La Mère Michel*, l'histoire de l'Angelot peureux, trouillard ou pleureur, il y a des variantes. Les enfants sont souvent cruels.

Mademoiselle Mangin est toujours gentille avec Gabriel. Elle dit qu'il fait des dessins *intéressants*. Sont-ils beaux ? Sur ce point, l'institutrice ne se prononce pas. À juste titre, selon Gabriel qui ne cherche pas à faire beau. Il veut *dire*, c'est tout. Mademoiselle Mangin pense que Gabriel a un don qu'il faudrait développer, cultiver. Gabriel ne comprend pas bien. Pour lui, on cultive les champs. Il ne voit pas le tracteur sur ses peintures et ses dessins, ou l'inverse. Il ne comprend pas davantage quand elle affirme que l'art est un langage. Et s'il suivait des cours...

Dessiner lui fait du bien. Quand près de son cœur c'est chaud, et que les mots ne viennent pas sur ses lèvres, ce sont les pinceaux ou les crayons de couleur qui parlent. Avec ses pinceaux, ses gouaches, il peut crier sa colère et sa rage. Il peut vomir son dégoût quand Gilles est trop présent et qu'il continue de le harceler. Et si, sur son cœur, les larmes pèsent trop lourd, Gabriel saisit le noir pour *dire* au papier. Le noir, c'est la nuit. Quand on ne respire plus, tout devient noir. Parfois, il ressent une autre douleur dans sa nuit. Le poids sur son cœur déchire sa peau, la blesse. Alors Gabriel ajoute du rouge. Il faut du rouge sur le noir de la nuit. Le rouge du sang d'une peau déchirée sur un cœur plongé dans les ténèbres. Ça fait hurler Génie qui dit qu'il est vraiment idiot de peindre de telles horreurs. Même dans les cabinets, Génie n'affichera jamais ces « dingueries-là ».

Mademoiselle Mangin, elle, elle trouve qu'il y a *quelque chose.* Parfois elle affiche le dessin ou la peinture avec d'autres, dans le grand couloir de l'école. Elle donne des noms aux dessins et peintures de Gabriel. Il y a *Nuit polaire, Douceur printanière, Rêverie automnale, Déchirure, Désert, Mystère des profondeurs, Détresse.* Il n'est pas d'accord pour tout, mais pour *Détresse,* Mademoiselle Mangin a bien trouvé. Une nuit, Gabriel a fait un cauchemar qui lui fait encore mal quand il y repense. Des mains et des pieds le frappaient, le piétinaient. Il se relevait, se sauvait. On le rattrapait. Après, par quel mystère ?, il devenait une balle que se lançaient Gilles et Momo. Parfois, celui qui devait saisir la balle la laissait tomber dans la boue et la vase devenait une sorte de liquide jaunâtre, comme de l'urine puante et âcre. Il avait mal. Il voulait crier, se débattre. Mais les deux garnements ne lui en laissaient pas le temps. Ils recommençaient de plus belle, l'insultaient aussi. Gabriel s'est réveillé terrifié, noyé de sueur. La balle était devenue si petite dans cette vase. Elle ne pouvait plus rebondir. Crevée. Fichue de partout. Gabriel s'est laissé tomber de son lit et a couru jusqu'à la chambre de Sarah. Il a frappé, elle n'a pas répondu. Il n'a pas osé insister. Il errait dans le couloir entre deux sanglots qui mouraient au fond de sa gorge, et c'est Gilles qui est venu le chercher. Et il est devenu la balle. Au petit matin, il avait les yeux gonflés par le chagrin que Sarah ne voulait pas voir. En trempant sa tartine dans son bol de chocolat, il a failli tout dire. Trop c'était trop. Mais Gilles est entré et lui a pincé le bras. La terreur de la nuit revenait. Il en a lâché son bol. Et le chocolat s'est répandu sur lui, le clouant sur sa chaise. Le chocolat gouttait de partout et éclaboussait le carrelage. Génie, en colère, lui a administré une gifle. Sarah n'a pas bougé, droite, figée dans le marbre noir de la nuit qu'elle prolongeait pour l'enfant alors qu'il implorait un peu de compassion. Et le cœur de l'enfant s'est enflé d'une douleur qu'aucun mot, aucune larme ne pourront jamais traduire. Ce n'est pas la gifle injuste qui a fait mal à Gabriel, ni le souvenir de la nuit, ni le jeu cruel imposé par Gilles. On finit par s'habituer à son malheur. On apprend à vivre avec. Ce qui a fait le plus mal à Gabriel, c'est l'indifférence de Sarah. Alors il a peint son chagrin. Comme une nuit noire constellée d'une pluie rouge. Des dizaines et des dizaines de points de sang ruisselant du haut de la feuille pour alimenter un lac d'amertume d'où s'échappaient des vapeurs qui devaient être celles d'une puanteur atroce. Et Mademoiselle Mangin a dit *Détresse*.

Sarah n'a pas pu répondre aux questions de Mademoiselle Mangin. L'institutrice a compris, à mots couverts, qu'au Domaine la situation n'était pas facile. Le surcroît de travail de l'exploitation. La sensibilité de Gabriel souvent moquée par les aînés. Sarah a fini par accepter l'idée d'une séparation pour le bien du garçon.

— Peut-être...

Mais elle s'est immédiatement inquiétée :

— Comment va-t-il supporter l'éloignement ?

Et l'institutrice a évoqué l'entrée en sixième : une étape importante à laquelle Gabriel doit se préparer en apprenant à vivre loin de sa maman, de temps en temps.

Et devant Sarah, ébahie par une telle éventualité, Mademoiselle Mangin a confirmé :

— Gabriel est capable d'entrer en sixième.

*
**

Moshe se veut rassurant en posant la petite valise de Gabriel dans le coffre de sa 4 CV.

— Elle roule encore, mais bientôt je la changerai pour une plus grande voiture, une Versailles. On sera à Lay-Saint-Christophe en trente minutes, vingt peut-être. Tu verras, Gabriel, chez les cousins c'est un peu le paradis de Yahvé. La maman d'Hannah s'appelle Clara. Le papa d'Hannah s'appelle Henri. Un très chic type. Un costaud. Un gars de la terre. Tu seras à peine dépaysé.

— Et Hannah, elle est comment ?

— Rigolote. Trop, dit sa mère qui se demande si c'est normal, car Hannah va sur ses douze ans.

Hannah est dans la cour lorsque la 4 CV de Moshe s'arrête. Elle quitte précipitamment son tricotin pour aller accueillir Moshe. Elle bat des mains, lui saute au cou.

— Alors, le voilà ce garçon triste. Allez, viens, fais pas ta tête, ici on mange bien. Berthe, la grand-mère, fait des tartes aux mirabelles que c'est un régal ! Son pain perdu est toujours brûlé, mais on rigole bien. Et puis je vais te montrer, depuis cette nuit le troupeau s'est agrandi. Doucette a eu son petit veau. Une paresseuse, Doucette, pour faire sortir le pauvre Domino du trou. Même qu'il a fallu qu'on réveille Gégène (le voisin). Papa et David, mon grand frère, n'y arrivaient pas. Maintenant tout va bien. Doucette fait des câlins à son Domino.

Volubile, rieuse, Hannah saisit la main de Gabriel qui se réfugie derrière Moshe.

— On va y aller ensemble.

Il n'a jamais vu de petit veau. À part quelques poules que l'on garde pour les œufs, et quelques lapins pour remplir les clapiers en souvenir du grand-père, au Domaine, on ne pratique pas l'élevage. On cultive. Et si Petrus, le dernier cheval de trait du Domaine, mène une retraite paisible dans le Pré du Sanglier c'est en souvenir du passé, et surtout eu égard à ses bons et loyaux services. Ni Génie, ni Auguste n'auraient l'idée de s'en séparer.

Clara vient accueillir Moshe qui secrètement ne s'habituera jamais au mariage d'une Lederman, la cousine de Léna, fille d'un négociant d'étoffes en gros de Nancy, avec un fermier. Une universitaire promise à un brillant avenir et qui tombe folle amoureuse d'un fermier au cours d'un bal villageois un soir de 14 juillet ! Un mariage déconcertant pour la famille Lederman. Un consentement accordé du bout des lèvres, mais qui a suffi à combler Clara. Moshe la regarde à la dérobée. Tout n'est que bonheur chez Clara. Il ne reconnaît plus la jeune fille maigrichonne, qui quittait la faculté de droit en serrant ses classeurs d'une main et en réajustant sa jupe sur des hanches inexistantes. Clara est une femme épanouie au geste ample et généreux quand elle propose une tasse de café. Sa voix glisse sur du velours. Les quelques kilos gagnés la rendent lumineuse. Henri pose un regard admiratif sur sa femme, passe un bras autour de sa taille en effleurant sa chevelure de sa joue.

— Elle est belle ma Clara, avec tout ce qu'il faut de poitrine et de hanches. Les filles de la ville font des histoires et des chichis, remplissent leur assiette à moitié, et en laissent encore. Une stupide peur de grossir qui n'arrange pas le caractère et donne un goût de grimace à la soupe. Ces filles-là, avec le temps, vont en se desséchant.

N'empêche que la mésalliance est longtemps restée en travers de la gorge de la famille Lederman. Une histoire connue de Gabriel. Sarah, Moshe et Léna en parlent parfois.

— Mais puisque Clara est heureuse avec Henri. Et Henri heureux avec Clara. Encore des histoires d'argent, soupire Sarah.

— Ce n'est pas vraiment l'argent qui fait problème dans cette union. Henri Guérard n'est pas dans le besoin. Il a des terres et des héritages à venir. Ce qui irrite les parents Lederman, c'est que Clara a suivi ton exemple, Sarah. Elle n'a pas choisi un juif.

Sarah sourit et défend Clara.

— C'est donc si mal, Léna, de suivre son cœur, y'oh ! Clara est pourtant restée fidèle à la religion de son père et de sa mère. Et Berthe, sa belle-mère, n'a pas imposé une conversion. Hannah choisira sa religion le moment venu, comme David vient de le faire en décidant maintenant d'aller à la synagogue après avoir fréquenté l'Église catholique.

Léna hausse les épaules. Elle aime Sarah, mais déteste les Vuillemot. Ce mariage n'était pas une obligation. Elle avait proposé son aide pour élever l'enfant qui s'annonçait. Sarah n'a rien voulu entendre. « Y'oh, puisque j'aime Auguste... » L'amour s'en va quand le charme de la différence qui rassemblait devient une frontière. Et Moshe n'a rien vu.

Moshe s'interroge souvent au cours de longues marches ou le soir, quand le sommeil tarde à le prendre. A-t-il bien fait de favoriser les rencontres de Sarah avec Auguste ? Il n'a pensé qu'à lui et à la musique qui les réunissait, les transportait. Bercés par elle, Moshe et Sarah retrouvaient leur enfance, la famille nombreuse. Les bougies qu'on allumait la veille de *Shabbat* et l'une ou l'autre *Bar mitzva* qui réunissait la famille. Quand Auguste jouait avec eux, le cercle s'agrandissait. Les jolis doigts de Sarah couraient sur le clavier. Il lisait son regard et voyait les étoiles dans ses yeux. Il devinait sous le corsage de la jeune fille ce cœur qui cognait pour Auguste. Moshe savait leur secret. L'amour pouvait tout. La musique des cœurs s'en mêlait. De trop beaux rêves que la raison grignote et que le temps emporte. Moshe soupire.

Auguste a oublié Mozart, Liszt, Ravel et tant d'autres. Génie a fait en sorte qu'on remise les instruments dans leur boîte. Elle tolère parfois les doigts de Sarah sur le clavier. Et encore. Allons, se dit Moshe, chassons cette *Valse des regrets*. Dans l'étable, Doucette lèche son veau avec application, et la visite qu'elle reçoit ne change rien à son zèle. Gabriel serre la main de son oncle. Il se souviendra longtemps de cette scène de tendresse toute animale.

Les premiers jours sont douloureux pour le garçon. Il est poli avec tout le monde. Chaque matin au réveil, il se lance dans une toilette méticuleuse avant de refaire son lit. L'odeur de la ferme est présente partout. Il cache sa répulsion. Dès qu'il est seul, il renifle sous ses bras de chemise, vérifie que l'odeur n'est pas trop forte. Berthe, qui l'a observé, a compris ses inquiétudes.

— C'est rien gamin, c'est que du naturel. Quand tu seras habitué, t'y feras plus attention, tu ne sentiras plus rien.

Après chaque repas, Gabriel dessert la table. Il voudrait bien parler avec la famille d'Hannah. Mais que dire ? Et s'il était ridicule ? Et si ces paroles déclenchaient les rires ? Les mots lui viennent et dansent dans sa tête. Il n'est pas encore prêt à les mêler aux conversations familiales.

S'il lui reste du temps, il dessine, peint. Berthe et Clara ne sont pas surprises, et ne font pas de commentaires désagréables. Les dessins et la peinture sont le chant de l'enfant. Avec ses pinceaux, il peut dire quand il aime, quand il est content, il peut crier ses peines et ses colères. Il y a des jours où il voudrait pouvoir cracher sur Gilles, mais Sarah l'a interdit. *Dans les familles comme il faut, les enfants bien élevés ne crachent pas.* Alors ses pinceaux vont et viennent, jettent sur la feuille blanche la douleur qui obscurcit son âme.

Le ciel est lourd. C'est la semaine sainte, a dit Berthe. Le temps se prépare pour le vendredi. Jour de deuil, jour de jeûne, *en mémoire*, dit Berthe en cherchant son livre de prières. Elle dit qu'elle ira au chemin de croix.

— Si tu veux gamin, je t'emmène, on priera pour Sarah.

Gabriel est perdu dans son rêve. L'absence de sa mère lui est chagrin. Il pense à elle, au mal qu'elle tait mais qu'il lit sur son visage. Il n'y a pas trois semaines, Sarah a eu un malaise, un dimanche, avant le repas. On a appelé le médecin de garde. Ça arrangeait bien Génie. Elle redoute toujours la venue de Grandcolas, le bon docteur de Rochefontaine. Il serait capable d'expédier Sarah à l'Hôpital central de Nancy pour des examens. Le médecin de garde, un étudiant qui commence à effectuer quelques remplacements, a prescrit des calmants et a conseillé de revoir Grandcolas sans tarder, pour plus de sécurité. Gabriel pense à sa mère. Sarah a-t-elle eu une nouvelle crise depuis qu'il est à la ferme ?

David le tire parfois de ses rêveries pour l'emmener avec lui dans les vergers. Il lui parle toujours comme à un grand. Il a dix-sept ans et partira bientôt à l'armée. Il préfère devancer l'appel, même s'il doit partir en Algérie, où la situation est préoccupante. Des révoltes, des émeutes. Parfois des assassinats. À Alger, le mécontentement grandit. David ira. Il verra du pays.

Quand David s'est adressé à lui la première fois, Gabriel a dû se raidir, pour ne pas montrer sa peur. Et s'il l'emmenait au fond d'un jardin ou d'une chambre secrète et noire, comme le fait Gilles ? Rien ne s'est passé. Faut croire que tous les grands frères ne font pas ça. David admire même et commente les dessins de Gabriel. Il offre son aide pour les prochaines grandes vacances. L'institutrice donne toujours des devoirs supplémentaires aux élèves qui iront en sixième.

Gabriel commence à se sentir bien. Surtout depuis que David et lui ont fait un grand circuit à vélo, Custines, Malzéville en passant par Bouxières-aux-Dames. Entre l'estomac et le cœur du garçon, passe une onde de douceur.

Le samedi est le jour de la grande toilette à la ferme. On a l'eau courante sur l'évier, mais pas encore l'eau chaude. Le chauffe-eau est commandé. Ce sera pour l'an prochain, a dit Henri. En attendant, il faut chauffer l'eau sur la cuisinière de fonte noire, et remplir le grand baquet de bois.

— Allez, crie Berthe à Hannah et Gabriel, déshabillez-vous, que je gratte la crasse de la semaine !

Se montrer nu devant une fille ? Jamais ! Gabriel garde le slip pour entrer dans l'eau. La grand-mère se moque gentiment :

— Quel chiqué ! Un zizi, c'est un zizi.

Hannah renchérit :

— Est-ce que je fais des histoires, moi ? Regarde pourtant j'ai déjà des seins.

— Faut le dire vite, dit Berthe, des œufs de tourterelles.

— N'empêche que ça vient... c'est la nature, clame-t-elle l'air faussement assuré.

Mais elle garde sa petite culotte et rejoint Gabriel dans l'eau en l'éclaboussant. Berthe, la grand-mère, leur frotte le dos à tour de rôle, et les chatouille de temps en temps le long du torse. Bientôt les rires se mêlent à l'eau qui jaillit et retombe, et sur les enfants et sur le sol carrelé de la grande cuisine.

— Faut le nourrir ce gamin, sinon aucune fille n'en voudra. Un peu de gras ne serait pas superflu, constate Berthe.

C'est dit avec tant de bonté que Gabriel n'est pas vexé. Il parvient à articuler quelques paroles et à échanger quelques mots avec Hannah.

— Je me demande pourquoi tu as tant la trouille ?

Il hausse les épaules. Il ne peut pas expliquer cette angoisse qui le saisit quand la nuit tombe. Parfois, il crie en dormant. À la ferme, on ne lui en fait pas grief. On s'efforce au contraire à la gaieté. Henri l'emmène jusqu'à la coopérative, aux portes de Nancy. Clara et Berthe le sollicitent en même temps qu'Hannah pour écosser les petits pois.

Les premiers soirs, Gabriel n'a pas réussi à s'endormir. La nuit semblait peuplée d'étranges formes qui dansaient devant ses yeux. Il croyait entendre le souffle aigre et l'atroce odeur. Il n'a pas osé demander s'il pouvait garder la lampe de chevet allumée. Berthe l'a entendu pleurer. Elle s'est relevée. Elle est venue jusqu'au bord du lit. Elle a un peu retiré le drap, l'a bordé avec une tendre application, puis l'a embrassé sur le front pour le rassurer, et lui a glissé une petite lampe de poche dans la main.

Samedi, le soleil est déjà très haut dans le ciel, très chaud aussi en cette veille de Pâques quand retentit la clochette à la porte de la grande cour. Hannah s'est élancée avant Clara et Berthe derrière Bobby, le jeune chiot de Mirette.

— Gabriel, il y a une surprise pour toi.

Le garçon pense à son père ou à Moshe. Il jette un œil par la fenêtre sans se montrer, et se cache aussitôt derrière Berthe. Il perd toute contenance. Ses joues s'empourprent avant de pâlir.

— Ben, c'est Gilles et Momo son copain. Ils ont roulé jusqu'ici sous cette chaleur pour te voir.

Gabriel se sauve sans que personne ne puisse le retenir. Il ouvre la petite porte à l'arrière de la cuisine, passe par la réserve et rejoint les granges où le foin peut l'absorber.

Les deux femmes se regardent, perplexes. Hannah arrive suivie des deux garçons.

— Si, si, il est là. Si, si, il est là !

Elle chante en toute innocence.

— Tu dis des bêtises, lance Berthe l'air féroce, va donc aider Mariette qui lave le linge. Gabriel n'est pas là, jeunes gens. Henri l'a emmené avec lui dans les vergers. Henri a un grand circuit à faire, il ne rentrera qu'au soir.

Hannah s'apprête à contredire sa grand-mère, mais elle s'arrête lorsqu'elle croise le regard de Clara.

— On va bien le rencontrer en route. Au revoir mesdames, répond Gilles en soulevant consciencieusement son béret.

Ils quittent la cour de la ferme, enfourchent leur vélo et s'éloignent. Si Momo repart pour Rochefontaine, Gilles décide d'attendre le retour d'Henri, en se postant à l'entrée du village, près de la grande fontaine. Il va et vient sur sa bicyclette, se fait remarquer par les filles du village. Mais les filles l'intéressent peu. C'est son jouet qui lui manque. Les vacances lui laissent du temps. Trop de temps. Il a son air des mauvais jours et le regard nourri du désespoir de l'enfant. Sarah a osé l'abandonner pour une retraite au Mont-Saint-Odile organisée par les dames de la Ligue. Et il en a profité pour filer. Quand Henri rentre des Grands Vergers vers dix-huit heures, bien avant d'arriver à hauteur du Moulin Noir, il aperçoit Gilles.

— Qu'est-ce que tu fais là ?

— Je veux voir l'Angelot, paraît qu'il est avec vous.

— Tu ferais mieux de filer chez toi, on va s'inquiéter au Domaine. Sarah va encore se faire de la bile.

— Ma mère, elle s'en fout, elle est pas là, elle est chez les bonnes sœurs en Alsace.

— Génie doit te chercher.

— Pfft. Moi je veux voir l'Angelot. Je peux peut-être dormir chez vous, et je repars au matin. Je donne le coup de main, je sais...

— Le coup de main, mon garçon, donne-le à Auguste en cette saison, c'est pas de trop. Écoute, je veux pas d'histoires, ni avec les tiens, ni avec les femmes chez moi. Rentre chez Génie, c'est mieux. D'ailleurs, l'orage ne va pas tarder et tu vas être mouillé.

Furieux, il saute sur son vélo et s'éloigne. Il n'a pas dit son dernier mot. Ça lui aurait tellement fait plaisir de se trouver seul à seul avec le gamin. Pour cette fois, il va se montrer docile. Le fermier aura raison. Il va rentrer, mais il reviendra, bientôt, très bientôt. Et cette fois, ni Henri, ni les femmes, ni les appels à la raison des uns et des autres ne le feront changer d'avis. Pas même le ciel menaçant et noir au-dessus de Custines où les éclairs zèbrent le ciel.

CHAPITRE VI

Charmes, mai 1981

Ciel d'été plombé sur tout le massif vosgien. L'orage a étendu sa menace du Bussang au Donon, de Baccarat jusqu'à la Colline Inspirée. Les vieilles femmes ont sorti les cierges bénits à la Chandeleur. Une pratique qui tient autant de la foi que de la superstition. Mouche y songe, se souvenant de ses séjours vosgiens pendant les vacances. Elle se souvient de Fine, la cousine de Marguerite à Brantigny. Fine avait peur des orages et les occupait en parlant. Comme si la parole pouvait forcer les éclairs à reculer. Pour elle, le tonnerre a à voir avec la colère du Bon Dieu.

— Il a de quoi se mettre en colère le Bon Dieu. Les hommes sont pas des enfants de chœur. Tu verras, Mouche, quand tu seras grande. Faudra que tu sois prudente.

Le bon sens de Fine a souvent réconforté Mouche. Elle a aimé la compagnie de cette paysanne au parler rugueux, dont la tendresse avait la douceur des fromages qu'elle fabriquait comme personne dans la vallée. Fine avait épousé Mimile, un bûcheron de Plainfaing, rude et âpre comme la terre de Lorraine, et aussi puissant que tous les arbres de la forêt de Charmes.

— Il travaille le Mimile, mon bougre de mari, ça il travaille, il y met tout son cœur et son ardeur, mais il boit aussi, et quand il est parti dans sa vinasse, on le tient plus, pas même ma tante, la Marie-du-Moulin, qu'est pourtant une personnalité dans la région, et que tout le monde respecte puisque le curé l'a bénie. C'est la trique qu'il faut à mon bougre (et elle joignait le geste à la parole).

— Madame Fine, c'est qui la Marie-du-Moulin ?

— Tu la verras bien un de ces jours, elle va parfois à pied d'ici jusqu'à Socourt pour aller visiter sa sœur qui broie des idées noires depuis la mort de son homme. Sans compter qu'on la demande encore quand une femme est prise dans les douleurs et qu'elle a pas le temps d'aller à la maternité. Des fois, ça prévient pas les gosses, c'est pressé de voir le jour. Ben, t'en fais une tête, Mouche, comme si tu tombais de la lune ! Quoi, t'es grande, non ? Les bébés naissent pas dans les roses ou les choux. La Marie-du-Moulin, c'est la sage-femme ! Tu savais pas ? À dix ans ? Ben ça alors ? De quoi donc qu'elle te cause ta mère ?

— Madame Fine, une sage-femme, c'est quoi, un docteur ?

— Un peu. Viens plus près que je te dise. Tu répètes pas à Marguerite, sinon elle m'écharperait pire qu'une drôlesse. Autrefois, les femmes elles faisaient leur p'tiot à la maison. Le métier d'accoucheuse, c'était d'abord un secret que la sage-femme gardait pour elle avant de le transmettre à la jeune fille la plus vertueuse du village quand elle prenait de l'âge. C'est comme ça que la Marie-du-Moulin a été choisie, par la demoiselle Grandperrin qui l'avait été par mademoiselle Élisabeth, et qui s'est fait, mais sur le tard, bonne sœur à la Doctrine chrétienne, mais ça c'est pas obligé de finir dans la religion et chez les bonnes sœurs. Enfin, pour en revenir à nos affaires, trouver la remplaçante, c'était tout un cirque, o oye, oye, doux Jésus ! Toutes les femmes devaient approuver le choix, forcément, elles étaient les premières concernées. Après, le curé bénissait la jeune élue, et lui apprenait à baptiser les bébés, parce que, dans le temps, beaucoup de bébés mouraient quasiment à la naissance. Ce que je pourrais t'en dire moi, c'est que la Marie-du-Moulin, c'est une perle. Normal, elle a reçu le secret, et en plus, elle a été à l'école de Nancy pour mieux apprendre. Ici, elle a accouché toutes les femmes, même celles de « la haute ». Une main comme la sienne, ça existe plus, tout le monde le dit. Tu sais Mouche, j'ai vu des femmes qu'avaient la peur au ventre de mourir en couches et qui faisaient le voyage de loin pour venir accoucher chez la Marie-du-Moulin. Elle avait trois chambres pour ces femmes-là qui repartaient requinquées avec leur petiot emmailloté comme il faut quand tout était fini nini. Et pis, on peut compter sur son silence. Pour ça c'est pas une « jacqueteuse ». La Marie-du-Moulin sait tous les secrets des familles. Elle entend, écoute, mais elle dit rien. Une tombe que personne peut ouvrir.

— C'est elle qui a mis au monde Blanche, ma mère ? Grand-mère dit que Blanche est née près de Charmes en 1918.

— Ben... oui, oui, va. Je me rappelle plus bien, j'étais gosse, mais ça se pourrait bien que ce soit elle.

— Et son père à Blanche, vous l'avez connu, madame Fine ?

— Ben tu sais ce qu'en dit la Marguerite. Réfléchis, en 1918 c'était la guerre. L'a pas eu de chance la Marguerite, vraiment pas. L'a même pas pu être mariée. Son homme a dû être tué à la guerre. Quelle misère que les guerres, o oye, oye ! Mais courageuse avec ça, Marguerite, et tu vois Mouche, dans le temps, une fille pas mariée avec un gosse, ça jasait. Ben sur la Marguerite, personne a osé jaser. C'est comme je te le dis.

— Et mon père, c'était qui ?

— Alors ça, faut que tu demandes à ta mère. Peut-être que la Marguerite elle sait un peu. À ce moment-là, la Blanche était en vadrouille dans les alentours de Nancy. Tu sais, c'était la guerre. Une autre guerre. Encore une misère, o oye, oye !

— Madame Fine, ni Blanche, ni grand-mère ne répondent quand je leur pose une question. Elles regardent ailleurs.

— C'est que leur chagrin est trop vif encore. Toi, Mouche, je te le redis. Méfie-toi des hommes. Des causeurs surtout. Les promesses y savent. Et puis après... c'est « l'amnestie » (Fine ne savait pas dire amnésie). Pas étonnant que le Bon Dieu se fâche avec eux et leur envoie des calamités de toutes sortes.

Mouche sourit en évoquant ces souvenirs attendrissants entre deux roulements de tonnerre. Elle n'a pas tout compris à l'époque. Elle se promet d'aller jusqu'à la ferme de Brantigny pour revoir Fine qui a, selon les dires de Marguerite, bon pied, bon œil. Et si la Marie-du-Moulin était encore en vie, qui sait ? Mouche apprendrait-elle enfin son histoire ? L'orage gronde, mais sans inquiéter Mouche. Elle ne cherche pas à lire le ciel. Il n'y a que Fine pour le faire. Tout est simple pour cette femme qui a toujours pris la vie et les événements tels qu'ils se présentaient. « Faut pas chercher midi à quatorze heures, sinon on se retrouve à Maréville*. »

Mouche se promet de rendre visite à Fine.

— Il faut que je sache. J'en rêve la nuit. Ma petite caboche, comme vous dites Fine, est au bord de l'explosion : quel homme s'est mal comporté, avec Marguerite d'abord, puis avec Blanche ?

Enfant, Mouche priait Dieu de lui parler en songe, puisque les grandes personnes ne voulaient pas lui répondre. Si Dieu avait parlé aux gens de la Bible, ne pouvait-il faire de même avec elle ?

Comme il serait bon de retrouver la petite fille d'autrefois aimant et craignant Dieu à la fois ! Mouche s'en remettait à lui en toute candeur. Elle voulait avoir des

* Asile psychiatrique proche de Nancy, équivalent de Sainte-Anne ou Charenton.

péchés — beaucoup — à se faire pardonner pour être certaine d'être aimée. Elle voulait prolonger le temps du tête-à-tête avec Dieu.

Dehors un terrible vent d'orage s'est levé. Mouche ne l'entend pas.

L'église Saint-Epvre de Nancy s'est dressée devant elle et fait écran devant le jardin de Charmes violé par les bourrasques ivres qui malmènent le noisetier jusqu'à faire gémir la barrière de clôture contre laquelle il s'appuie.

Mouche est à Nancy.

Marguerite habitait encore rue Grandville à cette époque-là. Chaque jeudi matin, il y avait catéchisme suivi des confessions, le premier jeudi de chaque mois.

La confession.

Terrifiante et exaltante à la fois.

Mouche la préparait dès le mercredi avec une application zélée. Elle la rédigeait sur un très beau papier qu'elle décorait de petites fleurs et d'oiseaux. Avant d'entrer au catéchisme avec sœur Irène, la bonté même, Mouche comparait sa liste de péchés avec celle de Mimi et Pierrette.

— Comme des sœurs, on a tout pareil.

C'est la fréquence de la faute qui variait. L'ensemble se déclinait sur le mode « un peu, de temps en temps, beaucoup, souvent, très souvent ».

Manquait le « pas du tout ».

— Ça, disait sœur Irène en souriant, le « pas du tout », c'est pour le ciel quand on est devenu des anges. Mais pour le devenir, il faut beaucoup se confesser.

Mouche voulait avoir un gros péché en plus, pour que Dieu ait davantage à lui pardonner, pour qu'il prenne plus de temps avec elle et pour être certaine de devenir un ange. Malgré sa peur des regards désapprobateurs de monsieur le Curé dans le sombre du confessionnal, elle continuait de s'inventer des péchés. Cela allait du vol de gâteaux de sa grand-mère pour s'en goinfrer, à « j'ai couché partout ». Une phrase que reprochait Marguerite à Blanche. Si le « couché partout et n'importe où » mettait tellement Marguerite en colère, c'est que cela devait être un bien gros péché. Étranges les réactions de monsieur le Curé, qui est Dieu à ce moment-là — c'est ce qu'elle croyait sans se poser de question —, il toussait, se raclait la gorge, bougeait légèrement et faisait cogner ses souliers épais contre le montant de bois du confessionnal, sûrement pour en chasser le diable, avant de se lancer dans un de ces sermons longs comme au moins vingt lignes. Il disait qu'il faut lutter contre les mauvais penchants en priant la Vierge Marie de garder le pécheur dans la grâce et la pureté.

— Luttez mon enfant, luttez.

On eût parlé chinois à Mouche, qu'elle n'eût pas davantage compris. Mais seul comptait le résultat.

— Courage mon enfant, Jésus vous aime plus que votre faute, mais il faut obtenir réparation pour entrer dans son amour, aussi je ne vous donne pas un *Je vous salue Marie,* mais une dizaine, ou même deux.

Eurêka ! Elle l'avait obtenu sa grande pénitence, plus longue que celle de Mimi et Pierrette qui l'attendaient en sautillant sur une marelle tracée sur le parvis. Mouche a l'amour exigeant, quasi exclusif.

— Comme t'étais longue, Mouche !

— J'ai tout dit moi, et même plus, alors j'ai eu une grande *punition.*

— Pourquoi que tu dis tout au curé ? demandait Pierrette.

— Des fois, on meurt jeune, en dormant ou en jouant. Si on a caché quelque chose, on sera pas pardonné, et on n'ira pas au ciel. Moi je veux être sûre d'y aller. Je prends de l'avance sur mes fautes à venir.

Mimi et Pierrette se regardaient, perplexes, inquiètes même.

— Et comment on sait que Dieu a pardonné ? interrogeait Mimi.

— Ben, tu te sens légère comme une bulle de savon. Parce que les péchés pas pardonnés ça pèse, forcément. Et puis, si tu dis tout, et même plus, Dieu t'aime plus.

— Ben ça alors et comment qu'on sait qu'on est pardonné, que tout est effacé ?

— Y'a qu'à sauter.

— ?

— Ce que vous êtes nouilles alors. Celle qui saute le plus haut est la plus légère, c'est donc celle qui n'a pas le poids du péché.

Suffisait d'y penser.

À ce jeu de la vérité, Mimi, qui était plutôt du genre rondelette et pas très souple, perdait à chaque fois. Ce que Mouche aimait moins, c'était la suite. Fallait consoler Mimi, dont les larmes étaient intarissables tant qu'on ne lui avait pas juré sur le ciel et sur la tête de la grand-mère que c'était « rien que pour du rire ». Mimi voulait bien croire que c'était une farce, mais après une provision conséquente de carambars ou de roudoudous. Quand elle avait obtenu réparation, elle promettait dur comme fer de ne pas cafarder et répétait par trois fois : *croix de bois, croix de fer, si je mens, je vais en enfer, je jure de ne jamais cafarder.*

Ô douceur des souvenirs parfumés des fraîcheurs de l'enfance ! Ô chagrins aussi ! Mimi, la chic petite fille n'est plus. Un chauffard l'a renversée et abandonnée sur le bas-côté du chemin du Canal, avant les Trois-Maisons, près de Maxéville, alors qu'elle revenait de chez sa grand-mère. Elle avait treize ans.

— Où es-tu Mimi ? Es-tu dans cette lumière que nous espérions ? Si tu pouvais m'aider à comprendre, à trouver ce que je cherche aussi bien à Rochefontaine qu'à Charmes.

Elle a fini par téléphoner à Brigitte, qui lui a suggéré d'écrire. Un journal, débarrassé de tout souci littéraire. Des écrits qui soient la parole brute qu'elle jetait dans le cabinet de la rue de Rennes. Descendre jusqu'au tréfonds de l'âme humaine, visiter toutes les cavernes des désirs. Répertorier les grandeurs et les petitesses accumulées au fil des jours. Faire l'inventaire de celles qui dorment là, depuis la nuit des temps.

L'héritage humain.

Alors Mouche se couche sur le papier à défaut de se coucher sur le divan.

C'est la douleur de l'enfant du Domaine de Rochefontaine qui hante ses jours et peuple ses nuits. Elle en est à s'interroger sur la chape de silence qui a clos les bouches et les cœurs dans cette demeure. Savait-on ? Et si oui, pourquoi se taisait-on ? Était-ce à dessein que l'on conduisait l'enfant chez Hannah à Lay-Saint-Christophe ? Pour le soustraire aux griffes de Gilles le Veule ?

Henri Guérard, qui n'est pas méchant homme, ne l'a jamais laissé entrer.

— Je ne veux pas d'histoires, disait-il à Gilles.

Avait-il reçu quelque consigne ? Était-il au courant ?

Léna laisse l'ombre envahir son regard quand Mouche l'interroge.

Elle détourne la conversation, s'intéresse aux enfants. Elle se plaint de la nourriture servie à la maison de retraite.

— Henri est mort l'an passé, un grand malheur pour Clara, répète Léna. Ils s'aimaient tant. Clara a courageusement repris l'exploitation de la ferme avec l'aide de David.

Mouche s'est rendue à la ferme des Guérard à Lay-Saint-Christophe. Elle a rencontré David.

— Gabriel, si je me souviens... Un gosse à problèmes. Remarquez avec un frère comme il a, il y a de quoi. Un jour, le grand est venu jusqu'ici pour harceler le petit. Je l'ai surpris dans le pré là-haut. Mon père venait de le vider de la ferme et de l'envoyer voir les filles. Le petit était blême. Vous savez, vous, ce qui se passait entre eux ? Moi, ça m'a toujours intrigué. Enfin ça me regarde pas ces choses-là, mais entre frères c'est pas des choses qui se font. Je me rappelle, son attitude était tellement moche que je n'ai pas pu m'empêcher de lui filer une rouste. Je ne supporte pas qu'on profite d'un plus faible. Remarquez, il n'était pas manchot. On a quasiment le même âge. J'ai encaissé. Mais lui aussi. J'ai quand même fini par avoir le dessus. Il est jamais revenu quand le petit était là. Pour le reste... C'est pas par méchanceté que je vous raconte tout ça. Ça me fait drôle quand, aujourd'hui, dans les pages de *l'Est Républicain*, on voit : monsieur le député par-ci, monsieur le secrétaire régional du Parti unifié des républicains par-là. Il s'étale, fait le beau... Le fou rire me prend, car à côté des photos d'un monsieur très comme il faut maintenant, je revois le mec un peu teigneux qui venait de prendre sa raclée dans le pré au-dessus du verger. Ça, je peux le dire qu'à vous et vous assurer que je ne voterai jamais pour lui.

Pourquoi tant de silence ? Quelle réputation fallait-il préserver ?

La vie d'un enfant, ça ne compte donc pas ? Et son rire, sa joie ?

⁂

L'orage fait trembler toute la vallée, sans qu'une goutte de pluie parvienne à trouer le ciel. Mouche est étrangère aux éléments qui se déchaînent. C'est vers Sarah qu'elle se tourne, vers le Domaine.

CHAPITRE VII

Rochefontaine, 1950

Sarah qui a si longtemps résisté à Génie, soit en faisant face et en riant — c'était dans les débuts —, soit en laissant dire et en haussant les épaules avec une grâce mutine, ou en frondant avec une douce détermination pour lui dire « je suis juive » — ça n'est arrivé qu'une fois —, s'est laissée gagner par une sorte de langueur qui la préserve et la dissimule à ses proches. Si elle poursuit l'accomplissement des tâches quotidiennes, seconde Génie à la cuisine et assiste Georgette Langue-de-Vipère, la laveuse-repasseuse qui vient depuis deux générations au Domaine, c'est sans élan.

Le sourire a déserté ses belles lèvres gourmandes, et ses yeux ne brillent plus de mille étoiles quand elle parle. Mais parle-t-elle encore ?

Une phrase courte, un mot dans un souffle. Juste quelques murmures, quand l'épuiscment la prend. Sarah cherche à se faire oublier. Même sa démarche joyeuse a changé. Son pas s'est allégé. On ne l'entend plus entrer dans une pièce, c'est à peine si on perçoit sa présence. Tout en elle devient insaisissable. On ne la surprend plus debout près d'une fenêtre. Elle est la fenêtre immobile, transparente. Le voilage qui laisse passer la lumière. Elle a imprimé sa silhouette diaphane dans le tissu. Qui agite le voilage ? La brise ? Ou Sarah qui respire ?

Encore un peu, et Sarah disparaîtra, flottera...

Elle s'occupe toujours de Gabriel, surveille sa santé. Parfaite servante, elle range les chambres des enfants. Elle refait régulièrement le lit à deux places des garçons dans la chambre bleue. Il y a deux ans, Sarah a souhaité changer ce grand lit au profit de deux lits d'une personne. Génie a opposé un non catégorique à la demande de Sarah formulée pourtant par Auguste.

— Paul a seize ans, il a peut-être besoin d'un peu d'indépendance.

Il est vrai que Paul et Gilles sont bien différents. Paul est toujours le nez dans ses livres. Gilles est énigmatique, désabusé avant l'âge, réfractaire aux choses de l'esprit et de l'art comme à celles de la religion. Il peut passer des heures à pédaler sur la vieille bicyclette du grand-père exhumée d'un fatras de vieilleries trônant au fond de la remise. Un peu de peinture et la bicyclette a retrouvé sa jeunesse première, et Gilles pédale « pour rien », comme le déplore Génie, à moins qu'il n'en profite encore pour inventer Dieu sait quoi qui fera pleurer le petit.

— Il est toujours « après », soupire-t-elle à l'oreille de la voisine.

Et de fait, quand Gilles en a assez de pédaler « pour rien », c'est vers Gabriel qu'il se tourne, ou vers Sarah, cherchant tout contre elle quelque consolation, la serrant comme s'il voulait la manger, comme s'il voulait rentrer en elle.

— Deux lits de quatre-vingt-dix au lieu de celui de cent quarante, mon pauvre Auguste, tu aurais pu réfléchir avant de te laisser embarquer par ta trop belle sorcière. Quatre enfants par les temps qui courent, c'est pure folie !

Auguste s'est tu. Incapable de répliquer à sa mère. Incapable de défendre Sarah. Pour se déprendre de la honte qui commence à peser lourd, il attrape sa veste, c'est selon les saisons, et dirige ses pas jusqu'au café-tabac Chez Pierrette près des Trois Marronniers centenaires à côté du presbytère. Il se laisse choir sur un banc. Il finit bien par apercevoir l'un ou l'autre de la Clique de musique qui passe par là. La conversation s'engage. On échange les nouvelles, on analyse la situation économique, politique. Ça ne va pas bien en Indochine. Même en Algérie, on dit que des révoltes se préparent. Faire fortune là-bas, ça va devenir difficile. Les gens du pays ne se laisseront plus faire. Auguste ne se contente pas de lire la page des faits divers de *l'Est républicain*. Il s'informe. On le sait puisqu'il achète l'un ou l'autre des journaux parisiens. Quand on veut en savoir plus, comprendre, on lui demande son avis.

— Z'en dites quoi, monsieur Vuillemot, des événements ?

Il parle, explique. Une revue de presse à lui tout seul. Aussi fort que Geneviève Tabouis — sacrée bonne femme que la France écoute l'oreille collée au poste de radio. C'est qu'elle en connaît un rayon avec son « Attendez-vous à savoir... ».

Sur le banc, près des Trois Marronniers, il y a Auguste qu'on écoute attentivement avec admiration parfois. Il finit par en oublier Génie et le Domaine. Sur le banc il peut exister, il est lui. La culpabilité qui le taraude s'évanouit. Il oublie la maladie de Sarah et peut-être jusqu'à Sarah.

Honteux.

Auguste l'est à cause de sa faiblesse. Il reste le petit garçon de Génie tandis que Sarah dépérit. Pourquoi est-il incapable de la sauver ? Auguste se connaît jusqu'au mépris. Mari détestable qui a tué l'amour dans les yeux de sa belle. Père maladroit, absent dans le cœur et les yeux des enfants. Qu'est-il pour eux ? Le fils de leur grand-mère ? Le chef du Domaine ? Ou l'homme qui signe les carnets scolaires ?

Oui, mais seulement après que Génie en eut pris connaissance. « Là, il *fait* le père », dit Renée.

— Correct, dit-il pour les notes au-dessus de quinze.

Quand elles sont en dessous, Auguste marmonne :

— Attention au relâchement. Faut travailler dans la vie.

Jamais il ne se laisserait aller à émettre un encouragement. Les compliments chez les Vuillemot, on ne sait pas. On ne peut pas. Sarah les a si longtemps espérés, attendus, guettés, qu'elle a fini par en faire son deuil.

— Deux lits de une personne à la place du grand lit...

Génie bougonne en piquant les braises de la cuisinière. La rage qui l'a envahie va durer des jours.

— Deux lits et quoi encore ! Quand on a la chance de devenir Vuillemot, on ne s'avise pas de faire plus d'enfants qu'on n'en peut nourrir et loger ! Deux garçons peuvent bien dormir ensemble. M'étonne pas que Paul râle ! Le même que sa mère celui-là, toujours à vouloir péter plus haut que son derrière !

— Mère, Paul se plaint de Gilles « un peu trop collant ». Il lui donne chaud. Il dort mal.

— Si Paul a tant que cela besoin d'indépendance, changez-le de chambre ! Qu'il dorme à la place de l'Angelot. Après tout l'Angelot sera peut-être content de ne pas être seul la nuit, peureux comme il est.

Génie a-t-elle su que son idée institutionnalisait la souffrance d'un enfant ? Était-elle au courant ? Agissait-elle par vengeance ? Elle n'aimait pas Sarah qui lui avait pris son fils unique.

***

Le Veule est en joie. Chaque soir, il a sa petite chose autant qu'il lui plaît. Et c'est tellement bon. Enfin, sur le moment même, parce que après il doit serrer les poings pour se défendre d'une sorte de gêne qui le met mal à l'aise. Mais il apprend à faire avec cette gêne-là. Il la repousse entre les pattes du diable de son enfance, l'accroche à ses cornes et à sa fourche. C'est dans le feu de tous les enfers qu'il se dévêt de toute culpabilité. Son jouet, à sa merci ! Le Veule n'en finit pas de s'offrir au mal.

— Si tu dis quelque chose petit con, je t'attache sous le lit toutes les nuits.

L'enfant se tait, tremble, retient son cri, réprime les frissons d'horreur, refoule l'envie de vomir cette salissure dont le Veule le couvre avant de l'en débarrasser et de le parfumer à l'eau de Cologne.

⁂

C'est le soin pris à répandre l'eau de Cologne qui fera un jour comprendre à Gabriel, après les différents séjours à la ferme des Guérard à Lay-Saint-Christophe, que ce qui se passe entre son frère et lui n'est pas normal. Pourquoi Gilles s'applique-t-il à faire disparaître toute trace et toute odeur ? Dans la douceur appliquée à le laver, Gabriel verra peu à peu apparaître l'esquisse de la frontière du sacré.

⁂

L'enfant n'arrive pas à dormir.

La gangue poisseuse et nauséeuse empêche les paupières de se fermer. Le sommeil n'est ni évasion, encore moins libération. Le cauchemar continue. Il y a un monstre qui le griffe et qui le dévore. L'enfant crie, et le Veule se réveille, et le fait taire. Alors, il pleure doucement. Sarah ne vient plus le consoler depuis que la décision de Génie les a réunis dans le même lit. Au matin, on trouve l'Angelot bien pâle. Et Génie qui bougonne en sortant les bols pour le café :

— Voilà ce que c'est les gosses qui nous viennent d'on ne sait où. Pour un peu, c'est un fêlé qu'elle nous faisait l'étrangère. Une jolie frimousse, mais une tête vide. Tout sous la ceinture, c'est ce que demande un homme, et notre Auguste est de ceux-là, hélas !

Génie sait se répandre auprès de Georgette Langue-de-Vipère, la laveuse, qui s'empresse de rapporter les faits au lavoir municipal, ou chez Louise, quand tout Rochefontaine se retrouve les jours d'essayage.

— Paraît que Sarah, la femme de monsieur Auguste, a un sacré tempérament, c'est Génie qui le dit. Le pauvre homme serait bien mal rencontré.

— Il n'avait qu'à prendre femme ici.

— Les étrangères, on sait pas d'où ça vient.

— On voit ce que cela donne, et la descendance que ça fabrique. Tenez, le dernier, m'étonnerait pas qu'on apprenne un de ces jours qu'il a pas toute sa raison.

On aurait plutôt empêché la Meurthe de se jeter dans la Moselle à Pompey que les langues de tourner.

⁂

Mouche s'épuise à ausculter cette histoire de laideur. Elle craint de n'être que vilenie et souffrance à la fois. Mais puisqu'elle est lancée dans cette histoire, elle ne reculera plus. Elle voit ce gosse au visage mangé de frayeur quand d'autres jouent aux billes, s'essaient à des courses de vélos. Lui, il n'ose rien, il est prostré. Et si Sarah était coupable ? Responsable, dirait Brigitte, c'est bien suffisant... Coupable ? Non. Coupable de silence alors ? Qui dira le crime du silence ? La souffrance de Sarah s'est noyée dans un tel lac de solitude.

Et Léna, Moshe ? Savaient-ils ?

Et Louise ?

*
**

Sarah perd l'appétit de vivre, le goût du rire, tandis que l'Angelot s'égare. Que sait Sarah ?

Un jeudi, Sarah ouvre inopinément la chambre des garçons et surprend Gilles le rouge aux joues, la braise dans les yeux face à l'Angelot terrifié.

Pas un mot, pas une remarque de sa part, rien que la porte refermée prestement comme l'aurait fait une petite fille qui se risque sur les terres de l'interdit. Sarah vient de regarder par le trou de la serrure les laideurs qui n'existent que chez ceux qui n'ont pas de religion. Elle referme la porte, comme on referme un mauvais livre, parce qu'il conduit aux mauvaises pensées, au péché. Le feu gagne son visage. La confusion s'empare d'elle. Le sol se dérobe. Les murs du couloir s'écartent. Chancelante, elle va jusqu'au vieux fauteuil crapaud sur le palier entre les deux étages. Elle s'y laisse choir. Elle ferme les yeux, vaine tentative pour repousser une vérité pressentie depuis longtemps et dont elle a voulu se préserver. La porte ouverte inopinément déclenche une multitude de souvenirs qui s'emparent de sa mémoire, agitent son esprit.

C'est l'aveuglement.

Gilles et son regard sombre, posé avec férocité sur l'Angelot. Quand Sarah a-t-elle croisé ce regard dont elle ne peut se défaire ?

C'était un soir de novembre.

La même étrangeté habitait les yeux de Gilles. Le vent des tempêtes mugissait et faisait claquer les volets de la maison. Il fixait l'enfant pelotonné contre Renée tandis que le diamant de l'électrophone creusait dans le sillon d'un vieux soixante-dix-huit tours pour réveiller Brahms. L'espace de quelques minutes, l'enfant s'était laissé aller. Son âme vibrait. Sa nuit s'éclaircissait et quelques lueurs douces à son cœur chauffaient son corps. Et son père, poussé par Génie, a mis fin à cette aurore :

— C'est une fille que vous êtes en train de faire, déjà qu'il pleurniche pour un oui pour un non.

Que signifiait l'intensité du regard de Gilles sur l'enfant dont Renée dut se séparer ? La remarque d'Auguste confortait Gilles : l'Angelot n'était qu'un raté.

Un intrus.

Et Génie qui ricanait sans cesser de repriser les chaussettes. Agacée, Renée se vengeait, moquant la grand-mère et son avarice.

— Faut-il que nous soyons si pauvres pour que grand-mère abîme sa vue à repriser pour la centième fois des chaussettes qui datent peut-être de la guerre de 1870 ?

— Un sou est un sou. Je veille au grain. Heureusement, car, dans cette maison, on fait des enfants sans réfléchir à la dépense.

Sarah ne répondait pas. Les dires de Génie étaient sans importance. Seul le regard énigmatique de Gilles la préoccupait. Voilé de sombres desseins, il appelait les oiseaux de malheur.

Dans le fauteuil crapaud où elle s'est assise, Sarah sait maintenant quand elle a rencontré la force de cet étrange regard.

C'était bien ce soir de novembre. Et elle a osé un mot, à peine murmuré, pour extraire Gilles du pays du malheur. Et ce seul mot a suffi à ramener Gilles à la douceur du giron maternel. Avec quelle frénésie il a posé sa tête sur ses genoux, respirant la laine épaisse et rugueuse de sa jupe jusqu'à l'étouffement. Que veut-il lui dire quand il se jette ainsi sur elle ? Ce sont des élans qui n'ont rien à voir avec ceux des enfants. Et le frisson glace Sarah. Elle sait les sentiments excessifs de Gilles. Elle n'est pas la seule, mais chez les Vuillemot on ne parle ni des pensées et encore moins des sentiments. C'est inutile, stérile, surtout s'ils sont mauvais. N'en point parler, les taire est une manière de les tuer. Le déni de mal protège. D'ailleurs, Dieu merci, chez les Vuillemot, tout va bien, ou presque.

***

Ils font tous silence, tous, tous. Sarah, terrorisée, laisse faire. Génie, la grand-mère, se tait pour se venger de

Sarah l'étrangère, Sarah la juive. Elle, Génie, l'irréprochable chrétienne ignore le mal que son silence autorise. Voudrait-elle ainsi obliger Auguste à prendre conscience de ses errances ? Pourquoi a-t-il introduit cette espèce de sorcière ? Car c'est évident, le mal est arrivé avec Sarah.

Auguste, ouvre les yeux. Auguste, réveille-toi.

Sait-il ?

Et Madame Demange la voisine ? Et Georgette Langue-de-Vipère ?

Et Louise, et Odette, que savent-elles ?

⁂

Sarah ferme les yeux.

Pour la première fois, elle assiste, anéantie, au labour des terres du tabou. À qui se confier ?

Moshe.

Sarah est effondrée.

Elle pleure doucement.

> *Tout le jour, mon déshonneur est devant moi*
> *et la honte couvre mon visage**...

Moshe, son frère, vient une ou deux fois par mois, parfois seul, parfois avec Léna. Moshe s'inquiète de l'apathie de Sarah. Il dit avoir perdu sa sœur comme il a perdu Auguste. Sarah se tait, les mots sont de trop. Elle boira la coupe de poison jusqu'à l'endormissement. Moshe essaie

---

* Psaume 44(43), 16-17.

de parler de leur enfance afin de ressusciter le possible de cette part de passé qui n'appartient qu'à eux deux. Il donnerait beaucoup pour retrouver le temps du rire de Sarah, pour revoir briller les étoiles dans ses yeux, celles qui précédaient le pas de danse qu'elle savait si bien esquisser. Pour toute réponse, Sarah saisit la cafetière et verse le café fumant avec la même lenteur appliquée qu'autrefois, mais en silence. Sarah est une énigme. Elle se lève ensuite, va jusqu'à la fenêtre et regarde fixement la forêt de Haye, au-delà de la clôture. Qu'attend-elle ?

Qu'espère-t-elle ? Moshe a-t-il compris, puisqu'il rompt ce silence avec autorité.

— Sarah reste ici, ne te promène pas dans les friches. Hier est mort pour toujours. Tu ne peux plus rien changer.

Elle n'entend rien jusqu'à ce qu'il la saisisse aux épaules et la secoue presque avec violence.

— C'est fini petite sœur, c'est fini. *Il* ne viendra plus. Tu entends, plus jamais. *Il* est avec Yahvé pour toujours. Pense aux enfants. Petite sœur, pense à Gabriel, pour *lui*.

Alors les yeux de Sarah se ferment, non pour cacher les étoiles mais les larmes tout simplement.

⁂

Sarah demeure prostrée dans le fauteuil qui la garde et la retient. Étranges liens, comme ceux qui attachent l'Angelot au pieu du jardin interdit qu'elle vient d'entrevoir. C'est cela que vit l'Angelot captif d'une glaise, d'un marécage nauséabond ? Au cœur de l'été, une pluie glaciale vient de tomber statufiant Sarah. Pourquoi son petit ne dit-il rien ? A-t-il crié souvent ? Elle, Sarah, sa mère n'a peut-être pas voulu, ou pas pu l'entendre ? D'ailleurs, Gilles sait toujours dissiper le doute. Un regard de velours, une joue posée sur son épaule suffisent à lui montrer le meilleur. Elle reprend son souffle, passe une main sur son front comme pour chasser le vilain rêve qui l'a saisie. C'est alors qu'elle ressent la douleur vers le côté droit et jusque sous la poitrine. Quand s'est-elle manifestée pour la première fois ? Sarah cherche, fouille sa mémoire engourdie.

Maintenant elle sait.

C'était un après-midi de fin d'été. L'air était chargé du parfum des mirabelles trop mûres que l'on jette dans le tonneau à eau-de-vie. Sur l'ordre de Génie, agacée par les cris ou les pleurs des deux petits de trois et dix ans, Sarah s'est approchée de la cabane au bout du jardin, derrière la haie de groseilliers. Que redoutait-elle de découvrir et que ses yeux ne pourraient supporter ? Elle appelait à mesure qu'elle avançait vers les enfants. Elle manquait de courage, elle le sait. Il fallait surprendre et sévir sur-le-champ. Or, regarder la vérité nue était une épreuve pour Sarah déjà gagnée par l'étiolement. Son visage était devenu lisse, rarement plissé par l'une ou l'autre expression de joie ou de tristesse. Elle gardait ses larmes pour la petite messe du matin en semaine. Là, dans le sombre de l'église, derrière le pilier, elle lavait son âme :

Vous qui passez par le chemin,
regardez et voyez
s'il est une douleur pareille
*à la douleur qui me tourmente**...

***

À Rochefontaine on s'est habitué à cette femme toujours pâle, belle encore, mais déjà absente... Génie a beau lancer quelques rumeurs. Qui pourrait lui reprocher d'être belle ? Ses enfants sont parfaitement tenus. Aucune coquetterie excessive dans ses tenues. Elle est même très digne. On voudrait comprendre le pourquoi de sa tristesse. On la trouve de plus en plus maigre avec des cernes sous les yeux, et on commence à murmurer contre Auguste. Pourquoi ne réagit-il pas ? Pourquoi ne s'inquiète-t-il pas pour Sarah ? Une femme dont on ne peut rien dire et qui se tait. Qu'a-t-il à lui reprocher ? Elle est pieuse. Elle rend service, et s'occupe des œuvres.

Maintenant Sarah sait. La douleur qui la mord chaque jour est née près des groseilliers. Elle revoit Gilles dans le même état que dans la chambre, aussi rouge, essoufflé. Il a même eu l'audace de lui dire.

— Fait drôlement chaud, maman.

Mais il y a les sanglots du petit et les pleurs. C'est là que la douleur a creusé son lit.

Sarah quitte le fauteuil d'un pas mal assuré. Elle s'éloigne de la pièce où ses yeux ont vu l'innommable. La

---

* 1ère Lamentation.

nausée s'ajoute à la douleur. A-t-elle lu l'âme étreinte de folie de son doux Gilles ? Est-ce cette folie qui fait comme un poignard qui entre et sort de sa poitrine ?

Elle entend Génie dire à la voisine :

— Il est vraiment bizarre cet enfant, et Sarah, toujours perdue dans ses rêves, ne voit rien.

Sarah a bien vu Gilles remettre de l'ordre dans ses cheveux et ses vêtements. Elle retourne jusque dans la chambre. Elle veut prendre la main de l'enfant pour l'emmener jusqu'au jardin. L'enfant marque sa surprise, et retire sa petite main. Veut-il dire « c'est trop tard, je suis tout seul depuis si longtemps » ? Gilles est parti en claquant la porte pour retrouver Momo. Tous deux pédaleront jusqu'à la nuit. Il sera temps ensuite d'aller se coucher. Demain Gilles posera sa tête sur les mains de Sarah. Demain il lui fera les yeux doux, et elle oubliera.

Elle n'a pas rêvé Sarah. La fuite de l'Angelot ce jour-là en est la preuve. L'enfant est allé jusqu'à la Vieille Tour à l'entrée de la forêt. De là, on domine la vallée de la Moselle. Recroquevillé au pied d'un érable, il attend qu'un grand loup vienne le dévorer, ou l'aimer. Et il l'appelle de toutes ses forces entre deux sanglots. Paul le cherche dans les rues du vieux village, pendant qu'Odette, la fille de Louise, explore les berges du canal. Au Domaine Génie s'affaire auprès de Sarah prise de fièvre et de vomissements. C'est Renée qui découvre l'enfant à la tombée de la nuit. Il est indifférent lorsqu'elle s'approche de lui. Elle le prend dans ses bras et le porte jusqu'à la maison. Il grelotte.

De ce jour, de cette histoire, personne ne parle jamais. Seule la douleur, qui vient régulièrement harceler Sarah, rappelle, peut-être, que dans un jardin interdit, un enfant souffre. Pendant des années cette douleur a creusé sourdement un corps rayonnant. Et Sarah, résignée, a fini par s'y habituer.

Et l'enfant ?

Il y a encore ces nuits où Gabriel vient pleurer à la porte de la chambre parentale. Sarah veut se relever, le consoler. Auguste se fâche.

— Ma mère a raison, Sarah. Il faut endurcir ce gosse. Il faut qu'il grandisse. Ta douceur en fait une fille.

***

Depuis de nombreux mois, Sarah se bat avec la souffrance. Il est des jours où se tenir droite sans grimacer est un effort dont elle n'est plus capable. Les vomissements sont de plus en plus fréquents et l'épuisent. Un jour de grande souffrance, elle se risque à interroger Génie :

— Cette douleur est-elle normale, belle-maman ?

Génie répond avec une pointe de dureté :

— Vous êtes un peu nerveuse, angoissée. Grandcolas l'a toujours dit. Buvez plus de tisane et moins de café ma fille.

Génie en parle tout de même à Madame Delorme dont la fille est infirmière :

— Sarah n'a pas bonne mine.

— Elle est peut-être vraiment malade, Génie. Il faudrait consulter un spécialiste.

Le médecin ça coûte cher. La Sécurité sociale ne rembourse pas toutes les dépenses de santé. Et chez les Vuillemot, on cotise seulement à la Sécurité sociale, parce qu'on a naturellement une bonne santé. Génie a toujours repoussé l'idée d'adhérer à une mutuelle. Auguste n'avait qu'à choisir une fille bien bâtie.

Sarah somnole sur la chaise longue tournée vers la terrasse qui s'ouvre sur la forêt de Haye. Entendant les remarques de Génie, elle ouvre les yeux et lance à Génie :

— Je ne vous ai jamais rien demandé pour moi, madame mère. Voudriez-vous avoir la bonté de ne pas parler de moi à autrui, du moins, devant moi ?

⁂

En tentant d'approcher la vérité, Mouche a l'impression de processionner le long de deux chemins de croix, celui de Sarah et celui de son fils. Louise s'apprêtait à lui en dire plus l'autre vendredi, quand Odette est revenue plus tôt que prévu de Nancy.

— Maintenant, maman, tu joues à la concierge.

Louise a soufflé dans l'oreille de Mouche qu'Odette aime faire son importante. Mouche a cru ressentir une sorte de méfiance à son égard. Est-ce parce qu'elle était l'amie de Renée avant son mariage ? Sont-elles encore en relation ? Odette affirme que non. Mouche est persuadée du contraire.

Demain, Mouche visitera Léna à la maison de retraite.

La méditation de Mouche est interrompue par la sonnerie du téléphone.

— Paul, comment est-ce possible ? Il y a si longtemps.

Il rit à l'autre bout du fil. Il explique qu'ils sont voisins le temps des vacances, puisqu'il a acheté une vieille ferme lorraine à Thorey-Lyautey. Il demande des nouvelles de chacun.

— Et Gabriel, toujours sur l'Atoll ? Et les enfants, comment vivent-ils cela ? Sophie va-t-elle mieux ?

Il est ravi d'apprendre que le goût de vivre — et de râler — lui est revenu.

Et Paul s'invite.

— Je mangerais bien des pommes de terre à l'étouffée, si vous les faites comme autrefois et les servez avec une petite doucette et de la crème fraîche. Oui, je suis un peu exigeant. Et si je ne suis pas seul, serez-vous fâchée ?

Pourquoi serait-elle fâchée ? Il a le droit — et le devoir — d'être amoureux. Car l'homme est né pour être heureux. Paul rit encore plus fort qu'elle et prend des airs très mystérieux. Mouche regarde le jardin prometteur, lève les yeux au ciel. L'orage s'éloigne. Le vent souffle.

— Allons cueillir la doucette.

Et elle attrape le panier d'osier suspendu dans l'entrée.

CHAPITRE VIII

Rochefontaine, avril 1957

Génie vient de rentrer des terres de la Chapelotte. Elle a posé son grand panier d'osier au clou du cagibi à l'entrée de la petite cuisine. Germaine qui vient l'aider depuis la grande fatigue de Sarah y trouvera les légumes pour la soupe du soir. Elle jette un regard vers le séjour. Sarah n'a pas quitté la chaise longue. Elle tient contre elle *Génitrix* de François Mauriac qu'elle lit quand la douleur n'est pas trop vive.

Elle s'interroge sur ces belles-mères-maîtresses-femmes-bourgeoises-de-la-terre. Sont-elles les mêmes en toute région ? Génie est-elle une mère Cazenave, une mère possessive qui a consenti au mariage de son fils parce qu'une descendance s'annonçait ? Un accord donné à regret et qui n'a rien changé à son statut de « pièce rapportée », tant il est vrai que pour ces femmes-mères, les belles-filles, qu'elles soient pieuses, belles ou riches, seront toujours des étrangères, des voleuses de fils.

Le mal de Sarah a gagné en violence. Il tord, tourne, déchire jusqu'à la priver d'air. La douleur est telle que Sarah mord dans sa manche de pull-over pour atténuer la plainte qu'elle lui arrache. Sarah songe à Mathilde, « mourant de la mort douce de ceux qui ne sont pas aimés ». Quand viendra son tour, la mort lui sera-t-elle douce ? Aura-t-elle la même force pour chasser Génie de la pièce, et lui éviter de raconter comment la pauvre Sarah a passé au petit matin, après une nuit de veille. Car Génie, bonne chrétienne, voudra que les choses se déroulent comme il se doit.

Avant que la mort n'emporte Sarah, Génie aura déjà sorti les draps de lin brodés de la grande armoire sculptée. Autour de Sarah, on mettra les coussins pour la soutenir. Les visites, refusées ou accordées jusque-là avec parcimonie, seront nombreuses. Léna et Moshe pourront venir et dormir au Domaine. Sarah sera installée dans la grande chambre aux lourds rideaux vert bronze du premier étage. La vieille Germaine, toujours dévouée à la famille, encore alerte à près de quatre-vingts ans, continue d'encaustiquer et de frotter les parquets pour ces jours-là. L'abbé Wenzel, alsacien comme Sarah, et que Génie n'aime guère, pourra enfin lui lire l'*Ancien Testament.* Elle sera administrée plutôt deux fois qu'une. Déjà qu'elle est juive. Chez les Vuillemot, on passe chrétiennement.

Sarah veut bien mourir chrétiennement mais pas dans les bras de Génie. Génie n'est pas Philomène, la grand-mère d'Auguste dont la réputation de sainte femme n'est plus à faire. Elle veillait les malades, les accompagnait jusqu'au passage en récitant les prières en latin. Sarah se demande parfois comment la cohabitation entre les deux femmes s'est passée. En l'absence de Génie, la vieille Germaine vient parler à Sarah. Elle lui raconte les bontés de Philomène quand elle travaillait pour elle et, tout aussi admirative, elle évoque monsieur Léonce, le fils de madame Philomène et le mari de Génie. La vieille Germaine essuie ses yeux en se souvenant de la mort d'Albert, son fils enrôlé dans le même régiment que monsieur Léonce.

— Madame Sarah, vous le savez comment j'ai perdu Albert, mon fils unique à la guerre de 1914 ? Il était juste à côté de monsieur Léonce, son capitaine. C'est ma consolation. Monsieur Léonce a bien voulu me dire les faits avant de mourir. C'était le même jour que l'abbé Cyprien Gérardin près du fort de Douaumont, en 1916, au moment le plus dur pour les soldats. Mais ce que je sais, c'est que mon Albert est pas mort comme un chien et dans le désespoir. Il était à côté de monsieur Léonce qui lui a promis qu'il guérirait, qu'il reverrait Marthe, sa gentille fiancée. Et comme l'a dit monsieur Léonce, Albert s'est pas vu mourir... Pour l'abbé, paraît que cela a été une autre histoire. Une sale blessure au cou après le tir d'un obus. Le pauvre Léonce essayait d'arrêter l'hémorragie en l'absence du major, parti entre deux tirs chercher les soldats blessés qui geignaient dans la boue. Il avait déjà ramené Albert qui s'était traîné depuis la poudrière de Fleury avec sa jambe blessée et son bras en miettes jusqu'à l'abri de monsieur Léonce. Mais pour l'abbé, le major n'est pas revenu. On l'a jamais retrouvé. La terre de Verdun a été son tombeau. Elle l'a mangé. L'abbé savait bien que la fin était proche. Il disait à monsieur Léonce :

— Je prierai pour les soldats des deux camps. Pour que cette saloperie finisse. Faut pas pleurer Léonce, Dieu a fait son choix, vaut mieux que ce soit moi plutôt que toi, ou Albert.

Le bon Dieu les a pris tous les deux : mon Albert et ce pauvre abbé, mort, vidé de tout son sang. Quelle misère !

Jamais Germaine ne sut la fin réelle d'Albert. Le major avait réussi à le sortir de la boue pour le déposer près de Léonce. Albert était déjà saisi par la fièvre, et la gangrène allait avoir raison de son corps disloqué. Albert appelait sa mère et sa fiancée. La fièvre le rongeait et lui faisait confondre les deux femmes. Dans la tranchée, les soldats au bord de la folie n'en pouvaient plus de l'entendre hurler jour et nuit. L'un d'eux s'est levé et lui a tiré une balle dans la tête. Ce même soldat a aussitôt été exécuté par un autre soldat. Léonce tenait encore le corps de l'abbé dans ses bras quand les faits se sont produits. Il s'en est longtemps voulu. Mais il jugea préférable de mentir à Germaine, afin de ne pas la tourmenter inutilement.

Sarah sourit à Germaine.

— Germaine, quand Léonce est mort, qu'a fait Philomène, sa mère ?

— Ah ! madame Sarah, c'est pas le moment de penser à des choses comme ça.

— Si, si, justement. Vous m'avez bien dit l'autre jour que Génie n'était pas là...

— Ça c'est sûr, elle était à Nancy, aux Grands Magasins pour acheter des pèlerines à Auguste et à Jeanne. Moi j'étais là. D'ailleurs, ce jour-là, monsieur Léonce était pas plus mal que d'habitude. Il toussait et Philomène était à ses côtés. Quand la toux était trop forte, elle lui tendait un verre de lait tiède sucré au miel. Ça faisait peine à voir, cette femme déjà d'un certain âge, penchée sur son fils. C'est pas dans l'ordre des choses. Moi ça me retourne. Ça me rappelait mon Albert, et dire que j'y étais pas.

— Il était où monsieur Léonce ?

— Ben, dans la chambre verte. Là-haut parce que...

— Allez, dites.

— Vous m'y forcez c'est que, c'est celle...

— D'où l'on voit le Champ du Lapin, comme depuis la grande salle. Léonce aimait l'endroit...

Germaine s'est arrêtée, gênée.

— Madame Sarah, vous allez pas bien ?

— Ne vous inquiétez pas. En vous écoutant je me dis que c'est sûrement là qu'on me mettra, moi aussi, quand ce sera le moment. Et ce sera très bien, y'oh, j'aime tant regarder vers le Champ du Lapin, parce que derrière, c'est déjà la forêt, en rêvant un peu je me crois en Alsace, y'oh.

Germaine se tait, face à la lucidité de Sarah. Depuis quelques semaines, Génie laisse entendre que sa belle-fille n'est pas très bien. Le retour d'âge qui se ferait mal. Grandcolas n'est pas très bavard.

— Allons, madame Sarah, faut pas avoir des choses aussi tristes dans la tête.

— Je pensais à Philomène.

— La pauvre vous savez, le jour où monsieur Léonce s'en est allé, madame Philomène a tout mélangé dans les prières. Le chagrin sans doute. J'ai bien entendu, car je les sais aussi ces prières. Mais l'important, et je vous le dis comme je le pense, c'est que monsieur Léonce n'ait pas attendu le retour de madame Génie pour fermer les yeux. Moi, je crois que c'était mieux. Madame Génie aurait encore fait son cinéma, comme pour son père. Dans ces cas-là, elle crie à vous en percer les tympans. Pour madame Philomène, c'était la revanche sur sa belle-fille. Son fils est mort dans ses bras.

C'était un après-midi de septembre, quand la forêt de Haye commence à blondir et que le potager, épuisé par les beaux jours et les récoltes, perd peu à peu de son éclat. Philomène était près de Léonce. Elle brodait. Bien que ridées, marquées par le temps et les sillons des travaux des champs, ses mains avaient conservé la légèreté et la grâce nécessaires pour ce genre d'ouvrage. Le geste était celui des brodeuses qui, de siècle en siècle, ont orné les étoffes et les ont rendues précieuses. Philomène brodait comme sa mère et sa grand-mère l'avaient fait avant elle. Les doigts guidaient l'aiguille enfilée de coton perlé sur la toile écrue où s'étalait un immense panier de fruits. Tout était calme au Domaine et l'on entendait seulement, dans la grande salle du rez-de-chaussée, le tic-tac de l'horloge comtoise qui allait et venait assaillant le temps avec une régularité exemplaire. Le soleil faisait encore de brèves apparitions sur les terres du Champ du Lapin que la brume noyait chaque matin. Il faudrait attendre la prochaine saison pour le voir dans la lumière. Léonce avait d'abord toussé sourdement, un murmure, comme une excuse, réitéré avec la même tranquille assurance. Et puis la toux s'était faite déchirante, l'air avait manqué, et le corps décharné s'était agité. Philomène s'était précipitée avec le verre de lait. Elle avait vu le filet de sang couler entre les lèvres déjà bleuies de son fils. Il tendait son visage vers le plafond, son cou montrait les stries de la souffrance en cherchant l'air. Il agitait les mains, les bras en signe de détresse. Philomène, douce comme toujours, si douce pour ce fils qu'elle avait donné à Génie, murmura avec tendresse « mon petit ». Elle posait sa main sur son front, sur ses cheveux encore châtains et qui n'auraient pas le temps de blanchir. Elle rehaussa les oreillers, ouvrit la fenêtre, voulut verser à nouveau un peu de lait. Léonce fermait les yeux pour dire : ce ne sera pas la peine. Elle murmura :

— Je vais appeler Germaine.

Mais Léonce la retint, du moins c'est ainsi qu'elle interpréta la façon dont il s'agrippa à ses poignets. Il fermait les yeux par instant, comme pour lui signifier : on ne force pas la vie à demeurer quand elle doit s'en aller. Léonce ne voulait pas la prolonger indéfiniment, il n'en pouvait plus d'être le héros, le survivant de la guerre. Il eut assez de force pour dire à sa mère :

— Mère, ne pleurez pas. La nature accomplit ce qu'elle doit faire. Ma vie s'en va, je vais enfin être libéré, de tout, de tout, mère, mais je vous emporte avec moi.

Entre deux spasmes, il tentait de reprendre souffle, voulait parler encore. Elle approcha l'oreille de ses lèvres.

Si cette quinte de toux s'éloignait, c'est parce qu'elle savait sa victoire proche. Belle joueuse, elle offrait un court répit et permettait ainsi à la vieille femme de recevoir les dernières paroles de son fils :

— Mère, c'est pour les enfants...

Léonce ne put terminer sa phrase. Philomène entendit le cri rauque qui s'arrache de l'homme quand il emporte avec lui le dernier souffle de vie. Philomène avait vu mourir son oncle, avait tenu la main de sa mère, et assisté une jeune cousine qu'une fièvre puerpérale avait terrassée après la naissance d'un enfant mort-né. Toutes les familles de Rochefontaine avaient un jour ou l'autre fait appel à elle. Elle sut que Léonce empruntait le dernier couloir. Elle joignit les mains de son fils, les maintint dans les siennes, comme pour les garder chaudes longtemps encore. Un geste d'amour. Le dernier qu'elle offrait ainsi à son fils en commençant la prière des morts. Bouleversée, elle ne se souvenait plus dans quel ordre on récitait les antiennes et les psaumes de la vigile et des matines. Lui revenaient les refrains, tantôt en français, tantôt en latin.

Donnez-lui, Seigneur, le repos éternel et que luise pour lui la lumière sans déclin. Si vous tenez compte de nos péchés, Seigneur, Seigneur, qui prendra notre défense ?

Léonce n'avait pas à être défendu. Léonce fut seulement faible. Elle se rappela ce fils, son mariage avec Génie Jeanmaire : celle-là avec ses grands airs, elle avait su posséder son monde. Philomène tenait toujours les mains de Léonce que la chaleur désertait, et elle reprenait entre un *Pater* et une antienne :

N'abandonnez pas, Seigneur, l'ouvrage de vos mains.

— Vous le savez, Seigneur, ce fils que vous m'avez confié, je l'ai élevé. Bien ? Mal ? Pour qu'il vous rende grâce. Il n'aura guère eu le loisir de marcher longtemps sur vos chemins. Une trop courte vie que vous redemandez bien vite, à ce qu'il semble. Je vous le rends aujourd'hui, puisque c'est votre idée — pas la mienne. Pardonnez à la mécréante que je suis et qui ose penser que ce n'est pas dans l'ordre des choses...

J'ai entendu une voix du ciel me disant : Bienheureux les morts qui pleurent dans le Seigneur.

— Pour cela, Léonce est mort avec vous. Hier encore, monsieur le Curé l'a communié avant de l'oindre. Quand Génie rentrera, nous aviserons. Rien ne presse.

Mue par quelques craintes, elle récita d'une voix plus forte de larges extraits de l'office des défunts. Germaine qui l'avait rejointe se joignit à la prière. Philomène mélangea la vigile et les matines. Mais elle récita, récita, comme pour empêcher le Malin de se saisir de l'âme du défunt :

De la porte de l'enfer, délivrez, Seigneur, leurs âmes.

Elle tomba alors à genoux, aux côtés de Germaine et, suppliante, se lança sans le savoir dans la deuxième nocturne.

Ne vous souvenez pas, Seigneur, des fautes de ma jeunesse, ni de mes péchés.

En cet instant, Philomène priait pour elle. Alors se ressaisissant, elle implora le Ciel avec force, en latin.

Miserere mei dum veneris in novissimo die. Anima mea turbata est valde se tu Domine succurre ei — Miserere.

Elle n'eut pas besoin de clore les yeux de ce fils. Depuis si longtemps, il les tenait fermés. Elle ne dirait pas à Génie comment il était mort. Elle ne dirait pas ce dernier tête-à-tête. Elle laisserait Génie à son remords. Ce serait son secret, sa vengeance. Elle affirmerait, tranquille, entre deux sanglots :

— J'ai trouvé Léonce sans vie en rentrant du jardin.

Elle dirait ne pas savoir comment il s'était éteint. Sans doute pendant son sommeil. Et puis, elle demanderait qu'on lui fasse grâce des autres questions, elle avait eu si peur et, maintenant, elle avait tant de chagrin. Après, elle se draperait dans sa peine pour braver Génie. Elle remit de l'ordre autour de ce corps qui venait d'elle, avait grandi en son sein. Elle s'interrogea : pourquoi donner la vie, si c'est pour qu'elle se dérobe si prématurément ? Elle inspecta la pièce. Elle ne réalisait pas vraiment qu'en cet automne une part de son âme accompagnait celle de Léonce. Les larmes ne venaient pas. Pas encore. Rien que la pointe du glaive qui cherchait le chemin. Elle tourna ses yeux vers l'immense crucifix suspendu au-dessus de la commode Empire et parla à haute voix :

— Pourquoi, mais pourquoi Seigneur ? Quelle faute devons-nous payer ? Anne-Marie, ma fille unique, s'est donnée à vous pour l'éternité*, Alphonse et Victoire mènent une vie honorable. À moi vous avez déjà pris Corentin, mon cher époux. Pourquoi, pourquoi, aujourd'hui Léonce ?

Alors le poignard meurtrier se ficha sous ses seins qui avaient nourri l'enfant. Comme les douleurs de l'enfantement lui avaient arraché autrefois un cri, la douleur de la séparation jaillit comme un éclair. La lame aiguisée du poignard étincelait. Philomène reçut le coup. Son corps se déchirait, une part d'elle-même se trouvait emportée vers le néant. Elle se redressa, et de son corps fit un bouclier à cette douleur. La taire pour accepter. Ne pas se révolter contre Dieu. C'est mal. On vit avec la blessure ou on en meurt. Philomène souhaita mourir, mais elle ne fut pas exaucée. Le Ciel avait d'autres vues pour elle, ou d'autres douleurs à lui apporter pour expier. Mais expier quoi ? Elle avait suivi le chemin le plus droit, écouté son cœur et s'était tue pour que règne la paix au Domaine. Les gens simples sont sans malice. Et si elle n'avait pas toujours compris les choses, elle avait régulièrement prié pour éloigner la révolte et la colère. Prier ?

— Faut me pardonner, Dieu. Je peux plus aujourd'hui. Vous me demandez trop.

Philomène s'astreignait à la tâche pour ne plus penser. Elle referma la fenêtre, tira les lourds rideaux de reps vert bronze. D'un pas plus lourd que de coutume, elle se diri-

* Anne-Marie est entrée au couvent.

gea vers le palier, ouvrit le premier tiroir de l'imposante commode en ronce de noyer. Elle vit les chapelets, cierges, livres de prières, fioles d'eau bénite, rameaux de buis de l'année. On pourrait veiller Léonce dans la chambre verte. Elle choisit les plus beaux draps dans le deuxième tiroir. Germaine pourrait l'aider au retour de Génie. Pour le reste Génie ferait comme elle l'entendait. Depuis longtemps Génie décidait de tout. Philomène reprit sa place près de Léonce, fouilla dans la poche de son tablier noir ourlé d'un liseré rouge et blanc. Ses doigts rencontrèrent les grains de buis du chapelet que ses doigts parcouraient matin et soir. Près de Léonce, elle récita le chapelet et tous les mystères. C'est alors que le chagrin fit irruption. Elle se moucha à plusieurs reprises sans cesser sa récitation à la Vierge. Les grains filaient entre ses doigts comme les larmes roulaient sur ses joues ridées.

Pour moi, songe Sarah, il n'y aura pas de Philomène. Ce sera hélas Génie. Elle porte la main à son cœur :

— Non !

Sarah a presque crié en se redressant vivement dans une énergique protestation. Ce n'est pas le non à la mort que crie Sarah. C'est le non à Génie et à tous ses préparatifs.

— Yahvé, Dieu, qui que tu sois, où que tu te trouves, éloigne-la de mon chevet en ce jour. Je veux écrire ma fin sans elle.

Car mes années de vie sont comptées
*et je m'en vais par le chemin sans retour**...*

Mon souffle en moi s'épuise
et les fossoyeurs pour moi s'assemblent.
Je n'ai pour compagnons que des railleurs,
*dont la dureté obsède mes veilles**.

Génie, qui va et vient de la cuisine à la buanderie, se retourne et hausse les épaules.

— La pauvre fille commence à perdre la raison.

La soudaine révolte de Sarah se trouve stoppée en plein élan. L'éclair et la violence de la douleur la ramènent au concret, à l'immédiat. La prière adressée à Dieu est suspendue.

Jour d'angoisse.

La mort ne lui sera pas douce. Les douleurs sont trop intenses. Sarah s'affaisse à demi vaincue. Au moins que Moshe soit là, songe Sarah. Est-ce que tous les volets claqueront au vent à l'instant du passage ? Les vents de Lorraine n'ont rien à envier à ceux du Bordelais, quand le mal continue d'écrire son histoire sur les pages du livre des hommes. Et les jours de tempête, quand le vent est au nord-est, rien ne l'arrête, pas même l'épais rideau de la forêt de Haye où il s'engouffre avec rage.

Il y a peu, la tempête a soufflé pendant toute une nuit. Sarah était seule dans la chambre. Auguste était à Bruxelles pour le Rassemblement européen des exploi-

* Job 16, 22-23.
* Job 17, 1-4.

tants agricoles. La chambre beige craquait de partout, en plein mois de février. Sarah a eu froid. Génie n'a pas voulu faire de feu à l'étage.

— Avec une couverture en plus cela suffira ma fille. Dormir dans une pièce fraîche est excellent pour la santé, dit le cher Grandcolas.

Cette nuit-là, Sarah a apprivoisé le froid de la mort.

Vingt ans que Sarah habite au Domaine, collé à la lisière d'une forêt aussi dense que la forêt de la Hardt près de laquelle vivait sa grand-mère, mais elle ne s'est pas habituée. Quand la tempête souffle, les fantômes des lieux semblent se réveiller et danser dans toutes les pièces.

Génitrix, le livre obtenu par l'intermédiaire d'Auguste après des mois de négociations pour que Génie cède enfin, tombe à terre. Sarah soupire. Lire l'épuise. L'angoisse est trop présente, le mal trop foudroyant.

— Je croyais que ce livre vous était si cher ma fille ? Et voici que vous le laissez tomber ? Si j'avais su...

À quoi bon répondre. Génie mourra en faisant ses comptes. Un sou est un sou. Il faut penser aux vieux jours.

— Les vieux jours, les vieux jours, belle-maman, qui sait ce qu'ils seront ?

***

Sarah voudrait pouvoir encore rire des travers de Génie. Un rire qui faisait sa force aux beaux jours de son arrivée au Domaine, quand elle affrontait Génie et obtenait gain de cause grâce à une superbe pirouette de l'esprit. Mais à présent... La maladie est une rude compagne, qui pique son corps, ici et là, mais sans parvenir à avoir quelque prise sur son beau visage.

— On y lit ton âme. Rien ne peut l'éroder. Et quand le rire te revient, les étoiles s'allument encore, je te le promets. C'est ton charme, dit Moshe quand il lui rend visite et qu'il essaie de la sortir du gouffre qui l'aspire.

Le charme ! Sarah l'a longtemps cultivé. Elle aimait plaire. Que demandait-elle d'autre à la vie ? D'être aimée, reconnue. C'est tout. Elle ne demandait pas qu'on lui trouve une intelligence exceptionnelle. Et si Génie, croyant la blesser, disait d'elle : « Sarah est une fille agréable et gracieuse », comme pour l'excuser de n'être pas intelligente, elle ne s'en formalisait jamais. Surtout si sa belle-mère ajoutait : « Mais c'est une artiste. »

Chez les Vuillemot, l'intelligence n'est rien d'autre que la capacité de gérer et faire fructifier le Domaine. Sarah a préféré en rire plutôt que de se mesurer à Génie. Les deux femmes auraient pu s'entendre, si Génie avait su regarder Sarah au fond du cœur. Qu'on reconnaisse l'artiste, la musicienne, suffisait à son bonheur. Mais les choses de l'âme, l'art ne sont pas d'une grande utilité pour faire pousser le blé et surtout aligner les chiffres sur les livres de comptes du Domaine. Pour Génie, les artistes sont tous, quelque part, des fainéants. Génie a-t-elle su que de telles paroles éteignaient une à une les étoiles de Sarah et assombrissaient l'éclat de son rire ?

— Vous êtes une écervelée. Que deviendront vos enfants ?

— Belle-maman, je suis rassurée de ce côté-là, vous savez si bien, et tellement mieux.

⁂

Moshe est venu allumer les étoiles, une fois encore.

— Petite sœur, tu te rappelles comment tu te défendais des reproches de Génie. Tu avais une tirade irrésistible.

Sarah sourit avec nostalgie et commence, mais c'est Moshe qui termine. La fatigue a raison d'elle.

— Voyez les mains de Génie solides, adroites, promptes à tirer l'aiguille, et au besoin à plonger au cœur des sillons ! Celles de Sarah ? Tout juste bonnes à courir sur un clavier. Voyez la belle stature de Génie, son visage carré, solide, un rien buriné de soleil aux jours d'été ! Une vraie tête pensante, alors que Sarah perd la sienne dans des rêves inaccessibles. Et les jambes de Génie solides, courageuses, qui vont et viennent dans les champs, rien de comparable avec les flûtes à danser de sa belle-fille plus prompte à sauter dans le lit d'Auguste que sur le tracteur.

— Moshe, tout s'achève. Crois-tu que l'Éternel me pardonnera ?

Il pose sa main sur le bras de Sarah :

— Petite sœur,

Yahvé fait des merveilles,
*Yahvé écoute quand je crie vers lui**
« Tu as assez crié vers lui pour qu'il ne t'oublie pas.

Sarah se tait à présent laissant le champ libre à Génie qui peut dire et faire à sa guise. Sarah ne se défend plus. Elle ne décoche plus de flèche. Elle n'a plus l'idée de taquiner pour que Génie réponde et qu'elle puisse surenchérir et marquer un point. Le Domaine se souvient encore de ces joutes. Les yeux de Sarah brillaient. Sarah vivait.

On ne sait plus très bien à quand remonte le début des vraies hostilités entre les deux femmes. Laquelle des deux a changé de registre ? Sarah, ou Génie outrée au retour de Pleuvezain après la guerre ?

— Elle est partie avec trois enfants, elle revient avec quatre. C'est tout Auguste. Il ne pouvait pas se passer d'elle. Il a fallu qu'il la rejoigne, aidé par ce... ce Moshe. Trois jours ont suffi pour l'engrosser.

La grande histoire du Domaine.

Sarah a beaucoup changé après la guerre. Elle riait moins. Elle chantait pourtant, surtout quand elle était seule. Elle berçait son Angelot en yiddish... Génie fulminait. Auguste ne comprenait rien aux colères de sa mère. Plus rien ne fut semblable à cet été dans la grande plaine. Moshe tenta de faire reprendre pied à sa sœur.

— Sarah ton rire, tes étoiles, tu n'as pas le droit. Il y a Auguste et les enfants et ton petit.

---

* Ps 4, 4-5

Il y a eu quelque répit. Sarah a réemprunté, mais pour peu de temps, les sentes d'autrefois. Elle a encore taquiné Génie, comme si elle retrouvait une vieille chanson, mais le cœur n'y était plus, et la lassitude s'est installée. Gabriel devait avoir cinq ou six ans, quand, résignée, Sarah a quitté le jeu. Est-ce parce qu'elle avait rencontré cette histoire de laideur, ou étaient-ce les suites d'une guerre qui n'osait se dire ? Sarah est peu à peu devenue l'ombre de Sarah. Georgette Langue-de-Vipère l'a remarqué.

— Elle a un enfant de plus, mais la gaieté en moins.

Qui peut savoir le pourquoi des choses ? Moshe ? S'est-elle confiée ?

Qu'a-t-elle écrit dans ses « carnets bleus » ?

⁂

Génie vieillit mal. Quand elle est contrariée, elle gesticule, fait du bruit, persifle, cherche à blesser Sarah. Il est des jours où, pour un oui, pour un non, elle répand ses humeurs. L'ambiance est alors si tendue au Domaine qu'Auguste sait avant d'avoir accroché sa veste à la patère que Génie aura à se plaindre.

— Ces bisbilles de bonne femme ne finiront donc jamais ! soupire-t-il pour lui-même.

Génie qui n'a rien entendu des murmures d'Auguste, mais a croisé son regard, s'approche de lui. La maîtresse des lieux, c'est elle. C'est à elle que revient l'honneur d'être embrassée par l'homme de la maison. Après, Sarah aura le droit de tendre sa joue. Autrefois, elle offrait ses jolies lèvres. Mais, depuis la naissance de Gabriel, Génie a estimé que cela suffisait. Dans une bonne maison, on a de la pudeur.

— Tu sais n'est-ce pas ? Tu es bien mon fils. Tu sais déjà qu'on a, une fois de plus, manqué de respect à ta vieille maman.

Génie s'épanche sur l'épaule d'Auguste dans une version très approximative. Elle se plaint de l'ingratitude et de la mauvaise volonté de sa belle-fille. Auguste doit comprendre le dévouement de sa mère.

— Elle peut être des heures dans sa chaise longue, pendant que je fais tout dans cette maison. À mon âge, n'ai-je pas droit au repos ? Ne t'inquiète pas mon fils, je fais ce que je dois faire. J'accueille sa faiblesse. Si seulement elle était reconnaissante...

Auguste refuse de prendre parti. C'est vers le chien qu'il se tourne :

— Il y a de l'électricité dans l'air, ma bonne vieille Mira, dit-il en caressant la chienne qui lève sa truffe à hauteur de la poche du pantalon pour y chercher le sucre quotidien.

L'autre dimanche, au retour de la grand-messe, Auguste a trouvé Sarah bien pâle, amaigrie. Il a pris peur. Est-ce parce que Madame Demange, la voisine, venait de lui demander des nouvelles de Sarah en lui tendant *La Vie catholique illustrée* à la sortie de la messe ?

— On ne voit plus Sarah. Renée dit qu'elle est bien fatiguée.

Il est rentré précipitamment au Domaine sans passer par Chez Pierrette, où ceux de la Clique se retrouvent pour l'apéritif dominical. Génie arriverait plus tard puisque, selon son habitude, elle prolonge la messe par une visite sur ses tombes. Auguste a regardé Sarah, les yeux clos dans sa chaise longue, face à la terrasse. Depuis combien de temps n'a-t-il pas regardé sa femme ? La gêne lui est venue jusque sur le visage. Pourquoi n'a-t-il pas le courage de s'intéresser à son épouse en présence de sa mère ? Pourquoi cette stupide pudeur ?

— Sarah, tu ne vas pas bien ?

Sarah s'est enfermée dans le silence et les souvenirs. Surprise, elle a ouvert les yeux. C'est Auguste qui est là et qui lui parle. Elle n'a ni le temps de dire, ni d'esquisser un sourire reconnaissant. Génie est déjà de retour. A-t-elle entendu la question d'Auguste ?

— Elle va bien, elle va mieux. Elle aura un retour d'âge précoce. Faut que le sang se place. C'est rien...

— Puisque madame mère le dit, murmure Sarah, tu n'as pas à t'inquiéter Auguste.

Et Génie de profiter de la situation pour évoquer l'avenir du Domaine.

— Je suis bien contente que tu sois rentré tôt de la messe, Auguste. Justement, je suis bien inquiète pour le Domaine. Paul vient de confirmer qu'il ne reprendra pas l'exploitation. L'école de Pixerécourt, c'est une étape dans ses études. Il voudrait se diriger vers les sciences de l'écologie, si j'ai bien compris. Gilles s'orientera sans doute vers le commerce ou le droit. Quant à l'Angelot...

— Enfin, maman, vous savez bien qu'il y a Renée.

Il prononce du bout des lèvres le nom de sa fille officiellement fiancée à Ladislas. Des fiançailles auxquelles Génie s'est opposée, et qui se sont déroulées chez les parents du garçon, dans la plus stricte intimité, et sans Génie, qui n'a pas voulu entendre raison. Elle espère ainsi vexer la famille polonaise dans l'espoir de la faire renoncer à ce mariage.

— Génie ne sera pas éternelle, tenez bon, avait dit Sarah aux jeunes gens.

Depuis, Génie ne décolère pas.

— Renée et son polak. Je n'ai pas sacrifié ma vie pour qu'un polak profite du Domaine, pour qu'il change de nom. Dire que j'ai renoncé à me remarier pour préserver notre bien et pourtant les occasions n'ont pas manqué, pour ça non !

Auguste ne répond pas. À peine un haussement d'épaule, un soupir, et il tend le bras vers la patère. La porte d'entrée va claquer. Il n'est pas trop tard pour rejoindre ceux de la Clique pour l'apéritif dominical Chez Pierrette. Parler, parler de tout et de rien. Rire même, après la tournée offerte, pour oublier. Oublier le Domaine et l'humeur de Génie. Ne plus entendre sa mère. Fuir jusqu'à l'oubli le regard fiévreux de Sarah. Ne plus voir son visage mangé par la souffrance.

Quand Génie réalise qu'elle est allée trop loin, elle s'enferme dans sa chambre. Elle marche de long en large, médite et rumine sa vengeance. Elle cherche ce qu'elle dira à son fils lorsqu'il sera de retour. Sarah entend la canne racler le parquet de chêne. Un bruit au-delà du supportable, un bruit qui écorche la peau jusqu'au cœur. Les bouderies de Génie peuvent durer trois jours. Pendant ces jours-là, elle ne s'occupe plus de rien au Domaine. Elle va même jusqu'à refuser toute nourriture.

Elle menace de se laisser mourir. Tous auront sa mort sur la conscience. Elle sera morte d'avoir été trop bonne.

Génie, la sacrifiée !

Sarah ne s'inquiète plus depuis que Renée lui a dit qu'elle appelle régulièrement Titou Mansuy, le frère cadet de Momo, quand il part à l'école pour qu'il lui rapporte une tranche de foie de veau ou une tranche de jambon.

Les odeurs de cuisson provenant de la cuisine d'été proche du hangar ont alerté Renée alors qu'elle s'éloigne au fond du jardin pour parler à Ladislas loin des oreilles indiscrètes. Se laisser mourir, Génie ? Elle aime trop la vie. Elle s'y accroche avec la force d'une sangsue afin que la mort n'ait pas de prise sur elle. Tout quitter, tout abandonner, perdre le pouvoir : la vieille femme ne s'y résout pas. Pour attirer l'attention, elle multiplie et prolonge les bouderies avec le secret espoir de toucher Sarah, superbement indifférente à ses caprices. Vexée, Génie finit par quitter sa chambre. Elle sort par la porte de derrière à l'heure où Sarah prépare le repas dans la grande cuisine qui donne sur le devant de la maison. Génie fait alors semblant de se dissimuler, mais espère surtout être aperçue afin que la conversation s'engage. Tout lui est bon, heurter une bassine, faire tomber le balai à longs poils qui sert à balayer la terrasse. Crier après un chat...

Stoïque, quoi qu'il arrive, Sarah n'entend pas les mille appels d'une belle-mère orgueilleuse comme une petite fille trop gâtée. Elle ne fera pas le premier pas. Génie doit trouver un prétexte : une odeur dans sa chambre, ou une fuite à une gouttière. C'est le premier pas qui coûte. Dès que la conversation s'est engagée, le naturel reprend le dessus et elle égrène son rosaire douloureux :

— J'aurais pu mourir, vous ne vous seriez même pas inquiétée !

— Ah ! belle-maman, répond Sarah avec une ironie à peine dissimulée, le Bon Dieu vous a fait don d'une si belle santé que, de ce côté-là, nul ne s'inquiète. Pour le reste, vous m'avez appris la discrétion, je vous en remercie, c'est bien utile. Je respecte vos humeurs et votre besoin d'extrême solitude. Il ne me viendrait pas à l'idée d'interrompre vos méditations.

— Quand même Sarah, une bonne chrétienne doit...

— Belle-maman, laissez de côté la religion, du moins la vôtre. Car moi...

— Et les affaires alors, s'il se produisait un incendie, une tempête pendant une de mes absences, vous ne bougeriez pas ?

— Non, il ne s'agit pas de mon Domaine, mais de celui des Vuillemot. Quant à vos absences, elles ne m'inquiètent pas. Je vous sais une grande dame, avec tout ce qu'il faut de conscience et de zèle pour veiller sur le Domaine. Que la tempête emporte seulement une tuile, toute fatiguée que vous êtes, vous n'hésiteriez pas à monter sur le toit afin d'empêcher une fuite d'eau. Un incendie, un dégât, mais vous iriez réveiller votre banquier et les artisans même en pleine nuit pour réparer au plus vite.

— Vous ne le feriez pas vous ? Vous laisseriez se déprécier le travail de plusieurs générations ?

— Je ne lèverais pas le petit doigt. Vous savez les cercueils sont petits, y'oh, juste la place du corps pour le dernier voyage. On n'emporte rien, sauf peut-être les sentiments, et ça, belle-maman, ça ne prend pas de place.

— Quelle fille Sarah ! Une ingrate ! Voilà ! Elle cause, elle cause, elle fait de l'esprit. Sa langue, oui elle sait la tourner, mais ses mains, à part les poser sur le piano... Heureusement, d'autres se dévouent pour elle. La femme de mon Auguste, c'est une profiteuse.

Et Génie d'ajouter une dizaine supplémentaire aux chapelets de reproches débités à Auguste qui aspire à la tranquillité, mais qui, par lâcheté, laisse dire et faire. Entre sa mère et sa femme, Auguste n'aura pas su choisir. Et s'il n'est jamais vraiment devenu l'homme de la maison, il n'a pas davantage su être l'amant de Sarah. Qu'il ose parfois résister à sa mère, et Génie se retourne alors contre Sarah :

— Pourquoi avoir envoyé Renée au lycée ? Comme si les filles avaient besoin de se lancer dans de longues et coûteuses études ? Une école ménagère, un cours de couture, c'est suffisant pour tenir une maison ! Les Vuillemot ont assez de biens. Renée pouvait prétendre à un beau parti, sans être obligée de travailler. Résultat : Mademoiselle ramène un étranger et sans le sou. C'est indigne.

— Madame mère, Ladislas est ingénieur agronome. Il n'est pas n'importe qui.

— Ingénieur ou pas, il est sans le sou et étranger. Est-il au moins catholique celui-là ?

— Celui-là, s'écrie Renée outrée par les propos de Génie, *était* catholique. S'il est devenu marxiste-communiste, c'est en rencontrant de bons bourgeois bien catholiques rien qu'un peu hypocrites. Et ce n'est pas votre exemple, grand-mère, qui va le ramener à la foi chrétienne. Mais rassurez-vous, nous nous marierons tout de même à l'église, parce que Ladislas veut m'être agréable.

Renée est sortie en claquant la porte vitrée qui sépare la grande salle à manger du coin salon, que Sarah a arrangé à son arrivée au Domaine. C'était le lieu des causeries amoureuses avec Auguste. Les vitres ont volé en éclats, et les débris jonchent le sol. Génie est hors d'elle. Renée est sortie. Elle ne reviendra qu'au retour de son père. Sarah vient de refuser de ramasser les débris.

— Plus de vingt ans à faire vos flûtes, madame mère, cela suffit. Si ces vitres, dans votre belle maison, sont cassées, vous seule êtes responsable. Comment tant d'intelligence mêlée à une solide foi chrétienne peut-elle cohabiter avec un esprit aussi borné ? Y'oh, madame mère, sans vouloir vous offenser, permettez-moi de vous dire — avec tout le respect que je vous dois — que vous êtes une harpie.

Ah ! libérée ! Tant pis si Auguste gronde. Sarah est contente.

Au lendemain de leur mariage, Sarah espérait organiser leur vie au Domaine. L'espace ne manquait pas, et chaque foyer aurait pu y vivre et s'y épanouir. Elle avait inspecté toutes les pièces, du moins celles dans lesquelles elle avait le droit d'entrer (il est des lieux comme certains placards et armoires qui lui seront toujours interdits). Sarah avait des projets, quelques idées de décoration, elle envisageait de changer certains meubles de place. Et si elle confectionnait de nouveaux rideaux assortis aux coussins dans le salon, et aux dessus-de-lit dans les chambres ?

— Vous lisez trop les revues de riches, ma fille.

La chambre réservée au jeune couple est restée en l'état. Si Sarah a obtenu la permission d'aménager le petit salon, elle y a mis le prix. Concessions, flatteries, menus cadeaux. D'ailleurs elle a pris de court sa belle-mère à cette époque. Elle a profité des jours de semailles de printemps. Elle était vaguement nauséeuse au début de sa grossesse et elle a cherché à s'occuper alors que tous étaient au champ de la Foucotte. Dans le deuxième grenier, enfouies sous une tonne de poussière, elle a trouvé deux petites bergères complètement défoncées qu'elle a remises en état. Sarah savait tendre des sangles, replacer les ressorts, poser une toile et la fixer avec des clous tapissiers. Si Génie marqua son étonnement, elle ne fit aucun commentaire et régla la facture des quelques fournitures que Sarah avait achetées par l'intermédiaire de Louise. Ce fut la seule liberté accordée à la jeune femme.

C'est après que le climat s'est détérioré, quand Sarah a voulu *s'emparer* de la cuisine, et proposer des menus.

— Quand je serai impotente ma fille, je vous ferai signe, pour l'instant, je suis chez moi, je décide, et je cuisine bien entendu.

⁂

Aujourd'hui, Génie ne cuisine plus, mais c'est toujours elle qui décide des menus établis une fois pour toutes pour trois mois, sans jamais varier d'une année sur l'autre. Ainsi, le mois de mai 1950 fut en tous points semblable à celui de mai 1938. Les années de guerre avaient marqué une pause. Le rationnement imposé au pays et l'absence de Sarah et des enfants, partis vivre dans les Vosges, en furent la cause. On craignait des bombardements intensifs sur la région. Les populations risquaient gros à demeurer à proximité des usines et aciéries. À ces risques s'ajoutaient les origines de Sarah. Moshe avait insisté pour que la jeune femme se fasse oublier.

***

Sarah a repris la lecture de *Génitrix*. Une lecture qui l'inspire. Ses « carnets bleus » sont là tout près d'elle. Elle a envie d'écrire, comme elle le fait depuis son adolescence. Elle se raconte, se confie, mais elle analyse aussi les situations, elle s'interroge. C'est toujours la même histoire qui recommence. Celle du scandale du mal qui étreint l'homme et le brise avant qu'il ne soit capable de trouver les chemins du repentir et de l'amour.

— Ah Yahvé, a-t-elle crié en portant les mains juste sous son cœur pour contenir la douleur. Je vous en prie, pas maintenant. Je voudrais tellement vivre jusqu'au mariage de Renée !

CHAPITRE IX

Charmes, mai 1981

Clairette pousse un cri :

— Maman, maman, on va aller au mariage. Y'a un monsieur qui embrasse Sophie dans la rue...

— Nique-douille, Clairette, c'est son parrain, corrige Philippe.

— Mais oui, c'est oncle Paul, il vient manger à la maison ce soir, précise Mouche.

— C'est le frère de papa alors ?

— Tout juste, ricane Philippe.

Paul est entré avec Sophie accrochée à son bras.

— Elle n'a pas changé Sophie-sourire, je l'aurais reconnue entre mille, ma chère filleule.

Il la serre encore sur son cœur en répétant le surnom donné alors qu'elle était bébé.

— Je suis si heureux de vous retrouver tous comme avant rue des Pyrénées.

— Ici c'est mieux, il y a un jardin, dit Pierre.

Pour la première fois depuis son arrivée à Charmes, Sophie a les yeux brillants de plaisir. Le regard de Paul va de l'un à l'autre en s'arrêtant sur Mouche au passage. Puis il revient à Sophie qu'il a connue si maigre. Quel est ce miracle ? Sophie prend place à table. Sophie sourit, Sophie parle. Mouche a prévenu Paul. Il ne faut rien dire, ni sur sa taille, ni sur son poids, ni sur le repas et les plats qui vont passer. Elle partage le repas pour devenir jolie, trouver quelques forces. Le plaisir c'est autre chose. C'est encore un mot interdit qui risque de provoquer la nausée. Sophie picore, mais elle goûte à tous les plats. Il arrive qu'elle tende une main vers la corbeille à pain. Il ne faut pas la voir cette main. Parfois, elle répète le geste. Elle arrive à supporter le bruit de la mastication des invités. Ce n'est plus le supplice qui l'obligeait à courir aux toilettes. Si sa fidèle amie reste la balance, elle n'y a plus recours systématiquement matin et soir, ou dès qu'elle s'est nourrie. Devant la glace sur pied dans le grand couloir, elle se regarde de face et de profil, touche ses joues, soulève ses cheveux, les tire vers l'arrière, les attache en une savante natte.

Acceptable !

C'est ce qu'elle dit d'elle. Elle quitte parfois ses pantalons et ses larges chemises pour enfiler une petite jupe, un pull ou un tee-shirt plus étroit découvrant des bras manquant encore de rondeurs. Elle est presque mignonne. Il suffirait de si peu, pour que ce qui est promesse chez Sophie puisse éclore et laisser naître la resplendissante jeune fille qu'elle s'est refusée d'être, par peur des autres, par peur d'elle-même.

Paul réussit à la faire parler de son avenir, de ses études, de ses loisirs. Elle se dit tentée par le journalisme, mais peut-être un peu paresseuse. En attendant elle va chaque mercredi à Mirecourt s'occuper d'enfants défavorisés dans une association. Mouche ouvre de grands yeux. Elle ne le savait pas. Elle croyait que Sophie avait, comme toutes les filles de son âge, un gentil petit copain. Paul se dit fier de sa filleule. Elle confie son chagrin : Paris lui manque.

— Tu sais parrain, glisse Sophie à l'oreille de Paul, pour moi, la seule chose plutôt positive dans ce déménagement est de te savoir proche.

Elle promet une visite. Quand elle passera le permis. À sa majorité. Les garçons se moquent et laissent entendre à Paul qu'il peut s'armer de patience.

— Sophie, elle ne distingue pas sa droite de sa gauche. Elle mettra le clignotant à droite, et tournera à gauche, comme toutes filles.

— Comment peut-on être aussi arriéré pour trimbaler des clichés qui remontent à la nuit des temps ? s'exclame Sophie outrée. Et pourquoi je ne le décrocherais pas mon permis ? Et du premier coup ?

— On parie ma vieille lance Philippe. Un mois d'argent de poche que tu ne le décroches pas avant la quatrième, ou la cinquième fois ?

— Mufle !

— Et si le permis veut pas de toi, tu peux toujours te rabattre sur ton vieux mini-vélo. Il trône dans le garage quand Clairette ne l'emprunte pas. Suffit de remonter la selle. D'ici à Thorcy, c'est pas le bout du monde. Trente kilomètres au plus. D'accord, il y a un peu de faux plat et quelques bosquets à traverser pour rejoindre les bords du Madon.

— Elle a la trouille de rencontrer la bête des Vosges, ricane Pierre.

— Grr, très drôle les mecs, vraiment très drôle.

Sophie hausse les épaules.

Paul rit. Il aime l'atmosphère de cette maison. Il félicite Mouche pour la décoration. En quelques mois, la maison a pris la couleur et les parfums de la famille.

— Gabriel devrait apprécier l'endroit. Cette maison vaut bien *Alizé 3*, son bateau. Charmes est une terre tout aussi accueillante que le plus doux des ports de tous les océans.

— Papa voudrait bien rester *tousours* avec nous, murmure Clairette, mais il a trop de travail.

— Elle a encore sa bûche sur la langue ! s'exclame Paul.

— C'est seulement un petit fagot, oncle Paul, un tout petit. Colette dit que bientôt *ze n'aurai* plus besoin d'aller *sez* elle.

— C'est ça, c'est ça, ricane Pierre.

— C'est simple, y'a que les mecs qui sont parfaits dans cette maison, s'exclame Sophie.

— Tu serais pas un peu amoureuse, ma vieille, pour être aussi désagréable ?

— Une amoureuse contrariée. L'amoureuse empêchée, voilà un titre de bouquin pour maman.

— Occupe-toi de tes oignons et de ta Laurence, lance Sophie plutôt rageuse.

— Bien sûr qu'elle est amoureuse, reprend Clairette. Elle va à la *Sanal*, et sans râler. Et tu sais pourquoi oncle Paul ? Moi *ze* sais, à cause des deux garçons...

— Et Clairette qui s'en mêle, soupire Sophie. Non mais je rêve !

Et Paul apprend qu'Odette habite Charmes avec Louise.

Le repas terminé, les enfants vont se coucher. Vient alors le temps des confidences.

— Et cette jeune femme qui devait vous accompagner ? L'élue de votre cœur ?

— Flo était attendue par un garçon de son âge.

— Déçu ?

— Pas vraiment, elle est si jeune. Elle est charmante, intelligente. Votre avis me serait précieux, elle est...

— *Très* jolie n'est-ce pas ? Et vous êtes, naturellement, *très* amoureux, Paul ?

— J'ai failli l'être. Mais, en vous revoyant...

— Vous dites des bêtises. Racontez-moi votre installation à Thorey et ce que vous comptez y faire.

Paul a découvert le lieu par hasard, en se rendant à Sion. Il aime cette colline perdue dans la campagne. Surtout en hiver. Là, il peut penser, réfléchir. Quand une conférence ou un article le tracassent. Il va frapper à la porte des Oblats. On lui trouve une petite chambre et il y travaille entouré de silence et de mystère. Il n'y a que les cloches de la basilique qui troublent le silence engourdi de la colline. Quand les mots se dérobent, il va les cueillir en suivant le chemin de croix extérieur. Il peut demeurer de longues minutes planté devant la table d'orientation à contempler le Xaintois aussi loin que porte son regard. Quand la clarté dissipe les brumes de l'esprit, il regagne sa petite chambre et se penche sur son cahier d'écolier que Flo décryptera ensuite. Au retour d'un week-end studieux, il s'est arrêté à Thorey-Lyautey devant la ferme qui allait devenir sa résidence. Il voulait photographier une entrée de ferme lorraine pour illustrer un livre qui paraîtra à la rentrée prochaine.

Les vieilles demeures lorraines sont reconnaissables à la grande porte cochère située sur la façade avant du bâtiment principal, réservé à l'habitation des fermiers et cultivateurs. Cette porte cochère à deux vantaux, qui donne sur une cour et sur les dépendances agricoles, est le lieu de passage des charrettes que tiraient autrefois les chevaux, mais elle a aussi la particularité de ne s'ouvrir qu'en partie pour le passage des personnes, puisque l'un des vantaux abrite une petite porte.

Sur la porte cochère était accrochée une pancarte *à vendre* qui claquait sur le bois rugueux. Paul dit sa surprise en découvrant presque deux hectares de terrain, avec des dépendances, et traversés par un petit ruisseau qui court se jeter dans le Madon à la sortie du village. Il a eu un coup au cœur. Cette propriété rassemblait tout ce qu'il avait cherché depuis si longtemps. Il pouvait y installer sa demeure, mais également un laboratoire personnel après quelques travaux et aménagements :

— Je n'ai pas voulu habiter l'ancien corps de ferme à l'avant de la propriété, mais la maison qui se trouve en retrait. Elle est entourée d'arbres fruitiers et, de la pièce qui est devenue le séjour, j'entends le chant du ruisseau sur les pierres. Il m'a semblé que cette maison avait une histoire à me raconter, un peu comme la vôtre ici Mouche. Vous me rendrez ma visite, n'est-ce pas ?

Mouche acquiesce.

Elle retrouve l'ami d'autrefois et peut parler en toute sérénité. Elle évoque Blaise presque malgré elle. Paul écoute avec infiniment d'attention. C'est la première fois qu'elle en parle depuis qu'elle est entrée dans le jamais plus, et c'est aussi la première fois, depuis son arrivée à Charmes, qu'elle peut parler d'elle.

— Voyez-vous plus clair en vous ?

— Oui et non, sans doute parce que je veux tout savoir à la fois.

Régulièrement, Mouche se rend à Nancy et visite Marguerite, sa grand-mère. Les retrouvailles sont chaleureuses, mais sa grand-mère se dérobe souvent à ses questions. Pourquoi les dissimule-t-elle derrière un geste de tendresse qui n'appartient qu'à elle : une main posée sur sa nuque accompagnant « ma pauvre petite princesse » sur le mode plaintif ?

— Et Blanche, votre mère ?

— Il n'y a pas de communication possible. Elle dit avoir eu tellement de peine à accepter son passé que je devrais comprendre son besoin de paix. Je crois, reprend Mouche, que ma vue est un rappel de ce qu'elle veut oublier. Sinon Blanche est charmante, bien dans sa vie présente. Stable dans ses amours.

— Alors ?

— Je crois avoir appris pas mal de choses grâce à la cousine de Marguerite. Je vous ai déjà parlé de Joséphine qui habite Brantigny. J'attends la confirmation de la chose, Joséphine m'assure que Marguerite pourrait parler.

— C'est donc une bonne nouvelle ?

— C'est surtout très compliqué...

Et la conversation dévie un peu sur Rochefontaine et Gabriel. Car, aux heures de solitude, Mouche écrit comme le lui a suggéré Brigitte. Or, chose étrange, les écrits de Mouche laissent peu de place à sa quête personnelle, c'est l'histoire de l'enfant de Rochefontaine qui hante les pages d'un dossier déjà bien conséquent. Mouche y ausculte le lien terrible qui a uni cet enfant à celui qu'elle ne peut appeler autrement que le Veule. De cela, elle ne peut guère parler à Paul ou alors à mots couverts. Paul ramène d'ailleurs leur entretien au présent. C'est Mouche qui l'intéresse, son sourire. Elle ne se dérobe pas, ou peu. À mesure qu'elle se raconte, elle campe le tableau, place les personnages. Les faits se précisent.

— Paul, je me demande quel lien peut unir Blanche et Suzanne ? Est-ce une histoire liée à la Résistance ? J'ai compris que monsieur Adrien avait épousé Suzanne à la suite d'un serment fait au mari de Suzanne s'il lui arrivait malheur. Mais dès que j'évoque Suzanne devant Blanche, ma mère, elle devient verte de rage. Quant à Marguerite, elle a connu Adrien, j'en suis certaine. Ils ont tous deux de la famille ici et à Brantigny.

— Mais vous avez travaillé dans son cabinet d'assurances. Marguerite savait-elle ?

— Non. C'est l'école qui m'avait placée là. Et Marguerite n'a jamais su qui était mon employeur, puisque ce cabinet d'assurances était au nom de François Millet, l'associé d'Adrien. Par contre, lorsque je suis allée travailler aux Cristalleries sans prévenir Marguerite et Blanche, je ne savais rien des ressentiments de Blanche à l'égard de Suzanne. C'est en évoquant la gentillesse de Suzanne Bruller, chef du personnel des Cristalleries, que j'ai vu pâlir ma mère. Et lorsqu'elle a appris son prochain départ, elle a littéralement explosé de joie : « la terre de Lorraine ne portera pas le deuil des Bruller en général et de Suzanne en particulier ».

— Je suis sûr qu'oncle Moshe connaissait le premier mari de Suzanne, car il faisait partie du même réseau de Résistance au fort de Frouard. Vous devriez aller jusqu'à Toulon, Suzanne vous parlerait.

— C'est encore au-dessus de mes forces.

— Vous l'avez donc tant aimé ce beau capitaine pour souffrir encore à ce point ?

Mouche garde le silence. Elle n'a pas tout dit à Paul. Elle ne peut pas. Pas encore.

— Ce serait peut-être plus simple si Marguerite voulait parler, reprend Mouche, il faut prendre l'histoire à son début.

— Vous vous dérobez Mouche. La vérité vous fait-elle si mal ?

— À Rochefontaine, on sait pas mal de choses sur Blanche. Sinon comment expliquer le tollé provoqué au

Domaine — pardonnez-moi — par l'annonce du mariage de Gabriel avec moi ?

— Si je savais quelque chose, dit Paul d'une voix couverte de tendresse et en prenant les mains de Mouche avec amitié, je vous le promets, Mouche, je vous le dirais. Je n'étais pas au Domaine, ni même en France lorsque Gabriel a fait part de son intention de vous épouser. Vous le savez, j'étais en URSS, et j'errais autour des grandes cités industrielles pour constater les méfaits de l'industrialisation à outrance sur l'environnement. Mouche, écoutez-moi. Je sais ce que tout le monde sait, c'est-à-dire peu. Que votre mère est très belle et très changeante.

— Et ?

— Qu'oncle Moshe l'a connue dans le même réseau de Résistance. C'est tout, je vous donne ma parole, au nom de l'affection que je vous porte.

— Si vous saviez un jour, vous oseriez me dire, même si les faits ne sont pas en mon honneur ?

— Vous n'y êtes pour rien. Vous êtes Mouche et non Blanche. Et puis je vous consolerais.

— Je vous en prie, Paul.

Consoler ? Personne, sauf Blaise, n'a eu ce droit sur Mouche.

Elle ne peut pas éviter les questions de Paul sur Gabriel.

— Et Gabriel, parlez-moi de lui, je n'ai pas compté les années, mais il y a bien huit ans que je ne l'ai vu.

— C'était pour le baptême des jumeaux.

Paul caresse un vieux rêve, réunir les uns et les autres à Thorey. Ça n'est pas si fou ? Mouche est sceptique, elle le lui dit. Le Domaine abrite aussi tant de mystère. Gabriel est à l'image du Domaine, c'est-à-dire secret. Accepterait-il ces retrouvailles ? Elle le devine si peu heureux avec elle. Des doutes qu'elle ne peut pas livrer à Paul. Elle s'oblige à la prudence. Mais elle vient de découvrir l'un des points qui a fait obstacle au bonheur de Gabriel. C'est le souvenir de Blaise, une ombre que rien n'a pu dissiper, puisque, dans sa tête à elle, le rêve des retrouvailles avec Blaise était trop présent. Pendant toutes ces années, il fut cet espoir chéri avant de s'endormir. En entretenant le rêve, Mouche a sans doute élevé le mur contre lequel est venue se briser toute tentative de dialogue avec Gabriel.

Ni Blaise, ni Mouche n'avaient envisagé de faire le deuil d'un amour resté en pointillé, mais dont le tracé disait qu'il était l'amour.

Paul devine-t-il toujours Mouche comme autrefois quand il passait rue des Pyrénées ? Il marque un long silence lourd de tant de questions. Est-il nécessaire de tout savoir ? A-t-elle besoin de tout comprendre ? Ce qui compte, c'est l'aujourd'hui, le présent. Mais comment embrasser le présent, le lire simplement, si la page du passé n'a pas fini de s'écrire, si l'encre est encore fraîche ?

Elle ne peut briser le silence qu'en répétant :

— J'ai fait souffrir, j'ai fait souffrir.

Paul comprend-il ? Que se passe-t-il dans ce couple ? On dirait que lui aussi cherche les pièces d'un puzzle. Il reprend son questionnement au sujet de Gabriel. Elle ne dit rien d'autre que Paul ne sache déjà. Gabriel va bien, il a beaucoup de travail. Les phrases habituelles, énoncées avec un maximum de chaleur et d'entrain. Elle n'ose pas lui dire qu'il ne viendra peut-être jamais à Charmes. Comment confier à Paul que le couple est en sursis ? Chacun a décidé de réfléchir. Ils feront le point par téléphone, ou par courrier quand ils seront prêts et sûrs de leur décision. Mouche ne peut pas avouer cela, c'est au-dessus de ses forces. Si elle le faisait, n'obligerait-elle pas Paul à quelque bonté pour elle ?

Une route vers l'amitié, la tendresse.

Elle se risque à lui parler de Flo. Il est étonnamment calme. Elle le lui dit.

— C'est que je suis un monsieur vieillissant, qui flirte donc forcément avec la sagesse. C'est vrai Mouche : je rêve souvent d'un foyer doux et chaleureux, mais est-ce bien raisonnable avec la vie que je mène ? Quand on a une femme que l'on aime, il est préférable de ne pas l'abandonner trop longtemps.

Mouche répond avec une attention presque maternelle.

— Si l'amour est au rendez-vous, si chacun est sûr de l'autre, pourquoi pas ? Les absences peuvent être habitées. Ce n'est pas la quantité de temps qui compte, c'est la qualité.

Elle tente aussi de le mettre en garde.

— La seule chose qu'il faut éviter : c'est de se marier pour faire une fin, ou pour faire plaisir, ou pour tirer quelqu'un de l'embarras. (Elle se tait, comme si elle venait de parler d'elle-même.) Dans tous les cas, reprend-elle, l'élan est nécessaire. Le temps du rêve et du désir... Il faut des souvenirs pour que la tendresse puisse succéder à la passion.

— J'essaierai de ne pas l'oublier.

Ce qu'elle redoute arrive tout naturellement. Paul parle de toute la famille. Il évoque Catherine et Gilles. Elle veut demeurer impassible, neutre. Il l'observe.

— Gilles fait du chemin, probablement grâce à Catherine. Je la trouvais très bourgeoise, un peu snob pour tout dire. Mais l'avocat a réveillé l'être humain, a touché son cœur. Qui pouvait prévoir que Catherine prendrait les armes pour la cause des enfants ? La petite-fille du sénateur a choisi la bonne route. Et ce faisant elle sert la carrière de son mari. Qui pourrait le lui reprocher ? Catherine ne peut vivre qu'auréolée de lumière. Sur les marchés, et jusque dans la rue, elle mesure la notoriété du couple. On la disait orgueilleuse, futile aussi. Elle a appris la proximité. Elle montre beaucoup d'humanité. Les prochaines législatives confirmeront très probablement le mandat de Gilles. Il a tous les atouts en mains. On parle même de lui pour la présidence du Conseil de Région. On dit aussi qu'il risque d'être appelé dans l'un ou l'autre cabinet ministériel.

Mouche écoute Paul, mais voudrait qu'il cesse très vite. Il ne l'a pas quittée des yeux en évoquant Catherine et Gilles. Que veut-il savoir ? Que veut-il provoquer ? Elle aura de quoi écrire après son départ, il faudra qu'elle apaise le trouble qui l'agite. Elle parvient suffisamment à se dominer pour lancer à Paul :

— C'est très bien. Je suis heureuse pour eux. J'espère surtout que la conversion sera totale et sincère. C'est bien de défendre les enfants, mais parfois...

— Que voulez-vous dire, Mouche ?

— Rien, qu'il serait préférable qu'on n'ait jamais à les défendre. C'est fragile, si fragile un enfant.

Paul a quelques remords, semble-t-il. Pourquoi a-t-il tant parlé ?

Que sait-il de cette histoire ? se demande Mouche. Est-il comme les autres du Domaine, c'est-à-dire aussi lâche ? Elle cherche à se rassurer. S'il a su, il ne pouvait pas grand-chose, il était si souvent absent, pris par ses études.

— Si je vous ai fait de la peine, pardonnez-moi, ça n'était pas dans mes intentions.

— Ce n'est rien Paul. C'est moi. Juste un peu fatiguée. Demain sera un autre jour. Je vous aime bien. J'irai vous voir.

⁂

Mouche écrit longtemps ce soir-là. Le puzzle s'ordonne, se met en place.

Bientôt, elle sera en mesure d'écrire à Gabriel. Elle sera fixée.

Après ?

CHAPITRE X

Rochefontaine, juillet 1957

Comme Sarah voudrait pouvoir encore écrire ce qu'elle ressent en ces instants ! Dans quelques heures Renée sera au pied de l'autel dans la petite église gothique de Rochefontaine. Dans quelques heures elle lèvera son visage vers Ladislas et dira oui, un oui qui la liera à ce jeune homme dont Génie ne veut pas. D'une main Sarah serre convulsivement son « carnet bleu » contre elle. De l'autre, elle tient un crayon. Mais il glisse et tombe à terre. Sarah n'écrira pas. Elle n'écrira plus jamais. Épuisée, elle laisse pendre sa main droite hors du lit.

— Moshe, supplie-t-elle.

— Je peux t'aider, Sarah, si tu as assez de force pour me dicter.

Elle fait signe que non, et l'invite du regard à se pencher près d'elle.

— Je veux mes forces pour Renée. La voir en mariée. Après, si je peux, oui, après, si Yahvé y consent...

C'est une jeune fille triste que Léna habille le jour de son mariage. Le Domaine de Rochefontaine devrait être en effervescence. Renée retient ses larmes. Comment croire que ce jour sera le plus beau de sa vie ? Son père a pourtant mis son costume des grands jours. Léna a veillé à tout. La chemise a été amidonnée, et la pochette assortie à la cravate repassée avec soin. Le père de la mariée pourra conduire sa fille jusqu'à l'autel où l'attend Ladislas. Auguste est nerveux. Il marche de long en large dans la pièce, les mains enfouies au fond des poches malgré les recommandations de Léna. Il a envie de crier son angoisse.

Renée promène son regard dans la chambre. Elle pose les yeux sur le fauteuil où s'asseoit habituellement sa mère quand elles veulent se parler sans que Génie entende. La lumière de ce jour sera ternie par l'absence de Sarah.

Au premier étage, dans la chambre verte, là où Léonce, Philomène ont été veillés autrefois, Sarah se repose dans le grand lit de merisier Louis-Philippe, les yeux mi-clos sur ce monde. Elle entend les va-et-vient assourdis, atténués. Elle livre son dernier combat, voudrait arracher quelques jours à cette vie afin de ne pas trop assombrir cette fête. Moshe ne quitte pas le chevet de Sarah.

Sarah se meurt en toute conscience, presque sereine.

Elle a le visage impassible, résigné, des personnes qui quittent la vie malgré les bruits d'étoffe des robes que l'on extrait des housses et arrache des cintres qui les tenaient suspendues dans les armoires. La douleur est si vive, si aiguë, que les regrets sont de trop. Sarah n'obtiendra pas un nouveau sursis. Elle est parvenue à la fin de sa course. Déjà la porte s'est entrouverte dans le silence de l'âme. Sarah ne se rebelle pas. Elle est prête pour l'ultime voyage. Mais il faut tenir, tenir encore quelques heures, jusqu'au temps du oui.

Pour Renée et Ladislas.

Elle a quitté l'hôpital pour voir sa fille le jour de ses noces. Renée et Ladislas ont voulu repousser le mariage de quelques mois, le temps que Sarah surmonte cette nouvelle crise. Mais elle sait qu'elle est parvenue aux limites de l'impossible. Elle a secoué la tête avec une sorte de tendresse.

— Mes enfants, je n'irai pas plus loin. Mariez-vous à la date prévue ! Avant si c'est possible. Si je mourais avant votre mariage, Génie manipulerait Auguste jusqu'à ce que survienne la rupture. Le bonheur vous fuirait avant de vous avoir étreints. Faites vite, très vite. Yahvé, qui est parfois bon, exaucera ma prière, et me donnera de vivre jusqu'à ce jour.

***

Renée n'a pas le cœur à rire, mais elle est calme. Elle songe à Ladislas, à sa force. Elle sait que Sarah, qui lit au-delà du regard, approuve ce mariage. Elle en ressent une grande paix, malgré la douleur qui déchire son cœur puisque sa mère se meurt. Elle évite de penser à Génie, la grand-mère enfermée dans l'appartement des saisonniers et que personne ne peut faire sortir. Elle repousse la rancœur qui l'assaille. Inutile rancœur. Celle de Génie suffit à la tristesse de ce jour, songe Renée.

— Un polak, un polak, il sera saoul tous les jours. Le Domaine ira à vau-l'eau. Je n'ai pas travaillé toute ma vie pour engraisser un polak.

Auguste s'est fâché, a pris Dieu à témoin, a parlé de charité, des Commandements. Rien n'y a fait. On est allé chercher le jeune abbé pour tenter de la raisonner. Elle l'a chassé.

— Un jour le curé est venu, a-t-elle crié, et pour une juive ; maintenant, c'est l'abbé, pour un polak. Mais je refuse l'abbé.

— Ces vieilles Lorraines ! Rien à envier aux vieilles Bretonnes. « Intraitables et bornées », soupire l'abbé dont l'arrière-grand-mère maternelle habite encore Ouessant.

Maintenant, Renée pleure doucement et Ladislas ne sait comment la consoler. Léna repoudre consciencieusement les pommettes et le nez rougis de la future mariée. Dans la chambre du premier où les volets sont clos, Moshe veille Sarah qui prie.

⁂

Tout le monde au Domaine sait Sarah malade, mais on fait étrangement silence.

Le premier, Ladislas a remarqué l'aggravation de son état qui lui fait un teint terreux, des joues creuses. Il a vu l'intense souffrance qui oblige Sarah à se mordre les lèvres, ou à planter ses dents dans son mouchoir froissé en boule pour étouffer le cri. Ladislas est si inquiet qu'il s'en ouvre à Auguste :

— Je trouve madame Sarah bien fatiguée.

— Elle est toujours ainsi, répond négligemment Auguste.

— Je vous assure, elle l'est plus que de coutume.

Un après-midi de fin d'avril, Sarah perd connaissance pendant de longues minutes. Ladislas prend l'initiative d'appeler le médecin. Quand Génie rentre des Terres de la Foucotte, où l'on vient de planter les derniers petits pois, elle s'étonne de trouver une ambulance devant la maison. Le médecin a ordonné le transport immédiat de Sarah à l'hôpital. Lorsque les premiers résultats des examens et radios sont connus, le chirurgien, qui s'attend au pire, l'opère immédiatement. Il est très rapidement fixé sur l'état de Sarah. L'estomac n'est pas le seul organe atteint. Le cancer s'est généralisé. À part la prescription de calmants pour atténuer la souffrance, le chirurgien ne peut plus rien. À Auguste, qu'il a convoqué, il dit son étonnement.

— Pourquoi n'avez-vous pas fait soigner votre épouse plus tôt ?

— Sarah ne s'est jamais plainte de quoi que ce soit.

— Vous êtes sûr de ce que vous avancez ?

— Ma femme était seulement un peu fatiguée. Nous la laissions se reposer les après-midi.

— Et les matins ?

Auguste ne perçoit pas l'ironie du chirurgien.

— Vous savez les femmes ont toujours à faire. Le linge, la cuisine.

— Elle n'a jamais dit qu'elle avait mal ?

— Pas à ma connaissance.

— À moins que, trop occupé par la gestion du Domaine, vous n'ayez pu ou voulu entendre. Monsieur Vuillemot, si un jour on doit canoniser une femme pour avoir souffert le martyre sans se plaindre, je vous jure que je témoignerai pour votre femme. Dans mon service, malgré les calmants administrés à des patients atteints des mêmes maux, des femmes et des hommes crient tant la douleur est vive. Madame Vuillemot se tait, essaie encore de sourire alors que la souffrance creuse son visage.

Le médecin est parti en claquant la porte, laissant Auguste désemparé, en train de triturer nerveusement le bord de son chapeau, en baissant la tête, tel un petit garçon qui n'a rien compris à la leçon. Léna, qui accompagne Auguste, sort et pleure.

⁂

En habillant Renée le jour de son mariage, Léna ne peut retenir les larmes qui roulent sur ses joues.

— Tu es trop injuste, Yahvé, puisque tu fais mourir une mère le jour du mariage de sa fille. Tu ne mérites pas qu'on t'aime et te serve. Pourquoi faut-il que ce jour de fête connaisse le chagrin et les larmes ?

À quoi pense Moshe en veillant sa sœur ?

Il a confié une jeune fille éclatante de vie à son meilleur ami Auguste, il y a des années. Longtemps, l'amour de la musique les a réunis. À quand remontent les premières fausses notes ? La Société des Musiques d'Alsace-Lorraine qui organise des concours de musique avait permis ces rencontres, après la guerre de 1914-1918. Avoir donné Sarah à Auguste fut une façon de montrer que les liens entre l'Alsace et la Lorraine existent vraiment, même s'il faut braver les différences sociales et religieuses. Vivre l'amitié et l'amour, partager les mêmes passions, c'est écrire sa foi en l'avenir, faire preuve d'espérance dans l'Histoire.

Près de ce lit de souffrance, Moshe s'interroge : Sarah n'a pas été heureuse dans cette maison où règne Génie, et Auguste a été bien faible.

— Tout comme je le suis. Qu'ai-je osé pour secourir ma sœur ?

Léna pensait que la discrétion s'imposait. Moshe ne comprend pas. Mais qui peut trouver un sens à la souffrance ? Pourquoi Sarah meurt-elle le jour du mariage de sa fille ? Cette fin n'est quand même pas une punition envoyée par l'Éternel parce que Sarah a abandonné la foi juive pour embrasser la foi catholique ? Non, ce n'est pas possible. Le Dieu d'Israël est le même Dieu que celui des chrétiens. Leur Messie est juif. Le Dieu d'Israël est père, père de son peuple et du Messie venu ou à venir, en chaque homme. Non, se dit Moshe qui a retrouvé le chemin de la synagogue depuis qu'il s'est installé à Nancy, Dieu est Dieu, il ne peut vouloir le mal.

Sarah ouvre les yeux un bref instant et murmure :

— Renée.

Moshe se lève.

Il frappe à la porte de la chambre de la jeune fille.

Léna vient de poser le voile retenu par des fleurs d'oranger sur la tête de Renée.

— Il faudrait venir Renée, Sarah te demande.

*
**

Moshe, évoquant ces instants, dira plus tard : « Sarah a eu toute sa lucidité jusqu'à la fin et le sourire en plus. »

Renée est entrée tremblante dans la chambre verte.

— Entrouvre les volets, Moshe, que je la voie dans la lumière ! Approche ma fille. Que tu es belle en ce jour ! Sois heureuse, et veille sur ton couple, le bonheur c'est si...

Sarah s'arrête, épuisée, et ferme les yeux. Puis elle les rouvre :

— Et Gabriel, j'aurais tant voulu l'embrasser, tu lui diras.

Une hémorragie l'interrompt. L'infirmière se précipite. Moshe essuie le front de Sarah noyé de sueur. Tous deux se regardent. La mort vient de se hisser au bord du lit. Sarah murmure encore faiblement quelques paroles que Moshe est seul à entendre.

*
**

C'est un jour d'été imprégné de fraîcheur après les orages de la veille. Les cloches sonnent pour le mariage de Renée Vuillemot avec Ladislas Wojkiewiczki. La noce arrive à l'église toute fleurie pour la circonstance. Les grandes orgues retentissent. On chante, on accroche du mieux qu'on le peut le sourire à chaque bouche, mais le cœur est quelque peu meurtri. L'abbé Wenzel se trompe à deux reprises dans le déroulement de la cérémonie. Qui s'en aperçoit ? Il pense à cette femme qu'il a administrée la veille. Elle pourrait être sa mère.

Quand le jeune couple sort de l'église, il fait beau et le ciel, débarrassé des voiles de chaleur, laisse passer, sur un bleu éclatant, quelques nuages joufflus au blanc neigeux. La musique du village donne l'aubade, les enfants de chœur font la quête, les conscrits de l'année félicitent, les anciens de l'école de Pixerécourt sont là. Certains ont tressé des couronnes de légumes rassemblant poireaux, carottes, reliés par des bouquets de persil. D'autres brandissent des paniers décorés remplis de fruits. La haie d'honneur, sous laquelle passe le jeune couple, va du porche jusqu'au bas des marches du vieil escalier de pierre de l'église, où attendent les enfants qui espèrent une généreuse distribution de dragées. Sur la place, près des Trois Marronniers, le groupe folklorique franco-polonais, où se sont connus Renée et Ladislas, prend place pour interpréter *La Danse du bonheur* autour des jeunes mariés. Et volent les rubans, et claquent les jupons aux dentelles immaculées, et retentissent les tambourins, la mariée est belle jusque dans sa nostalgie.

La mariée est belle, car la vie appelle. La mariée est belle. Sarah l'a voulu. Renée se force à sourire, elle entend la petite voix de Sarah qui n'a jamais perdu tout à fait son accent alsacien :

— Le bonheur est fragile, y'oh.

Alors Renée se serre contre Ladislas, puisse-t-il la protéger, mieux que ne l'a fait son père pour Sarah.

⁂

Quand Sarah a-t-elle rencontré Dieu face à face ? Moshe affirme que c'est en plein midi.

— Elle venait de me demander l'heure.

Elle a seulement dit :

— Serre-moi la main Moshe, le tunnel est si noir. C'est l'heure, récite avec moi, s'il te plaît, en yiddish, ce poème du grand voyage que nous aimions tant. Tu l'apprendras à Gabriel. Promets, Moshe, promets.

— C'est promis, petite sœur.

— Tu diras aussi le *kaddish,* promets.

— N'en doute pas.

À 12 heures, Renée et Ladislas viennent d'échanger leur consentement et la chorale entonne un alléluia retentissant. Sarah a donc attendu que sa fille soit mariée pour entreprendre le grand voyage. Moshe qui est resté à son chevet ne prévient personne. Il sera temps de le dire le soir, après le repas réunissant les intimes. Il laisse la noce se dérouler comme il se doit, comme Sarah l'a demandé.

— Surtout ne changez rien, vivez ! La mort n'est que la signature au bas du parchemin de la vie. Dieu nous attend au bout du tunnel. S'il m'aime un peu, il pardonnera mes fautes, et il m'accueillera. Là où je serai, je prierai pour tous.

Quand les invités regagnent le Domaine après le repas qui les a rassemblés dans la grande salle des banquets au

Restaurant de la forêt de Haye, sur les bords de la Moselle, non loin de Liverdun, près de Sarah ils trouvent Moshe, sœur Marie-Angélique, l'infirmière, et Léna qui a rejoint Moshe dans l'après-midi. Sarah a connu la souffrance, mais la mort, en lui ravissant le souffle de vie qui l'irriguait, a déposé sur son visage une lueur pacifiée.

Et chacun de pleurer, de se lamenter avant d'ajouter qu'enfin elle est plus heureuse, puisqu'elle ne souffre plus. Renée sanglote et jette un regard sombre chargé de reproches à son père.

— Je vais aller chercher Gabriel à Lay-Saint-Christophe, décide Moshe qui n'a fait aucun commentaire.

Auguste n'est pas d'accord.

— Il est bien trop jeune pour un tel chagrin.

— Il a treize ans. Sarah est sa mère. C'est son histoire. J'ai promis à Sarah, comme j'ai promis à Gabriel.

— Réalise-t-il seulement ?

— Vous le prenez pour un idiot cet enfant ? Sa place était ici. On n'aurait pas dû l'éloigner.

Depuis le début des vacances, Gabriel est à Lay-Saint-Christophe, chez Hannah et les siens.

— Il n'y est pas malheureux, estime Léna.

— Mais il n'y est pas heureux non plus.

***

Moshe trouve l'enfant assis sur le banc devant la maison près de Bobby, le pointer. Moshe n'a pas retiré la clé de contact de la voiture, que Gabriel s'est déjà levé, prêt à suivre son oncle.

— Prends tes affaires mon garçon, nous rentrons.

— C'est fini n'est-ce pas ? interroge l'enfant.

— Oui, il faut être courageux.

— Elle est morte toute seule ?

— Non, Gabriel, j'étais là, je ne l'ai pas quittée un instant. Je lui ai tenu la main. J'ai prié avec elle. Sa dernière pensée a été pour toi.

Gabriel prend congé de la famille qui l'a accueilli, remercie et grimpe dans l'auto de son oncle, sans dire un mot, sans verser une larme. Depuis longtemps, il a appris à se taire. Il espère seulement revoir le visage de Sarah avant qu'on la mette dans le cercueil. Il saura très vite, Lay-Saint-Christophe est tout près de Rochefontaine. Dans moins d'une demi-heure, ils seront arrivés au Domaine.

Près du lit où Sarah est étendue les mains jointes sur son cœur, se trouve Auguste effondré. Gabriel entre, fait quelques pas vers son père, le salue en lui tendant la main. Lui, qui parle si peu en public, ose avec un calme étonnant :

— S'il vous plaît, laissez-moi seul avec maman.

Les uns et les autres se regardent. Personne n'ose protester devant Sarah dont le visage est tout de bonté et de paix. Moshe s'apprête à sortir au bras de Léna.

— Oncle Moshe, vous pouvez rester. Non, tante Léna, je vous en prie.

L'enfant embrasse les deux mains de sa mère.

— Maman, j'aurais voulu être près de vous jusqu'à la fin, j'aurais été capable, vous le savez bien. Où êtes-vous à présent ? Pouvez-vous me délivrer de ce que vous savez ? Chez Clara et Henri, on ne fait pas comme ça avec les enfants. On ne fait pas ça aux enfants. Si vous ne pouvez pas me délivrer, maman, emportez-moi avec vous.

Il marque un temps d'arrêt, plonge une main dans l'une des poches de son pantalon.

— J'ai quelque chose pour vous.

Il extrait un tout petit sous-verre qui emprisonne un peu de terre et de gravier.

— C'est la terre de Clara. Elle m'a dit que chez les juifs on ne met pas de fleurs sur les tombes, mais de la terre ou un caillou. De toute façon, vous ne vouliez pas de fleurs.

Gabriel se souvient des indignations de Sarah devant le passage d'un corbillard recouvert de fleurs.

— On ne devrait jamais couper les fleurs pour les morts. Les fleurs sont signe de vie et non de mort. Qu'on les laisse embaumer l'espace, embellir les regards. Quand viendra mon tour, ne tuez pas les fleurs et leur parfum pour une vie qui sera déjà ailleurs. J'ai vu en songe le jardin de Yahvé. Là où sa main et son souffle me conduiront, je serai comblée. Les prés sont si verts, et la source si claire.

— Maman, vous serez la plus belle fleur du jardin de Dieu, murmure Gabriel en embrassant encore les mains de sa mère pour la dernière fois.

Moshe retient ses larmes, et glisse quelque chose à l'oreille du garçon que Léna, restée dans l'embrasure de la porte, n'entend pas.

Qu'a donc dit Moshe à l'enfant de presque treize ans pour que celui-ci respire profondément et puisse se redresser presque confiant ? Génie, toujours retranchée dans sa mansarde, n'en redescend que le lendemain, quand elle est certaine que tous les Polonais sont repartis.

C'est le moment où elle apprend officiellement la mort de sa belle-fille. Auguste avait pourtant tambouriné à sa porte :

— Mère, c'est Sarah, elle a passé.

Elle dit qu'elle n'a pas entendu la voix du malheur. Mais qu'elle va aller prier auprès de sa belle-fille. Elle connaît les prières. À l'entrée de la porte Moshe et Auguste font front.

— Mère, Sarah a tout pardonné, mais elle désire le repos. Elle l'a fait promettre à Moshe. Elle a dit qu'il faut vivre la parole du Christ : *Laissez les morts enterrer les morts*. Sœur Marie-Angélique et l'abbé Wenzel ont fait ce qu'il fallait.

— J'aurais voulu la saluer. Je l'aimais bien, quand même.

— Taisez-vous, grand-mère !

Gabriel, l'Angelot pleureur qui ne dit jamais rien, vient de s'exprimer. Il y a de la rage dans sa voix. Ses yeux lancent mille flammes. Le chagrin de l'enfant est chargé de rancune. Moshe l'entraîne à l'écart.

— Mon garçon, ça ne change plus rien. Sarah ne veut pas que sa mort soit motif à disputes et bagarres.

— C'est une menteuse. Je sais, je sais, sanglote l'enfant. Elle n'aimait pas maman.

Génie ne fait aucun commentaire. D'un pas lourd, elle se dirige vers la cuisine. Elle range, nettoie dans un silence qui tient de l'insolence.

Le surlendemain, les funérailles de Sarah rassemblent tout Rochefontaine. Certes, les Vuillemot sont connus, estimés, mais c'est pour Sarah que la foule se presse.

D'elle, on dit déjà Sarah la Sainte.

⁂

On raconte même, aujourd'hui encore, que des femmes vont prier sur sa tombe pour lui demander une guérison, ou l'implorer quand elles se trouvent dans d'inextricables problèmes familiaux.

On dit que certaines auraient été exaucées.

Mais cela est une autre histoire.

⁂

Le cortège funèbre vient de quitter le Domaine.

Sarah a fini de souffrir. Derrière le cercueil suivent Auguste et Génie, Moshe et Léna, Paul, Renée et Ladislas. Gabriel est là, mais il ne veut pas marcher près de son père, ni près de Génie. Avec Moshe il se sent bien. Celui-ci l'invite pourtant à rejoindre Auguste.

— C'est la convenance, mon garçon.

Avec quelle fierté le garçon, dont le visage a perdu en deux jours toute trace d'enfance, se redresse, et se frappe la poitrine pour dire non.

— Au fond, tu as raison : les vraies convenances sont celles du cœur.

Loin derrière, marche la foule des amis et des anonymes. Certains murmurent, s'étonnent de l'absence de Gilles.

— Il est en Algérie.

Un taxi soudain s'arrête et laisse échapper un jeune militaire. Gilles a donc bien reçu le télégramme de Moshe et obtenu une permission exceptionnelle. Gilles rejoint sa famille, jette un œil à chacun et pleure tel un enfant. L'amour excessif, qu'il a nourri des années durant pour sa mère, s'accommode mal d'une fin précoce.

On fait entrer le corps à l'église, la parenté et les amis suivent. Gilles est de ceux qui attendent à l'extérieur.

Moshe murmure à Gilles :

— Par respect pour elle qui croyait, tu pourrais faire un effort et l'accompagner jusque-là. Elle a tant prié pour chacun, y compris pour toi, surtout pour toi.

— Si Dieu existe, pourquoi la prend-il avant l'heure ?

— Ce n'est pas Dieu qui invente le mal, et tu le sais, mais l'homme qui décide en toute liberté. Sarah a tout offert, ses souffrances et jusqu'à sa vie pour le bonheur de chacun ici.

— Foutaise mon oncle, foutaise !

Que répondre à ce jeune homme aveuglé par le mal ?

Que répondre à ce jeune homme qui cueille sa lumière au plus noir du désespoir ? Il s'est enfermé de l'intérieur pour ne plus être dérangé, ni ébranlé, ni ébloui. La nuit lui va bien. Elle est sa compagne et sa maîtresse. Et quand elle s'échappe, laissant place à quelque clarté, il la supplie de revenir. Gilles craint l'aube et le jour qui le révéleraient dans toute sa nudité. Il ne veut pas d'une telle rencontre qui lui montrerait son humanité d'où la tendresse pourrait jaillir. Il tient à sa peau de bête. Elle le protège de la bonté et de l'amour. Il n'est que jalousie.

Férocité.

CHAPITRE XI

Charmes, juin 1981

— Féroce ? Oh non maman, *ze* lui apprendrai à être sage. La fermière dit que ses *ssiens* ne feraient pas de mal à une *mousse.*

— On s'en occupera, on te promet.

— On paiera les boîtes de viande.

Pour une fois, Philippe et les jumeaux sont d'accord. Ils ont monté un gentil numéro de charme destiné à faire céder Mouche.

— Tu veux bien qu'on aille le chercher, il nous attend ?

— Allez maman, dis oui, *ze* t'aime très fort.

Et Clairette noue ses bras autour du cou de Mouche et embrasse sa mère jusqu'à lui faire mal tant elle y met de conviction. Mouche soupire. Après tout, pourquoi pas ? Les enfants seront occupés avec le toutou et ne remarqueront pas les soucis que lui cause le départ de Sophie. Sophie a quitté la maison depuis trois jours. Elle a fini par mettre ses projets à exécution. Elle n'a même pas attendu sa majorité. Elle est partie passer les épreuves de français pour son baccalauréat et elle n'est pas rentrée. Mouche a trouvé une courte lettre.

Ne m'en veux pas maman, j'ai besoin de changer d'air. Je vais plutôt bien. Mais je veux être moi. Charmes c'est bien, mais c'est pas mon oxygène. Je te téléphonerai bientôt.

Mouche n'est pas vraiment inquiète, seulement déçue, comme si, quelque part, elle avait raté un rendez-vous.

— Si samedi je n'ai pas de nouvelles, j'avertirai Gabriel, songe-t-elle en jetant un regard dans la rue.

Déjà les enfants reviennent avec Brutus. Clairette a toutes les peines du monde à le porter. Il la lèche sur tout le visage et elle rit. Il a un bon regard un peu pataud et n'est pas assuré sur ses pattes. Il veut courir, sauter dès que Clairette le pose dans le couloir, et il s'étale. Il regarde partout, étonné et ahuri, avant de se réfugier dans les jambes de Clairette.

— C'est mon *ssien*, il m'a *ssoisie.*

— Faut toujours qu'elle fasse son importante. C'est rien qu'une tricheuse. Elle passait tous les jours à la ferme, elle le portait, le caressait et lui donnait du biscuit, lance Philippe.

— Et tu sais quoi, maman, elle avait dit à la fermière que tu étais d'accord pour le prendre, précise Pierre.

— Moi, j'ai dit oui ?

— Du moins, t'as pas dit non, remarque Philippe. Reconnais qu'il a une bonne tête. Et puis on se fera moins de soucis pour toi. Une femme seule à la campagne dans une grande maison...

— Si je comprends bien, je n'ai plus qu'à prendre rendez-vous chez le vétérinaire pour établir le calendrier des vaccinations.

— T'es une super-maman ! lance Clairette.

Sauf pour Sophie songe Mouche. Sophie n'a pas dit où elle allait en ce beau mois de juin, ni avec qui.

Mouche a beau se forcer au calme en songeant à Sophie, les heures, puis les deux jours la séparant du samedi passent avec une lenteur désespérante. Elle est sur le qui-vive. Elle n'ose pas aller dans le jardin. Et si le téléphone sonnait ? Et si c'était Sophie ? Et si elle ne l'entendait pas ?

Mouche est penchée sur son cahier. Elle écrit, rature. Elle a les cheveux en bataille et l'esprit fiévreux quand la sonnerie du téléphone la fait sursauter.

— Maman, c'est moi.

— Sophie où es-tu ?

— Rassure-toi, on ne m'a pas enlevée. Je suis partie changer d'air comme je te l'ai écrit. Tu vois, j'ai pas tardé pour t'appeler.

— Un certain temps quand même. Puis-je savoir au moins où et avec qui ?

— Mais c'est un interrogatoire ?

— Tu n'es pas majeure.

— Ben voilà, je suis avec le frère de Jérôme.

— De Jérôme ! Le fils d'Odette, l'épicière ?

— Ben oui quoi ! Je suis chez Antoine à Paris. C'est pas un monstre, même s'il a vingt-sept ans.

— Et sa mère le sait ?

— Écoute, c'est un grand garçon.

— Mais que fais-tu avec lui ?

— Rassure-toi. Te fais pas de cheveux blancs. Rien de déshonorant selon ton point de vue et celui de parrain. Je faisais du stop à la sortie de Charmes pour rejoindre Nancy afin de gagner Paris, comme c'était prévu. Et c'est lui qui est passé. Il allait justement à Paris pour son boulot.

— Et alors ?

— Zorro... Non excuse-moi, je voulais pas. Ben, normalement j'allais chez une copine, mais elle était pas là — la vache. Elle avait pourtant promis. Remarque, je m'en doutais un peu, vu que j'étais sans nouvelles. Heureusement, j'ai eu l'idée géniale de téléphoner en cours de route...

— Une copine ou Pierre-François ?

— Écoute, t'es gentille et je t'adooore, alors s'il te plaît, remue pas le couteau dans la plaie. D'accord, Pierre-François m'a mise entre parenthèses. J'étais plutôt chagrin, et c'est là qu'Antoine a été un mec supersympa. Comme quoi, même avec un crâne un peu dégarni, on peut encore être dans le coup. Tu sais, Antoine c'est pas le genre vieux jeton, si tu vois ce que je veux dire. Il a proposé de me garder quelques jours, comme ça m'arrangeait qu'il a dit. Il a un appart. Je fais la bouffe, le ménage, et je te jure que ça en avait besoin. À côté, ma chambre c'est un palais. C'est vrai, les mecs un peu trop seuls, c'est un rien cradingue. Tu vois, j'ai un petit boulot mimi tout plein, et qui ne me prend qu'un peu de temps, à condition de pas trop bâiller aux corneilles comme dit mémé, si bien que je peux chercher du travail et une piaule.

Presque l'Amérique, non ? Antoine dit qu'il peut me ramener quand il rentrera à Charmes. Mais ça, j'y tiens pas tellement. Le calme, les petits oiseaux, c'est pas mon truc. Bon, j'arrête, faut pas que j'abuse de ses bontés. De son téléphone quoi. On se rappelle ? Bisous.

— Pas si vite Sophie. Je ne vais plus oser aller à la *Sanal.* Que dirai-je à Odette ?

— T'as pas besoin d'en parler. Faut être grande, maman, tu le dis assez. Et puis, c'est la vie d'Antoine. C'est son problème. Il se débrouillera. Tu crois qu'il raconte tout à sa maman à vingt-sept ans ?

— Oui mais Charmes c'est petit. Les réputations se font vite, tu risques d'en souffrir.

— Sûrement pas, puisque je veux pas m'y enterrer ! Ou alors quand je serai une très vieille bonne femme.

Sophie a réponse à tout. Pourquoi s'inquiéter ? Elle a donné ses coordonnées. S'il n'y avait pas eu cette longue période de refus, de fuite, Mouche rirait sans doute de l'audace de sa fille, décidée, semble-t-il, à prendre sa vie en main.

⁂

Mouche continue de rencontrer Léna dans sa maison de retraite près de Nancy à La Fourasse. C'est toujours avec une certaine crispation qu'elle s'y rend. Rien n'est plus triste que ces lieux qui ressemblent à des halls d'attente, avant le grand départ. Dans la salle à manger, aux immenses fenêtres ouvertes sur le parc, dès dix heures trente, les résidents — on ne dit plus les pensionnaires —, assis leur canne à portée de main, guettent les tours de pendule jusqu'à l'heure du repas. Résignés ou révoltés, ils regardent le sol sans rien voir, sauf peut-être l'enfant qu'ils furent. Rares sont ceux qui conversent avec l'un ou l'autre voisin. Une chaîne diffuse inlassablement la même bande musicale, Mistinguett, Maurice Chevalier, Rina Ketti, Tino Rossi... Qui entend ? C'est la longue attente, parfois interrompue par une lettre apportée par la gardienne — quelque part, un enfant, une nièce, un petit enfant se souvient — ou par une visite qui sera un peu de soleil pendant plusieurs jours. Ces visites ont le pouvoir quasi magique d'ouvrir leurs yeux presque clos sur le monde. Alors ces femmes et ces hommes semblent soudain s'animer, et on peut lire dans leurs gestes, leurs paroles, la trace de ce qu'ils furent. Ils veulent que tous sachent qu'ils ne sont pas abandonnés. Ils parlent fort, font les présentations à la première femme de service qui passe. « Ma nièce, elle est venue de Paris, mon petit-fils, de Strasbourg, il va se marier, il m'invite. »

Léna ne s'y est pas trompée en murmurant peu après son arrivée à La Fourasse :

— Avant, je ne savais pas que j'étais vieille.

Au fil des semaines, Mouche a patiemment apprivoisé Léna. Les larmes brillent dans ses yeux. Le voile qui couvre sa mémoire semble moins épais. Doucement, Mouche interroge la vieille femme. Que savait Moshe ? Curieusement, à mesure que le puzzle se met en place, le mystère s'épaissit autour de Sarah. Léna s'appuie sur ce qu'en disait Moshe. Elle en fait une victime passive qui n'a opposé aucune résistance à la tyrannie de Génie.

Louise a parfois d'autres versions. Elle évoque ces rumeurs, ces « on-dit » que Génie a laissés courir sur le compte de Sarah, pour mieux les réfuter, mais elle en parle.

— Il ne faut pas croire ces menteries. Sarah n'aurait pas pu, dit Louise avec indignation, en constatant l'intérêt de Mouche.

Elle s'est tue quelques secondes avant de reprendre :

— Et quand bien même, à supposer qu'un jour on apprenne quelque chose, on pourrait excuser Sarah. Elle a tellement souffert.

— Qu'on apprenne quoi ?

— Fuuut, dit-elle, comme si elle n'avait pas entendu la question, pour moi, on pourra me souffler la chose de partout, je n'y croirai jamais au grand jamais.

Pourquoi Léna fait-elle silence quand Mouche évoque « les carnets bleus » de Sarah ?

— Faut pas chercher à trop savoir. Laissez donc Sarah se reposer. L'autre jour, c'est Renée qui m'a harcelée pour que je lui rende « les carnets bleus ». Comme si je les avais. Mais qu'avez-vous donc toutes, car Catherine aussi s'en est mêlée ? Je vais vous dire : même si je savais, à ces deux-là, je ne dirais rien.

— J'ai donc une chance ? a demandé Mouche.

Léna n'a pas répondu. Soutenue par Mouche, elle s'est levée pour faire quelques pas dans la chambre. Une onde de contentement a irrigué Mouche. Ainsi Léna lui marque sa préférence. Tout n'est pas perdu. Certes, il y a bien Auguste, mais il ne sait rien des « carnets bleus ». Il l'affirme. Il pourrait le jurer. Quant aux souvenirs de famille, il a déjà tout dit à Mouche de ce qui pouvait l'être. On peut le croire. Mentir est au-dessus de ses forces. Sa foi le lui interdit. Depuis la mort de Sarah, ses remords l'ont poussé vers une authentique conversion. Il passe des heures à lire de savants traités de théologie avant de méditer longuement.

— Il a tant à se faire pardonner, expliquent à tour de rôle Renée et Paul avec indulgence, notre père prend une option pour l'au-delà.

⁂

Génie était au courant des « carnets bleus » de Sarah, puisqu'elle se moquait de sa belle-fille et de ses façons de faire. Et si c'était elle qui les avait dérobés pour les faire disparaître ? Mouche poursuit son enquête auprès de Renée.

— Maman se méfiait de Génie comme de la peste. Elle m'avait confié ses écrits avant de partir pour l'hôpital. Je m'en suis tenue au serment fait : ne rien lire de son vivant.

Comme Moshe, jusqu'à la veille de la mort de Sarah, Renée a encore vu « les carnets bleus ».

— Si j'avais pu deviner... Je les aurais pris. Même alitée, maman a poursuivi et gardé « ses trésors » près d'elle. Le jour où l'abbé et le curé sont venus pour la dernière onction, elle voulait encore écrire. Une hémorragie l'a interrompue. C'est Moshe qui a écrit sous sa dictée. Le

Titi-Rochatte-enfant-de-chœur-porte-croix l'a d'ailleurs raconté. Louise aussi sait cela.

Au moment de la mise en bière, Moshe et Renée ont soulevé l'oreiller de Sarah pour retirer les « carnets bleus » que tous deux savaient être là. Ils se sont regardés se soupçonnant l'un l'autre : les carnets avaient disparu. Peu de personnes avaient pu se trouver seules auprès de Sarah : la sœur infirmière, étrangère à la famille et à Rochefontaine, mais ces écrits étaient sans intérêt pour elle. Moshe, Léna et Renée s'étaient relayés pour veiller Sarah. Génie, on le sait, s'était enfermée. Quant à Gilles, il était revenu d'Algérie pour rejoindre in extremis le cortège funèbre aux portes de l'église.

Alors, qui a dérobé les « carnets bleus » de Sarah et pourquoi ?

***

Encore quelques jours et la maison de Charmes retrouvera son animation habituelle. Philippe reviendra de Munich où il a été accueilli par une famille allemande, dans le cadre d'un jumelage scolaire. Clairette et Pierre sont partis à Gérardmer en classe verte. Mouche savoure ces jours de grand calme. Reste Brutus qui n'a pas trois mois et ne contrôle pas sa vessie. Il faut le sortir toutes les deux heures. Ça n'empêche pas Mouche de travailler à ses écrits. Elle met de l'ordre dans sa tête et son cœur. C'est ce qu'elle dit dans son cahier. Elle ne comprend pas toujours ce qui lui arrive, ce qui se passe en elle. Elle se sent écrasée. Petite, si petite, anéantie.

— Si seulement je pouvais pleurer comme avant.

Brigitte lui a redit sensiblement les mêmes choses que le père Étienne.

— Vous êtes votre propre rempart. Il faut s'abandonner pour que les larmes coulent.

Ses yeux se posent sur le stylo, puis sur la machine à écrire, avant de s'arrêter sur le téléphone. Brigitte a dit qu'elle pouvait appeler quand elle le désirait. Elle ne le fera pas. Elle ne le fera plus. La dépendance ne sera plus sa compagne. Elle voit approcher le terme du temps de réflexion qu'elle s'est imposé avant de pouvoir écrire à Gabriel à Mururoa. Elle n'a aucune idée de la décision qui émanera de leur échange. Sur quel livre continueront-ils d'écrire ? Ensemble ou séparément ? Est-ce parce qu'elle ne peut répondre à ces questions, qui engagent son avenir et celui des enfants, que Mouche ressent la tenaille qui comprime sa poitrine ?

— Non, articule-t-elle à haute voix. Je n'aurai plus jamais de crise de tétanie.

⁂

Mouche consulte depuis quelques heures une carte de la région. Depuis sa visite chez Paul à Thorey-Lyautey, elle veut retrouver un des lieux où Sarah a vécu avec les trois aînés pendant une grande partie de la guerre, puisqu'elle a dû se cacher. Moshe avait gardé des contacts avec un Alsacien marié à une Allemande. Il a su avant d'autres ce que préparait Hitler pour les juifs. Moshe s'en est ouvert à son patron et à l'un des rabbins de Nancy. Ils ont monté tout un réseau de caches et de faux papiers. Sarah et les enfants se sont retrouvés à Pleuvezain, d'autres à Charmes, Ubexy et ailleurs encore.

C'était la guerre, et malgré tout, ce furent les plus belles années de Sarah et des enfants. Paul et Renée ont bien des souvenirs. Des années sans Génie ! Des années pendant lesquelles Sarah fut libre.

— Pourtant, raconte Paul, elle a dû tout faire par elle-même, jusqu'à parfois scier du bois quand j'étais en classe et qu'il en manquait pour alimenter le poêle du petit chalet. Les hivers sont froids dans les Vosges. Renée et moi allions à la ferme d'à côté chercher le lait que la fermière versait encore tiède dans le brochon d'aluminium. Je n'ai jamais oublié ces parfums, ni celui du foin mélangé au pain bis réchauffé dans le four alors qu'au dehors les brumes apportaient la fraîcheur de la terre mêlée à l'essence des bruyères. Je me demande si ma vocation n'est pas née dans ce coin de terre.

Sarah a été heureuse et Mouche tente de l'imaginer parée de ce sourire qui découvrait des dents parfaites et qui allumait des étoiles dans son regard de velours sombre. Les quelques photos aperçues au Domaine montrent une jeune femme étonnamment belle.

— Notre mère ne pouvait pas être coiffée comme à Rochefontaine, mais elle nattait ses longs cheveux sombres. Elle relevait ses nattes et les déposait en couronne sur sa tête. Superbe, une femme superbe, qui rayonnait malgré l'absence de notre père. Elle n'avait pas l'air triste. Par contre, la musique, le piano lui manquaient. Ses élans de foi, sa pratique du catholicisme doivent remonter à cette époque vosgienne. Notre mère aurait fait n'importe quoi pour poser ses doigts sur un clavier. En semaine, le curé du village l'autorisait à jouer Bach sur l'orgue, après la petite messe. Chaque dimanche, elle accompagnait la grand-messe de onze heures. Comme nous étions fiers d'elle ! Ces années ont été son paradis. Moshe nous rendait parfois visite quand il aidait un résistant à rejoindre un groupe non loin. Notre père est venu nous voir une fois. Elle l'a bien accueilli, mais sans excès, du moins il me semble. À la suite de cette visite, Gabriel s'est annoncé et est né à Pleuvezain. Une sage-femme des environs est venue, je m'en souviens très bien car nous n'avions jamais vu notre mère aussi belle, aussi heureuse. Fut-elle ainsi pour la naissance de Renée, Gilles ou de moi-même ? La naissance de Gabriel m'a montré le merveilleux de la maternité. Il suffisait de regarder notre mère. Un visage semblable au visage des plus belles madones. Une joie extraordinaire l'inondait. Et puis ce fut le retour au Domaine. En préparant nos valises, notre mère pleurait. Nous ne comprenions pas pourquoi.

— Les gens d'ici ont été si gentils. Ils vont me manquer. Y'oh, je m'attache trop.

Nous étions surpris, car si notre mère était naturellement souriante, je n'ai pas le souvenir qu'elle se soit particulièrement liée avec le voisinage. Les retrouvailles ont été très difficiles avec Génie. Elle a boudé pendant de longues semaines. Elle supportait mal que Sarah berçât Gabriel et lui murmurât son affection en yiddish.

La guerre avait redistribué les cartes. Plus rien ne pouvait être comme avant. Sarah avait trop goûté à l'indépendance. Génie n'aurait plus de prise sur elle. Sarah s'opposait, frondait, attendant que Génie se manifestât vivement. Elle semblait guetter ces instants pour reprocher à sa belle-mère sa sécheresse de cœur.

Génie continuait d'accomplir les tâches quotidiennes sans se plaindre, ce dont se moquait Sarah.

— Le devoir est une vertu chez madame mère.

— C'est écrit ma fille, on fait, sans discuter.

***

Mouche a écouté Paul évoquer son enfance. Paul est un conteur. Il devrait écrire des nouvelles, des chroniques villageoises. Il se dit tenté. Peut-être lui demandera-t-il de l'aide ? Aurait-il hérité des talents de sa mère ? Si Mouche pouvait lire les « carnets bleus », elle saurait comment écrivait Sarah.

Les « carnets bleus » ! Mouche ne cesse d'y penser. Ils sont son obsession. Elle aime de plus en plus Sarah qu'elle découvre un rien impertinente. Sarah n'a pas été uniquement une femme soumise. Elle fut tout autant une femme de passion et de révolte. Et c'est ce qui la rend attachante. Par contre Mouche nourrit quelque animosité à l'égard de Génie.

Paul se sent dans l'obligation de rendre justice à sa grand-mère.

— Il ne faut pas être trop sévère à l'égard de Génie.

Pendant la guerre, qui est resté à veiller sur le Domaine afin de faire parvenir à Sarah, par mille voies détournées, des légumes, de la viande, des vêtements pour les enfants ? Génie n'a pas manqué à ses devoirs. Lorsque l'Armée allemande a réquisitionné le Domaine, Auguste était sur les routes avec tous les hommes de Rochefontaine. Génie a fait face à l'ennemi. Il fallait composer sans collaborer, et Génie a su gagner la confiance du commandant Hans Wasserman. Un homme bien éduqué, qui a fini par se confier à elle certains soirs.

— Madame Génie, je n'aime pas la guerre. Je vais vous dire : Hitler est un fou.

Hans n'avait qu'un vœu : retrouver sa femme et ses enfants. Il montrait les photos de ses deux bambins. Il s'inclinait toujours respectueusement devant madame Génie, et exigeait que ses soldats en fissent autant avant d'entrer dans la maison. Génie, qui détestait pourtant les Boches ou les Frisés depuis la mort de Léonce, avait fini par être presque conquise. Après la guerre, elle dirait :

— Il y a de bonnes gens partout.

⁂

Paul a demandé à Mouche si elle acceptait de l'accompagner à Pleuvezain. Depuis longtemps il a envie de retrouver les lieux de son enfance. Mouche est intriguée. Que cherche-t-il ? Pourquoi n'a-t-il pas demandé à Flo ? Elle éprouve un étrange sentiment en songeant à cette jeune femme aperçue dans le bureau qui jouxte le laboratoire de Paul à Thorey-Lyautey.

— C'est ridicule, je ne vais pas être sottement jalouse. Il n'y a pas lieu.

De vieux souvenirs refont surface. Elle s'en défend en faisant appel à la sagesse et la raison. Il est normal que Paul soit amoureux de Flo et qu'il songe à s'établir puisque tous deux partagent la même passion pour la nature. Que Flo soit une jeune maman célibataire, n'est pas un obstacle ! Génie n'est plus là pour mettre son veto.

⁂

La visite à Pleuvezain émeut Mouche. Paul retrouve aisément la maison à l'entrée du hameau. Il montre le grand pré où quelques vaches, de belles hollandaises, paissaient indifférentes aux événements. Il explique aussi qu'au delà du pré, derrière le bouquet d'arbres, était une vieille cabane où, officiellement, on entreposait le bois pour l'hiver. À l'arrière de la cabane une trappe était dissimulée. C'était l'aboutissement d'un tunnel qui partait de l'église, et par lequel s'échappaient ceux qui rejoignaient le Groupe Bruyère, dont une antenne se trouvait au fort de Frouard. Sarah a souvent porté des messages jusqu'à la cabane. Qui se serait méfié d'une jeune mère de famille ? Paul veut marcher jusqu'à la lisière de la forêt. Il est pensif. Mouche l'observe, perdu dans un ailleurs qui lui est étranger.

— C'est si loin parfois que l'on croit avoir rêvé, murmure-t-il pour lui-même, avant d'examiner la nature et d'expliquer à Mouche les essences et l'état de chaque arbre.

— Il faudra que je fasse un tour de jardin chez vous. Je n'ai vu que le devant, les belles fleurs de Mouche, les hortensias, les jeunes géraniums et pétunias. Mais de l'autre côté de la maison, que cultivez-vous ?

— Des légumes, des herbes dont aucun cuisinier ne peut se passer : du persil, du céleri en branche pour parfumer la soupe. Il y a des fraises aussi. Mais je crois que ce sont de vieux pieds qui ont filé à plus de deux rejets, car les fraises sont bien petites. Cette année est une année d'observation, je découvre encore chaque semaine de nouvelles pousses qui m'obligent à plonger dans le dictionnaire et l'encyclopédie. Au printemps, deux pieds de pivoines qui sortaient de terre ont failli disparaître d'un coup de piochon. Je ferai mieux l'an prochain.

— Je regarderai tout cela. Vous avez des arbres ?

— Oui, un quetschier, magnifique d'ailleurs, lourdement chargé. Mais il y a aussi tout au bout du jardin, juste contre la haie, un lilas.

— Qui a la couleur de vos yeux ?

— Je vous en prie, Paul, pas vous.

Pourquoi emploie-t-il la comparaison de Blaise ? Elle est troublée et presque fâchée. Il n'a pas le droit.

— Parce que c'est vrai Mouche, tout simplement.

⁂

La voiture traverse les petits villages. Paul raconte, explique la région. Mouche est silencieuse, perdue dans d'étranges souvenirs dont elle ne parvient pas à se déprendre. Pourtant elle s'en est ouverte à Gabriel, pour dissiper le malaise. Elle se souvient de l'aveu qui a eu l'avantage d'abattre le mur derrière lequel Gabriel s'abritait pour se protéger de cette histoire de laideur dont il n'avait soufflé mot à personne. Alors Gabriel a parlé de lui, et elle a su, et la colère est venue précédant le désir de punir le Veule. Aujourd'hui Mouche se demande si le but qu'elle s'est fixé, punir le Veule, n'est pas un moyen pour elle de mettre de côté ce qu'elle se reproche. Car elle a flirté avec l'infidélité. Mais qu'est-ce que l'infidélité ? Que signifie fidèle, infidèle, à quoi, à qui ? Y a-t-il infidélité quand rien n'est sûr ?

⁂

Et Paul visite le jardin, commente, conseille, complimente aussi, mais surtout s'inquiète du moral de Mouche.

— Je vous trouve sombre, Mouche, préoccupée. Soyez rassurée, Gabriel sera très heureux ici. Il sera fier de vous.

Elle se retient de dire, comme elle le fit un soir à Paris :

— Il ne faut plus venir, plus jamais.

Elle ne peut pas s'empêcher de s'interroger sur Paul. Savait-il ce qui se passait entre ses deux frères ? La différence d'âge a très vite séparé Paul de Gabriel. Paul n'a guère eu l'occasion de voir grandir Gabriel. Il y a d'abord eu l'internat au séminaire, sa sortie et les études pendant lesquelles il fut plus souvent chez Moshe et Léna, heureux de veiller sur lui puisque Léna ne pouvait avoir d'enfant. Quand Paul s'est aperçu des difficultés de son frère, Gabriel avait déjà quatorze, quinze ans. Peut-être était-ce la mort de sa mère ? Par la suite, Paul s'est fait des reproches. Plongé dans ses études, absorbé par son métier, par la passion de la botanique, de l'écologie, il n'a rien vu du mal qui rongeait son frère. Par des voies détournées, Mouche questionne Paul sur Gilles. Elle doit parler très lentement. Elle se reprend souvent pour ne pas dire le Veule. Paul note-t-il cet embarras ? Lui aussi prend le temps de choisir ses mots, et sa voix est basse.

— Je prends peu à peu conscience de certains manques. Je connais peu et mal Gilles. Il a eu sa part de problèmes. C'est aussi un enfant de la guerre et qui est resté excessivement attaché à notre mère, trop sans doute. Peut-être que la famille n'a pas été assez vigilante.

***

Mouche se remémore ses rencontres avec Paul. Elle progresse doucement dans cette longue quête de vérité. Paul est très probablement au courant de certains faits. Elle n'en doute plus. Il a perçu les ténèbres qui entourent Gilles. Elle se demande si Paul ne la croit pas plus intelligente qu'elle n'est en réalité. Que sait-il d'elle pour parvenir à lui donner l'impression qu'elle est dans le secret du secret ? Il en fait ainsi sa complice. Est-ce dans le but de la faire parler ? Car Mouche parle d'elle, avec retenue certes, mais elle parle. Elle évoque sa quête d'identité. Joséphine a laissé récemment entendre à Mouche que

Marguerite n'a pas eu d'homme dans sa vie. Que la petite fille qu'elle a élevée n'est pas la sienne. C'est pour cela que jamais personne n'a critiqué Marguerite, sauf quelques langues vipérines. Il y en a partout.

— Pour moi cela ne change rien, Marguerite restera ma grand-mère, mais je voudrais tellement qu'elle me le dise elle-même.

— Si elle n'a rien dit à Blanche, cela lui sera difficile.

Mouche a aussi évoqué les séances chez Brigitte afin d'aider Sophie. Le temps des confidences s'est installé entre Mouche et Paul presque semblable à celui qui existait quand Paul venait régulièrement embrasser les enfants rue des Pyrénées entre deux émissions de radio ou de télévision. Il disait ses regrets, voire ses remords, et ses craintes. Il était tellement tiraillé entre une vocation qu'il croyait avoir repoussée et sa passion pour la nature, la botanique, l'écologie.

— De huit à treize ans, j'ai pensé devenir prêtre. Un appel qui comblait doublement Génie et Auguste. Un prêtre dans une famille catholique, c'est une bénédiction ! Quant à Génie, qui fonctionne aussi rapidement qu'une machine à calculer, elle savait que le Domaine ne pourrait faire vivre trois familles avec de nombreux enfants.

Paul n'est pas devenu prêtre, mais il a longtemps traîné une vague culpabilité. Il dut apprendre à se réconcilier avec lui-même avant d'afficher cette sérénité dont tout le monde fait état aujourd'hui. Il est connu, écrit dans différents journaux. Il n'est pas de débat sur l'écologie à la radio, à la télévision sans sa présence. Il parle avec tendresse et humour, des plantes et de la vie, mais reste tourmenté.

— Et si j'avais tourné le dos à Dieu ?

Mouche se moque.

— C'est moi, la mécréante, qui dois vous apprendre que Dieu est partout, et qu'on peut le servir en dehors des églises et des monastères. Quand vous donnez l'amour de la nature et l'envie de la respecter au public qui vous écoute, n'est-ce pas faire ce que votre Dieu vous demande ? Vous l'aidez à protéger sa création.

— Ah Mouche !

Réconforté, Paul avait posé ses deux mains sur ses épaules. Mouche se souvient encore de la gêne éprouvée, comme des brefs élans de joie. C'était avant... Pourtant elle n'avait rien prémédité. Elle voulait seulement l'aider. Sa sincérité la touchait. Il se demandait encore ce qui était le plus important, fonder un foyer ou contempler Dieu ?

— Est-ce qu'on ne peut pas faire les deux en même temps ? Dieu a bien créé les hommes pour les associer à son œuvre ? Le reste, la vie religieuse, l'absolu, ce sont des histoires de théologiens un peu illuminés. Dieu, s'il existe, n'est sûrement pas si compliqué.

⁂

Paul a envié en ces instants l'équilibre et le bon sens de Mouche.

— S'il savait seulement que la maison est construite sur du sable, songe Mouche.

Peut-elle dire ses tourments ? Son incapacité à rendre heureux ses proches ? Peut-elle dire vraiment Blaise ? Il admire sa résistance, sa puissance de travail. Peut-il imaginer que c'est une manière d'oublier ses difficultés et ses bleus à l'âme ? Elle a horreur qu'on la complimente sur son courage à élever seule les enfants. Elle ne se plaint pas de la solitude, mais elle n'a aucun mérite à cela. Enfin quoi, elle ne va pas avouer qu'elle préfère Gabriel au loin.

***

Il n'est pas de rencontre entre Mouche et Paul sans que Sarah ne soit évoquée.

— Quand vous m'écoutez, il m'arrive de penser que vous lui ressemblez. Souffrez-vous de quelque blessure, comme Sarah ?

Quand Mouche a son visage des jours un peu gris, Paul s'inquiète.

— Que dissimulent tant de bonté et de disponibilité ? Êtes-vous vraiment heureuse ? Quel est ce tourment secret ? Qui ne vous aime pas comme vous le méritez ?

Ah non ! qu'il ne s'aventure pas dans ce jardin, songe-t-elle. Il n'a pas le droit d'avoir ces interrogations sur les lèvres. Pas lui !

***

Quand Mouche habitait rue des Pyrénées et raccompagnait Paul jusqu'à l'ascenseur, elle ne savait pas que Toulon resterait à jamais le jardin du souvenir. Et quand

Paul s'approchait, puis repartait, elle tremblait. Elle n'a pas oublié ces instants, les approches et les dérobades, les espoirs et le chagrin qui l'étouffaient. Elle s'était fixé un but. Aider Gabriel à être et à naître. Paul pouvait-il l'éclairer ? Gabriel ne parlait pas, n'avait pas de souvenirs. Dans quel décor avait-il grandi ? Les odeurs de la maison, qui réjouissaient les enfants ou les agaçaient, ne ressuscitaient pas celles de son enfance. Il ne connaissait aucune fleur, aucun arbre. Il était un homme sans passé qui privait ses proches d'avenir. Mouche souhaitait l'aider, jusqu'à s'oublier pour lui, pour son bonheur.

On ne sait pas comment les choses se produisent, mais Paul surprit un jour Mouche en pleurs. Il insista pour savoir la raison de tant de larmes. Et il vint plus souvent rue des Pyrénées. Son travail l'appelait deux ou trois fois par mois à Paris. Il appréciait, disait-il, d'embrasser les enfants. Sophie, sa filleule, était ravie. Il constata l'absence de Gabriel et la solitude de Mouche. Elle écoutait, à travers les récits qu'il en faisait, la vie du Domaine à l'époque de Sarah. Mouche aima Sarah qui l'avait si peu été au point de préférer la mort.

Une mort qui plongea Gabriel dans un désespoir absolu.

***

Gabriel a treize ans. Avec toute la famille et les amis réunis, il vient d'accompagner Sarah de l'église au cimetière. Gilles est arrivé d'Algérie, mais doit repartir dès le lendemain. S'il n'avait ce regard de braise qui transperce, brûle et glace à la fois quand il le pose sur Gabriel, on pourrait dire que Gilles est un beau jeune homme de presque vingt et un ans. Génie propose de lui faire un lit au salon pour une nuit. Il faut croire que le diable sait faire l'ange, car jamais Gilles n'a répondu avec autant de gentillesse à sa grand-mère.

— Pour si peu de temps, grand-mère, ne vous fatiguez pas. L'Angelot va me faire une petite place. Comme autrefois, pas vrai gamin ?

Qui a lu la terreur sur le visage de Gabriel ? Avant le repas qui rassemblait la famille, il s'est sauvé, et nul ne l'a revu pendant de longues heures. Il s'est caché dans une grange sur les Terres de la Foucotte à plus de cinq kilomètres du Domaine. Plutôt être mordu par les rats, piqué par les araignées, foudroyé par un l'orage ! — Que vienne l'orage et que je meure !

La mort, Gabriel l'appelle de toutes ses forces, comme autrefois il appelait le loup. Qu'elle vienne, qu'elle l'emporte, qu'il retrouve peut-être Sarah ! Il ne veut pas se glisser dans les draps avec Gilles.

Tout le monde cherche Gabriel craignant le pire. Et le pire, c'est ce que redoute l'enfant. Moshe pense au désespoir de Gabriel, à l'irréparable. Vers vingt-deux heures, comme Gabriel n'est pas rentré, avant d'aller prévenir la gendarmerie, Moshe va chercher Bobby, le chien des Guérard à Lay-Saint-Christophe. Et la brave bête, qui ne sait rien du drame qui peut se jouer, retrouve sans difficulté son ami des jours de congé. Et chacun de consoler l'enfant du chagrin d'avoir perdu sa maman. Le Veule ricane. Lui sait pourquoi l'enfant s'est enfui. Déjà dans ses yeux brillent des feux destructeurs. Les heures qui suivent appartiennent aux ténèbres.

— On se retrouve p'tit con, comme au bon vieux temps. Tu vas être bien gentil et tout doux pour le pauvre soldat qui risque sa vie dans un beau pays habité par des méchants. Tu sens la cabane petit monstre. C'est bon. Enfin, presque autant que la lavande de Sarah. Nous voilà à égalité. Tu l'as plus ta mère, et moi non plus. Mais je t'ai encore. Allons, laisse faire.

Gabriel se met en boule pour que son frère ne l'atteigne pas, il serre les cuisses, emprisonne son sexe. Que ce frère ne le touche pas, ne vienne pas inonder son ventre ! Peine perdue, car s'il tente de résister, mord aussi, il reçoit deux baffes magistrales. Il ne comprend pas grand-chose à ces pratiques. Ce frère n'est pas un être humain, mais une bête hideuse qui sécrète des choses visqueuses et malodorantes, qui halète comme un chien, qui est lourd, qui lui fait mal. Et sa chose, son sexe raide et enflé, qu'il exhibe victorieusement et promène contre lui. Gabriel veut mourir. Il ne veut pas être touché davantage. Ah non pas ça, pas ça ! C'est assez du ventre ! Pas la bouche ! Et l'autre cogne, serre sur son cou, appuie pour le faire céder.

— Quelle force chez cette petite merde d'ange !

Gabriel résiste autant qu'il le peut, jusqu'à ce que le Veule s'aperçoive qu'il est sur une masse molle, inerte.

— Bon Dieu ! Il est mort ! Non, ce n'est pas possible.

Il prend peur soudain. Il a serré trop fort au comble de l'excitation et du plaisir inouï qu'il cueille à l'interdit. Autre chose qu'avec Catherine, qui a pourtant toutes les audaces. Il s'affole, remet de l'ordre, essuie l'enfant, trouve de l'eau de Cologne, le parfume. Il pose sa tête sur la poitrine de Gabriel. Le cœur bat. Ouf !

Il murmure des mots presque gentils :

— Ben alors, p'tit frère, on fait des mauvais rêves ? Bonne nuit.

Et le salaud fait semblant de se tourner sur le côté.

— Mais tu ne perds rien pour attendre.

⁂

— Je hais jusqu'à le tuer cet autre. Je le hais d'avoir fait souffrir un enfant écrit Mouche sur son cahier. Comment peut-on vivre en enfer et afficher une telle suffisance sur les panneaux de campagne électorale ? Les sondages le placent parmi les personnalités les plus en vue. Ce qui me fait frémir, ce sont ses discours sur les droits de l'homme, de l'enfant, soufflés par son avocate d'épouse, parce que c'est un thème porteur. Mais que sait Catherine de la nuit de son mari ?

Sait-elle comment il a attenté à l'enfance de Gabriel ? C'était un enfant si jeune, il avait le goût de vivre et du rire, comme tous les enfants. Mais ce Veule, possédé par sa bête de jalousie, était incapable de comprendre que leur mère pouvait les aimer l'un et l'autre. L'amour d'une mère est infini. Déjà pris dans les mailles du Mal, le Veule était insensible à cette dimension de l'amour. Pourquoi des hommes deviennent-ils des bourreaux ? Pourquoi ce mal ? Au nom de quoi ? Ah non ! se dit Mouche que la pensée de Bernanos vient d'effleurer en songeant à l'engagement de Gilles en faveur des droits de l'homme.

Qu'il aille se faire voir ailleurs celui-là, avec son « tout est grâce » !

⁂

— Gabriel aurait pu m'aimer. L'amour était possible. Mais cet homme l'a tué, comme il a tué une part de l'enfance de mes petits.

Maintenant qu'elle a presque reconstitué l'histoire de ceux du Domaine, Mouche s'est prise de tendresse pour les errances de Gabriel. Elle ne lui en veut pas de vivre au loin, et sans doute pas seul, puisqu'elle n'a pas pu le rendre heureux. Gabriel a voulu s'arracher à sa nuit. Et le premier rayon de soleil qui est passé, il s'y est accroché. Mais il a pris un rayon de lune pour le rayon de soleil. Mouche aussi avait ses errances. La nuit de Gabriel était dense et le rayon de lune de Mouche n'était pas assez puissant pour appeler l'aurore.

⁂

À force d'écrire, de réfléchir, Mouche vient de comprendre la fuite de Gabriel. La conquête de l'amour est merveilleuse, mais difficile. L'amour fait peur quand on ignore la puissance de sa résonance. Gabriel se trouvait le dos au mur. Aujourd'hui, pour le commun des mortels, il donne l'image d'un homme équilibré. Or, Mouche se souvient d'épisodes troublants et troublés. La folie a longtemps rôdé au sein de leur couple. Elle préfère faire silence. Trop de démons sont réveillés. D'une main qu'elle agite devant ses yeux, elle tente de dissiper des souvenirs qui conduisent au chaos. Soudain le vide s'empare d'elle et la saisit. Un pressentiment tente l'assaut. Elle arrive au terme du voyage, glacée. Et son cœur se serre. Il va se passer quelque chose. On dirait qu'une tempête s'annonce. Elle a vu tous ceux du Domaine. Sauf le, le... Gilles le Veule.

Demain, elle ira enlever Auguste pour le conduire jusqu'à Sion. Il a envie d'aller prier la Vierge sur la Colline Inspirée.

CHAPITRE XII

Rochefontaine, octobre 1957 à juillet 1959

— Sion... sur la Colline Inspirée, vous devriez y venir Auguste avec toute la paroisse. Cela vous ferait du bien.

Le vieux curé rend souvent visite à Auguste, bouleversé par la mort de Sarah. Il y a trois mois que Sarah a été portée en terre. Pour Auguste le temps s'est arrêté. Il s'isole, plonge dans le gouffre du deuil. Il cherche Sarah, ouvre les armoires, s'imprègne des odeurs et parfums des lieux où elle était. Sa main erre sur les étoffes, et les tissus qui l'ont frôlée. Les couleurs sont douces, ou trop vives. Sarah est entrée trop tôt dans cette nuit transpercée de lumière que le vieux curé appelle l'Éternité. Qu'y fait-elle ? L'attend-elle ? Est-elle en compagnie de Léonce, son père, de Philomène, sa grand-mère ? A-t-elle trouvé Dieu ? Mais lequel, le sien qu'elle appelait Yahvé ou celui de Génie ? C'est le même Dieu, dit le vieux Curé. Et si Dieu n'existait pas ?

— Le doute fait partie de la foi, répond le vieux curé, comme pour s'en convaincre. Nous sommes de pauvres hommes.

Auguste hausse les épaules. Il est entré en solitude. Si Sarah était là...

Mais quand elle était là, faisait-il attention à elle ? Auguste prend conscience de ce que fut la vie de Sarah. Une vie désertée par son mari qui s'en remettait à Génie.

— L'artisan de ma solitude, c'est moi, songe-t-il.

Pour un peu de paix, il se dérobait, fuyait. Le banc près des Trois Marronniers, le café Chez Pierrette, autant de refuges. Maintenant, il passe de longues heures assis devant la table de la grande salle, la tête dans les mains, à se gratter le front, à soupirer. Quand il se relève, il marche en traînant les pieds. Presque un vieillard. Il a le pas de ceux que la vie oblige peu à peu à courber l'échine et à craindre l'excès de lumière. Il passe par le couloir qui sépare la grande salle des deux cuisines et va jusque sous le grand escalier qui monte aux étages. Il y a une petite porte qui s'ouvre proche d'un hangar ; de là, en contournant les réserves à grains, il rejoint le sentier qui mène au Champ du Lapin en bordure de forêt. Un champ longuement et douloureusement contemplé par Léonce, depuis la chambre verte, avant ses épousailles avec la terre. Ce champ, combien de fois Sarah l'a-t-elle embrassé du regard depuis son retour au Domaine après la guerre ? Auguste en emprunte souvent la grande allée. Le pas peut être alerte, soutenu, autant qu'indécis. Au-delà, est un petit bosquet. Auguste va parfois jusque-là et se laisse choir sur le Banc des Amoureux, déserté en automne. Auguste n'est nulle part. Son esprit s'égare.

Il baisse la tête. Il marche les mains fourrées dans ses poches. Sa main droite a rencontré les grains du chapelet que Génie lui a donné. Il récite, une dizaine, puis deux. Il en commence une troisième, s'arrête, ne sait plus où il en est. Il se lève et revient vers le Domaine. La pointe de ses souliers pousse la terre pour qu'elle s'écarte sur son passage. Prier, prier. Pourquoi ? Comment et jusqu'à quand ? Jusqu'où ?

Jusqu'au découragement.

Auguste se fond peu à peu dans une nuit presque apaisante. Ne plus penser, oublier, s'en aller. Rejoindre Sarah, peut-être ? Elle confessait détester le chapelet. Alors il pousse le sien au plus profond de sa poche et le recouvre de son mouchoir. Sarah s'était convertie — elle n'avait pas le choix —, mais elle n'a jamais pu s'habituer au chapelet. Pourquoi chercher des intermédiaires pour s'adresser à Yahvé ? Elle lui parlait comme à un ami, avec ses mots à elle, en français, en alsacien et en yiddish. Et quand elle voyait l'air scandalisé d'Auguste, elle éclatait de rire.

— Auguste, c'est le même Dieu, y'oh ! Mon Dieu de naissance est le père du tien. Yahvé entend le cœur des hommes, comprend toutes les langues, puisqu'il connaît chaque homme avant sa naissance.

⁂

Auguste hausse les épaules, abandonne un instant la terre des souvenirs. Un sourire lui vient juste à la commissure des lèvres avant la question qu'il se pose chaque jour depuis la mort de Sarah.

— Qu'est-ce donc que vivre ? Quel est le sens de cette vie ?

En allant et venant dans le grand champ, il remonte le temps, plonge dans un lointain nimbé de Sarah. La forêt accroche les couleurs de l'automne aux branches de ses arbres. Auguste scrute le ciel, l'interroge de son regard clair, comme s'il cherchait à apercevoir la jeune femme penchée sur son piano dans les années trente. Il voudrait réentendre son rire, son pas sur le parquet du salon qui se taisait respectueusement quand elle passait. C'est une autre terre que foule Auguste. Il n'en finit pas de bêcher le passé, de le retourner pour le marier au présent. Des frémissements parcourent ses lèvres. Qui prie-t-il ? Qui supplie-t-il ?

Sarah ?

Il l'appelle.

— Sarah, Sarah !

***

Quand il allait voir Moshe à Ernstein, avant que Sarah se montrât, il la devinait. Tout, dans l'air qui s'agitait autour de lui, disait la présence de Sarah. Moshe et Auguste bavardaient près du hangar où séchaient les feuilles de tabac, et Sarah faisait irruption.

— *Mein Gott*, Auguste ! oh y'oh !

Sa voix chantait en dénouant les attaches du tablier qui protégeait une jupe fleurie aux tons vifs.

— On fait de la musique, hop'là ?

Auguste restait sous le charme, il ne voyait que sa lourde chevelure, et ses yeux de velours qui lançaient des étoiles.

Les étoiles !

Celles de Sarah, qui les a éteintes ? Il a laissé faire Génie, persuadé qu'avec le temps les différends se régleraient d'eux-mêmes. Génie est brave sous une écorce rugueuse. La vie ne l'a pas épargnée. Elle a peu connu sa mère. Son père s'est remarié, lui donnant une gentille belle-mère qui est morte de la tuberculose en quelques mois. Elle a enterré Léonce, son mari, avant l'heure, et perdu Jeanne, son unique fille. Auguste n'a pas oublié Jeanne, sa sœur, morte à quinze ans d'une étrange maladie, juste avant une puberté qui tardait à venir. On avait consulté tous les spécialistes de Nancy. On avait même fait le voyage jusqu'à un hôpital parisien pour consulter un grand professeur. La médecine ne pouvait rien pour Jeanne. Alors on s'était tourné vers la Vierge. Pèlerinages, neuvaines, frictions à l'eau bénite rapportée de Sion ou de Rome. Tout avait été tenté pour appeler un miracle qui tardait à venir. Chaque jour voyait Jeanne plus pâle, comme si le sang se retirait de l'enfant dont le teint avait pris l'éclat de la fine porcelaine blanche.

C'est au pied du cerisier, près du bâtiment des saisonniers, qu'on trouva Jeanne un matin de printemps. Elle avait voulu une dernière fois contempler l'arbre en fleur et les premières roses. Philomène avait accédé aux désirs de sa petite-fille pendant que Génie visitait les terres de la Chapelotte. Vincent, le jeune ouvrier agricole, avait porté la jeune fille jusqu'au jardin et l'avait appuyée au tronc du cerisier.

— Bougez pas, mademoiselle, je cherche un siège.

Elle avait fait signe que ça n'était pas la peine. Vincent avait couru jusqu'au bâtiment tout proche, avait attrapé à la hâte un petit fauteuil dont le siège et les accoudoirs étaient tendus de tissu. Ce serait plus confortable pour la jeune demoiselle plus pâle qu'un rayon de lune. Quand il était ressorti, contre le tronc, il n'avait vu qu'une petite masse rose et bleue. Jeanne avait glissé jusqu'au sol, comme pour déjà étreindre la terre dans laquelle on allait la porter trois jours plus tard aux côtés de son grand-père Léonce, dans le cimetière des Aulnes qui surplombe la vallée et jette l'ombre de ses croix sur la Moselle.

Génie revenait de la Chapelotte. Comme elle accrochait sa veste à la patère dans le couloir, elle perçut le froid de la mort. Elle vit Jeanne allongée sur le petit divan du salon. Elle se jeta sur le corps de la jeune fille. Jeanne était transparente. Ses cheveux blonds nimbés de soleil faisaient une auréole de lumière irréelle autour d'un visage à l'extrême pâleur. Jeanne avait encore le sourire émerveillé de l'enfant qui a contemplé les beautés du printemps naissant. Philomène avait rassemblé ses mains sur son cœur et posé autour de la jeune fille des roses à peine écloses. Trop belle et trop pure pour cette terre. Génie courut jusqu'au cerisier et poussa un hurlement terrible. Ce fut le cri d'une bête blessée, touchée en plein cœur. Elle tapait sur le tronc du cerisier qu'elle griffa ensuite de ses ongles. Elle pleura longtemps devant Auguste interdit. Elle chassa le jeune garçon qui tentait de la consoler. Elle dit que personne ne cueillerait des fruits de cet arbre avant longtemps. Elle fit le serment de ne jamais couper le cerisier de Jeanne. Auguste n'a jamais oublié ce funeste jour. Le hurlement d'effroi poussé par une mère meurtrie est resté gravé dans l'enceinte du Domaine. Or, malgré les épreuves, jamais Génie, sa mère, ne s'est révoltée contre Dieu. Une attitude admirable, mais si pesante pour ses proches. Car ce qu'elle s'impose à elle, elle l'exige aussi pour les autres.

— Dieu sait ce qui est bon. Il n'éprouve que ceux qu'il aime, et jamais plus qu'ils n'en peuvent supporter. L'homme doit souffrir, c'est écrit.

Auguste, hésite, secoue la tête. Malgré le respect qu'il doit à sa mère, son discours ne passe pas. L'orgueil de Génie a fait sa force. Elle a levé haut la tête. Elle s'est attelée à la charrue souffrance, et elle a tiré de toutes ses forces. Elle a bataillé, et a creusé le sillon. Une belle vie toute droite où il n'y a guère de place pour la fantaisie. Il songe à Sarah si différente de Génie. Sarah mariait avec talent douceur, espièglerie et sourire. Il mesure son crime. Il n'a pas su choisir. Il est resté le fils de Génie sans devenir le mari de Sarah. Le couple Sarah-Auguste n'a jamais trouvé sa terre. Génie veille. Gardienne stoïque. Elle est cette terre, revêche, qui ne laisse pas pousser n'importe quoi. Celle qui ne se laisse pas prendre. Sarah était la pluie et le soleil qui inonde la terre asséchée. Elle jouait sur cette terre, parce qu'elle l'aimait et qu'elle venait de Dieu. Elle n'avait pas besoin de la travailler, même imparfaite cette terre était déjà louange. Génie ne peut pas comprendre un tel raisonnement.

— Le devoir, scandait-elle.

— Avec l'amour, chantait Sarah.

Pourquoi Auguste est-il resté le petit garçon qui n'ose pas devenir un homme ? C'est à cause de cette terre promise par Génie ? Et de son pied gauche, Auguste cogne rageusement cette terre transmise de génération en génération.

— Elle nous porte, mais elle se venge aussi puisqu'elle nous emporte.

Auguste se baisse, saisit une poignée de terre dans ses mains qu'il serre pour en faire une motte. Il la respire. Elle est compacte après la pluie des jours précédents, presque collante. L'automne est proche.

— De la glaise qui nous retient, qui nous enserre comme pour nous préparer au tombeau, car c'est à elle que nous retournons. Mais les étoiles, les étoiles de Sarah, terre nourricière ou meurtrière, qu'en as-tu fait ?

Loin de tous, Auguste laisse couler ses larmes.

— Et Moshe qui au début n'a pas voulu que j'entre dans la chambre. Ensuite, c'est nous qui en avons interdit l'entrée à Génie, et nous avons même entraîné l'Angelot dans notre colère. Aurais-tu voulu, Sarah, que Génie constate ton abandon, ta défaite ?

Mais qui parle de défaite ? Qui a eu le dernier mot dans ce duel ? Il n'y a pas eu de duel. Rien que la grande peur de Génie quand elle marche sur des terres étrangères. Génie vient d'un monde qui a ses jalons et ses repères. C'est sa sécurité. Au-delà, c'est l'aventure. L'inconnu effraie Génie, taillée d'une seule pièce. Une masse abrupte et solide, qui ne s'encombre pas de fioritures. Elle se protège comme elle le peut.

Sarah avait du charme et Génie s'en est trouvée perturbée. Comment Génie aurait-elle pu comprendre qu'on peut écrire droit avec des lignes courbes, se baisser et cueillir une fleur pour en respirer les parfums, s'arrêter et entendre le chant du monde et des êtres ? Être curieux, faire un pas de côté, est inimaginable pour elle qui suit le tracé des sillons du printemps jusqu'à la récolte en automne. En hiver, elle prépare déjà les semailles, les outils pour les prochains labours. Le charme de Sarah pouvait ouvrir les fenêtres de l'univers de Génie, lui montrer la beauté. Génie s'est dressée. La beauté ne peut ni servir le monde de Génie, ni la sauver, pas encore. La beauté l'a éblouie. Elle a pris peur. Une peur qui a fait le lit du mal au Domaine.

Trop tard, c'est trop tard, songe Auguste écrasé.

Avec le vent qui se met à souffler sur la forêt, pour venir à sa rencontre au Champ du Lapin et coucher la jeune luzerne, lui revient la mélodie yiddish que Sarah fredonnait souvent en berçant Gabriel enfant. Il avait insisté pour qu'elle traduise.

Mes baisers sont des étoiles
Mon bel enfant
Que je dépose tel un voile
scintillant
Et si le vent, et si la pluie
Vous plongent dans la nuit

Mes baisers sont des étoiles
Mon bel enfant

Le souvenir de Sarah conduit les pensées d'Auguste vers Gabriel. Il n'a pas de réponse aux questions qui l'assaillent. Auguste se perd dans un ailleurs qui le laisse figé. C'est peut-être cela la mort. Elle peut venir désormais. Auguste n'a plus peur.

*
**

Auguste voyage, remonte le temps pour retrouver les chemins d'autrefois. Il emmène Gabriel en Alsace, à Riquewihr où Sarah et Moshe sont nés. Il va jusqu'à Michelbach dans le Haut-Rhin où vivait une grand-mère, puis traverse toute l'Alsace pour atteindre Pfaffenhoffen, au sud de Strasbourg, où ils ont vécu après la mort de leurs parents. Auguste a retrouvé la maison Schüller. Gabriel suit docilement. Auguste fait la conversation, comme il dit. Il parle de Philomène, sa grand-mère, une femme intelligente, douce, accueillante qui racontait la guerre de 1870, quand elle avait huit ans. Il évoque aussi son père Léonce, l'oncle Alphonse et sa femme Victoire qui tiennent une quincaillerie à Sedan. Ils ont eu des jumelles, Claire et Marie.

— Marie est ta marraine, tu le sais ?

Gabriel ne répond pas. Il hausse imperceptiblement les épaules. Il n'a rien à dire. Sa famille ne l'intéresse pas. Depuis des mois Gabriel se force au silence. La famille a cru à un début de folie. Auguste l'a fait examiner par le médecin de famille, puis par le meilleur pédiatre de Nancy qui ne s'inquiète pas outre mesure. Gabriel va en classe, fait ses devoirs et obtient d'excellents résultats. « Un peu solitaire », déclarent ses professeurs, mais puisqu'il travaille bien, il n'y a pas lieu de s'inquiéter. Quand on le félicite, Gabriel est ailleurs. Rien ne semble l'émouvoir.

— Il est encore sous le choc de la maladie, puis de la mort de sa mère, disent les uns.

— Il était trop jeune pour voir « cela », reproche Léna à Moshe toujours persuadé qu'il a bien agi en conduisant l'enfant près de Sarah sur son lit de mort.

Personne n'est en mesure d'interpréter la distance que met Gabriel entre lui et sa famille. Elle est le moyen de survivre d'abord, avant de vivre autrement. Il se l'est imposée pour se défaire d'une enfance souillée, pour se détacher d'elle. Si ce silence est gênant pour ceux du Domaine de Rochefontaine, tant mieux.

Moshe et Léna accueillent Gabriel, l'emmènent au cinéma, en vacances dans les Alpes à Noël. En leur compagnie, il paraît se détendre. Il sourit. Quand Moshe est seul avec lui, il risque quelques paroles.

Auguste interroge les professeurs.

— Avec le temps, les choses rentreront dans l'ordre. Les adolescents surprennent bien souvent les adultes.

Après quelques entretiens avec Gabriel, le médecin de Nancy préconise une vraie coupure avec la famille. Quand il donne ce conseil, les yeux du jeune garçon paraissent s'animer. On l'inscrit dans un collège privé religieux. Et les frères qui dirigent l'établissement promettent d'entourer Gabriel. Il ne faut pas deux mois d'internat pour que Gabriel sorte de l'isolement qu'il s'est imposé et qui commençait à lui peser. Il s'inscrit au club de football du collège. Averti du mieux de son fils, Auguste se présente le dimanche suivant chez les frères pour sortir Gabriel.

Refus.

Gabriel ne veut pas suivre son père, même pour un après-midi. À Pâques, il accepte de quitter le collège pour aller chez Moshe, qui le serre sur son cœur en souvenir de Sarah.

— Si tu nous disais ce qu'il y a dans ta petite tête, fiston ?

— Rien, ou bien des bêtises, mon oncle. J'avais pas envie. C'est tout. Je ne veux plus aller au Domaine.

⁂

Génie, qui dirige toujours le Domaine, sent venir la fatigue de l'âge. Un dimanche après-midi de mai, en servant le café à Renée et Ladislas qu'elle a invités — ce qui n'a pas manqué de provoquer quelque émoi au sein du jeune couple —, elle leur propose de reprendre l'exploitation. Elle insiste, met les formes, certaine que Ladislas, qui enseigne l'agriculture pendant que Renée travaille chez un notaire, sera compétent. Elle connaît leur rêve : épargner de l'argent pour s'acheter une terre et l'exploiter. S'ils veulent bien, le Domaine sera cette terre.

La leur. Qu'on n'attende pas de Génie un long bavardage, une savante explication ! Son offre est un *mea culpa*. Point.

Un peu de la lumière de Sarah serait-elle venue à bout de la nuit de Génie ?

⁂

Gilles revient d'Algérie. Il choisit d'habiter Nancy. Ses visites au Domaine sont très rares. Il travaille dans un cabinet d'expertise-comptable à mi-temps et prépare son diplôme définitif pour plaire à la belle Catherine de Guerville, fille unique de Charles de Guerville, l'architecte qui a conçu le nouveau Quartier de l'Hôpital et les Jardins d'Épinal, après avoir réalisé de nombreux chantiers en Belgique et en Amérique latine. Son père, le sénateur Armand de Guerville, aurait souhaité le voir se lancer dans la politique, c'est une tradition dans la famille, mais Charles n'est pas tenté. Catherine a une idée. L'ami qu'elle connaît est jeune, plutôt intelligent et ambitieux. Il appartient à une grande famille d'exploitants agricoles. Il a du bien, comme on dit à la campagne. Monsieur le sénateur demande à faire sa connaissance. Quand Gilles est introduit chez Catherine, il est conquis, trouve tout exquis.

— À dégrossir, murmure pourtant monsieur le sénateur en faisant les cent pas après son départ. Catherine, ma petite fille, je crois que s'il n'est pas un mari parfait, il peut faire un bon député. Il transpire d'ambition, ça se voit dans ses yeux. Toi, tu pourras toujours prendre un amant, et tu n'en diras rien, ni à ton père, ni à ta mère, naturellement.

Catherine rit et découvre de belles incisives prêtes à mordre. Pour l'heure, elle n'a pas à se plaindre de ce futur mari qui se montre d'une extrême courtoisie en public, et sait faire preuve de zèle et d'une ardeur sans limites pour les choses dont on ne parle pas, en principe, avant le mariage.

⁂

Deux ans après la mort de Sarah, Génie et Auguste réunissent la famille afin de régler les questions d'héritage et de transmission de la terre. Auguste saisit l'occasion pour faire pression sur Gilles. Quand se décidera-t-il à régulariser avec Catherine ? On jase à Rochefontaine. Gilles se fâche. Il ne faut pas tout mélanger. La succession et la vie privée. Ce qui se passe entre Catherine et lui n'a rien à voir avec le Domaine. Ce sont ses affaires. Elles ne regardent que lui.

⁂

Est-ce un jour de fâcherie avec Catherine ? Pour retrouver un peu d'enfance, Gilles décrète qu'il va passer plusieurs jours au Domaine. Gabriel y est revenu depuis quelques mois. À l'annonce de la visite de Gilles, Gabriel a beaucoup de peine à cacher ses craintes. Il a beau se raisonner. Rien n'y fait. La peur est là. Il cherche de l'aide auprès de Renée.

— Je voudrais aller chez Moshe.

— Il est en cure.

— Et à Lay-Saint-Christophe ?

— Ils sont partis en vacances pour la première fois puisqu'un parent d'Henri s'occupe de la ferme.

Gabriel sort et marche aussi longtemps qu'il le peut en forêt de Haye. Il ne veut pas aller se coucher. Son cœur est lourd. Combien de kilomètres a-t-il parcouru à travers bois ? Il a vu les lumières de Custines, celles de Bouxières-aux-Dames. Et puis là-bas, au loin, les aciéries ont craché leur fumée rouge qui déchire la nuit. On a coulé l'acier. Dans l'enfer de la fonderie, des hommes, le maillot collé à la peau par trop de sueur, les yeux rougis par trop d'effort et de chaleur, ont martelé le fer. Autant de coups à la nature. Autant de coups pour gueuler leur rage de vivre et leur espoir de jours meilleurs pour leurs gosses. Hélas, l'acier vit ses dernières années. Il est des signes qui ne trompent pas, mais que la plupart refusent de voir, comme si le feu des coulées qui embrase la vallée les aveuglait. Quand la flamme des nuits ne sera plus qu'un souvenir, le ciel s'éteindra et se fera cendre. La vallée s'arrondira, reverdira, et le froid des brumes lorraines sera un peu plus insupportable.

Gabriel a froid, il est trois heures. Il faut rentrer. Pour la première fois depuis la mort de Sarah, il a envie de pleurer. Il est trop seul, avec son secret.

Jamais il n'oubliera ce retour. Aussi longtemps qu'il vivra, il s'interrogera : quelle est donc sa faute pour vivre un tel abandon ? Que doit-il payer, pour quoi, et pour qui ? Il en appelle à Sarah. Comment résister à cette bête de souillure tapie dans l'ombre et qui doit le guetter ? Après la mort de Sarah, il a cru mourir. Il aurait mieux valu. Ses pas le ramènent au Domaine, où aller ? Et si l'autre l'attend, pourra-t-il lui résister ? Il cherche sa respiration. Il faut être fort.

— Si je résiste, c'est que le Dieu de Sarah veille sur moi !

Ultime et dérisoire espoir...

À la barrière du jardin, Gabriel est attendu.

— T'es pas bien de rentrer à pareille heure, il est presque quatre heures.

— Et alors, je ne suis plus un môme, j'ai quinze ans !

— On va voir cela, viens donc près de la baraque aux saisonniers, celle qui a des volets de bois.

CHAPITRE XIII

Charmes, juin 1981

Les lourds volets de bois sont fermés en chapelle afin de faire écran à la chaleur d'un été qui s'annonce précoce. Penchée sur la machine à écrire, Mouche s'applique à frapper le texte définitif du *Ballon rouge.* Pour un peu, elle chanterait, comme c'est le cas, à chaque fois qu'elle touche au but après de nombreuses souffrances. Combien de fois a-t-elle repris son texte, phrase par phrase, remplacé un mot par un autre ? Depuis qu'elle écrit, Mouche pourchasse la fadeur et l'insipide. Elle veut des textes forts, vigoureux, qui disent le mal, la douleur jusqu'au désespoir. Écrire, raturer, réécrire n'est rien d'autre que brosser des paysages où la douceur des brises flirte avec la folie des tempêtes. *Le Ballon rouge* a exigé tout cela. Souvent elle a reposé son stylo, quitté sa table de travail, fait quelques pas dans le jardin avant de déclamer son texte, afin de l'entendre s'arracher de l'intérieur. Elle a pris le jardin à témoin et a fait du vent et du ciel des spectateurs attentifs. Elle s'est penchée sur les mots et a eu l'éclair de la trouvaille quand un synonyme s'est offert. Alors le ballon a bondi, rebondi, osant l'échappée. Exaltante partie de cache-cache ! Aux soirs de fatigue, avant de s'endormir, elle a serré *Le Ballon rouge* sur son cœur. Il lui a chuchoté les mots qu'elle devait écrire. Il a fait danser les phrases. Il était l'interrogation et l'apostrophe, la virgule et les points de suspension. Aux matins, il avait roulé à terre, posé un accent, mis un point, et disparu. Aujourd'hui, *Le Ballon rouge* a fini sa course. Elle l'autorise même à mettre le point sur le i du mot fin.

Exsangue, Mouche se lève, fait quelques pas vers la porte-fenêtre qui s'ouvre sur la terrasse. Le banc à l'ombre du quetschier l'attend. La chaleur est trop intense, trop accablante pour que les parfums de la terre s'élèvent. On dirait que la terre retient son souffle. C'est au crépuscule que les jardins transpirent et s'offrent sans pudeur. Sous le quetschier, le temps s'est arrêté. Les oiseaux ont disparu, chats et chiens ont fait de même. L'atmosphère lourde et orageuse pénètre et retient les êtres et les choses. Là où chaque soir se couche le soleil, par-derrière la sapinière qui borde le ruisseau chantant — comme l'appelle Clairette —, le ciel s'est paré d'un voile plombé qui annonce une nuit violée des feux de la terre et du ciel. Mouche s'est inscrite dans l'immobile du jardin. Si le corps s'est soumis à la dictature des éléments, le cœur et l'esprit s'agitent.

Elle n'a pas fini son enquête sur le Domaine. Des éléments lui échappent. Que disent les carnets de Sarah ? Il faut connaître toutes les données de l'histoire pour qu'elle puisse tourner la page. Louise, puis Odette lui ont confié ce qu'elles savaient. Léna, Paul l'ont accompagnée dans sa quête. Mouche secoue la tête. À force de trop chercher, tout s'embrouille. Elle n'y comprend plus rien.

Elle vient pourtant de connaître un grand bonheur. Celui d'avoir accueilli Marguerite à Charmes. Le médecin a donné la permission de sortir à la vieille dame qui, visiblement, avait envie de revoir les lieux. Paul a accompagné Mouche jusqu'à Nancy afin de pouvoir soutenir Marguerite.

— Ma princesse, s'est-elle exclamée en voyant Mouche, et Paul, monsieur du Domaine, comme je suis contente ! Vous allez être surpris, je me sens au meilleur de ma forme. Vous avez vu, j'ai mis ma plus belle robe, la Fine ne va pas en revenir.

Marguerite bavardait, riait, tellement heureuse :

— Je retrouve ma jeunesse, disait-elle à mesure que la voiture approchait de Charmes.

Joséphine attendait Marguerite chez Mouche.

— Ce jour est donc venu, répétait Marguerite, je suis presque chez moi. Tu m'emmèneras jusqu'au Château, jusqu'aux Remparts. Et puis à la sortie de Charmes, jusqu'au petit pont vers Brantigny. Le petit pont. Mon Dieu, que c'est bête de se souvenir ainsi !

Son regard semblait se brouiller de larmes.

Après une courte sieste, elle a voulu revoir le lavoir.

— J'y suis venue, j'y emmenais Blanche. J'avais promis à son père de m'occuper d'elle.

— Qui était son père, grand-mère ?

— J'ai juré de ne jamais rien dire tant qu'il serait en vie.

— Mais il est mort à la guerre, Marguerite, tu le sais bien, a dit Joséphine.

— Ah non, Fine, tu ne sais pas tout. J'ai dit à tout le monde que... — je ne peux pas dire son nom — le père de Blanche n'était pas revenu de la guerre, parce que je voulais d'abord protéger Blanche, et Mouche par la suite. Quand Blanche était petite, avant que j'aille habiter Nancy, il venait certains soirs. Il était discret. Personne n'a dû le voir entrer chez moi. Et puis, il a dû quitter la région pendant plusieurs années. Ensuite la guerre de 39/45 est arrivée. Je n'ai plus eu de nouvelles de lui. Maintenant que cet homme... (une main sur son cœur, elle murmurait, comme pour elle-même : c'est trop bête), est mort, j'ai lu cela dans le journal, je peux parler.

— Grand-mère, pourquoi tant de mystère ?

— Ma princesse, la seule chose que je peux te dire, maintenant qu'il n'est plus, c'est que j'ai aimé cet homme, et que je n'ai aimé que lui pendant toute ma vie.

— C'est normal puisqu'il est le père de Blanche.

— Oui, mais, comment te dire ?

— Dis tout, Marguerite, avait lancé Fine, Mouche sait déjà certaines choses.

Paul avait pris quelque distance pour laisser Marguerite parler.

— Vous pouvez entendre, monsieur du Domaine, car Mouche n'a pas à rougir de ses origines. Sa grand-mère n'a pas « fauté » comme on disait alors. Blanche, c'est ma fille, mais je ne l'ai pas mise au monde. J'avais promis à son père de veiller sur elle. Et si je l'ai fait, c'est par amour pour lui, malgré mon chagrin, car lui ne voyait que Lise, la mère de Blanche, qui est morte en accouchant de Blanche, quasiment dans mes bras et ceux de la Marie-du-Moulin. J'avais recueilli Lise juste avant le départ du jeune homme à la guerre. Ce bougre d'idiot l'avait mise enceinte. La jeune Lise était seule dans la vie, et au service de la famille de ce jeune homme. Une mésalliance comme on disait. À la fin de la guerre, il est revenu pour apprendre qu'il était quasiment marié avec une lointaine cousine pour qu'un héritage ne se perde pas. Bref, des histoires de gros sous. J'ai gardé Blanche pour lui éviter l'orphelinat. Je n'aurais pas supporté cela, je m'étais attachée à elle, et à son père, à qui elle ressemble tellement. Toi, princesse, si tu savais comme tu ressembles à ta vraie grand-mère. Tu as tout d'elle, ses cheveux, ses yeux, sa peau. Tu pourras aller te recueillir sur sa tombe à Brantigny, Joséphine l'a toujours entretenue. N'est-ce pas, Joséphine ? (Joséphine ne disait rien, émue, elle s'essuyait les yeux.) Mais l'amour, princesse, c'est moi qui te l'ai donné.

Mouche avait pris le visage de Marguerite entre ses mains.

— Je le sais grand-mère, et c'est toi que j'aime depuis que je suis petite. Pour ma mère, c'est différent. Blanche ne m'a jamais aimée.

— Il ne faut pas en vouloir à Blanche. La vie ne lui a pas fait de cadeau. Elle a beaucoup donné à la guerre. Et peu lui a été rendu. Malgré cela, elle a eu du courage. Un jour tu sauras tout. Enfin, je peux mourir, tu as réussi, tu as une bonne famille. Quelle revanche pour ta mère puisque tu es entrée au Domaine !

La remarque a fait sourire Paul dont le regard a croisé celui de Mouche empli d'indulgence.

⁂

La touffeur de cet après-midi maintient Mouche clouée sur le banc du jardin, tandis que l'esprit n'en finit pas de brasser les souvenirs. Si Marguerite pouvait tout savoir, soupire Mouche. La vie des familles n'est pas forcément simple et limpide. Sans doute parce que l'être humain est infiniment complexe.

Depuis peu, Mouche sait pourquoi Odette est longtemps restée sur ses gardes dès que la conversation glissait vers ceux du Domaine de Rochefontaine.

— Maman a dû vous dire que Renée et moi étions très copines. On nous appelait les inséparables ou les siamoises. J'aimais bien Renée, mais pour être franche, c'est Paul, son frère, que je lorgnais. Tout m'était bon pour aller au Domaine quand je le savais là. J'étais complètement toquée de ce garçon si gentil. La seule fois qu'il m'a emmenée en forêt, jusqu'à la Petite Source, ça a été pour me briser le cœur. J'avais tellement espéré autre chose. Là, il m'a dit que j'étais une chic fille, et qu'il savait qu'il pouvait me confier le même secret qu'à sa sœur Renée : il allait peut-être retourner au séminaire pour faire curé. J'ai pleuré, comme une gamine, oui, j'ai pleuré à chaudes larmes. Et puis, je me suis reprise : « Odette, la vie ne s'arrête pas à un homme. » André ne demandait pas mieux que de m'aider, il n'attendait que cela. Alors on s'est mariés, et vite. Je voulais montrer à Paul que je n'étais pas en peine de garçon. Mais avec André, enfin vous me comprenez. Je n'ai rien à lui reprocher. Mais c'est plus fort que moi, à chaque brouille, je me dis : « Paul aurait fait, aurait dit... » Paul, je l'idéalise tout en sachant que c'est stupide. André n'y est pour rien. Et s'il fait sa trogne des mauvais jours, je ne peux m'en prendre qu'à moi. J'ai agi sur un coup de tête. J'avais trop de fierté. J'aurais dû avoir de la patience, car Paul, après tout, il n'est ni curé, ni marié.

⁂

Les confidences d'Odette ont ouvert la porte du jardin secret de Mouche. Elle songe à Blaise. Combien de jours sans penser à lui ? N'a-t-elle pas bâti sa vie sur le souvenir de quelques jours volés ? Elle se trouve des excuses. D'autres ont volé sa vie. Blanche ? Marguerite, peut-être ? Pour d'obscures raisons. Et Suzanne, la mère de Blaise, que sait-elle du passé de Marguerite et Blanche ?

Mouche a tant rêvé de Blaise chaque nuit, qu'elle a privé Gabriel de sa chance d'être réellement aimé par Mouche. Comment Gabriel pouvait-il percer l'écran des larmes de Mouche, l'atteindre alors qu'il était lui-même fragile ?

⁂

Odette a raconté à Mouche comment Renée avait rencontré Ladislas au groupe folklorique franco-polonais. Elle a dit n'avoir revu Renée et son époux qu'une fois après leur mariage. Les liens se sont défaits. Chacune a fait sa vie. Charmes n'est pas le bout du monde, mais il faut avoir besoin d'y aller, et Odette assure, quant à elle, qu'elle ne reviendra pas à Rochefontaine, qui semble avoir copié le modèle la haute bourgeoisie nancéenne.

— Enfin vous voyez ce que je veux dire. Aujourd'hui à Rochefontaine vivent de nombreux parvenus. Je préférais avant. Il me faut une vie simple. Le seul inconvénient à la campagne, et vous en ferez les frais aussi, petite madame, c'est que tout se sait.

Odette a attendu une réaction. Mouche n'a pas cillé.

— Faut quand même parler des enfants, si cela ne vous dérange pas. Les temps changent et la jeunesse aussi. Pour votre fille, faut pas vous tracasser. Mon Antoine est solide. C'est un bon garçon. Il n'y a pas de quoi en faire une histoire.

Une cliente a poussé la porte de l'épicerie et Louise en a profité pour se pencher vers Mouche.

— Méfiez-vous de ma fille et de ses airs tout sucre, tout miel. C'est pour vous faire causer. D'un mur, elle tirerait quelque chose. Quand elle vous dit n'avoir plus de nouvelles de Renée, j'en mettrais pas ma main au feu. Enfin, je vous dis ça... Elle n'est pas méchante mon Odette, mais elle espérait que les portes du Domaine s'ouvriraient pour elle. Qu'a-t-elle de plus que d'autres cette demeure ? Un passé, des racines, une histoire qui s'écrit, cahin-caha, allez, comme chez tout le monde.

Odette, elle a toujours voulu la lune. Elle voudrait qu'on fasse des manières devant elle. Elle se souvient de l'école. Les instituteurs faisaient des courbettes devant les Vuillemot. C'est pas pour dire, mais notre famille aussi était considérée. Et puis, vous savez, quand elle dit que Paul est resté son grand amour, c'est vrai, et c'est pas vrai. Paul lui a plu pour ce qu'il représentait, mais tout homme du même genre aurait trouvé grâce à ses yeux. N'empêche, elle ne songeait qu'à lui, elle me serinait « Paul ceci, Paul cela ». Elle avait fait une fixation. Le plus finaud dans cette affaire-là, c'est mon frère. Il avait tout compris. Quand il demandait des nouvelles d'Odette, il disait : « Comment va notre Scarlett ? » Et vous savez bien que Scarlett n'a pas été heureuse...

Mouche s'est attachée à Louise dont la route a croisé celle de Sarah.

Sarah et Louise se sont reconnues dans des racines qui chantent l'histoire d'un peuple.

— Parlez-moi encore de Sarah, Louise.

Sarah, il suffisait de lire ses yeux, l'ombre du regard, la fugitive lueur de fatigue et de découragement. Pour cacher un souci, Sarah se parait de gaieté comme elle se serait maquillée. Elle se voulait éblouissante, spirituelle et exhibait un rire qui ne trompait pas Louise. Elle venait jusqu'à la mercerie à la sortie de la messe en semaine. Louise l'invitait à s'asseoir et préparait le café.

— Je l'ai vue perdue dans je ne sais quel pays. Elle murmurait comme pour elle-même « si vous saviez, si vous saviez... »

Louise avait appris à écouter Sarah bien au-delà des mots. Tout en taillant, faufilant, piquant et brodant les étoffes, elle mettait un peu de baume sur ses bleus à l'âme. Mouche a recueilli ces souvenirs et s'y attarde en cet après-midi de juin. Ils la conduisent à Rochefontaine par une belle journée d'avril.

C'est au tour de Sarah de distribuer les journaux de la Ligue, Louise la voit et l'appelle.

— Sarah, Sarah, s'il vous plaît. Entrez un instant. Je vais vous faire goûter un fruit extraordinaire du pays d'Abraham.

Et du grand bahut de chêne sculpté de couronnes de roses, Louise sort un pamplemousse, expliquant que Nathan, son neveu, le fils de son frère, qui habite en Suisse depuis la guerre, est allé à Jérusalem. Elle rappelle à Sarah qu'il convient de faire un vœu puisque c'est la première fois qu'elle va manger de ce fruit.

Et Sarah ferme ses grands yeux sombres, met une main sur son cœur et laisse le sourire agrandir ses lèvres en murmurant :

— Y'oh, donnez-moi, Louise, de ce fruit du pays de l'Éternel !

Sarah aime ce fruit qui a poussé à Jaffa et parle à son âme — c'est ce qu'il semble. C'est un pamplemousse blanc. Il est un peu acide, et elle le déguste nature, sans grimacer.

— Alors, ce vœu, Sarah ?

— Je voudrais survivre à Génie et être « pour moi », au Domaine, seulement six mois. Rien que six mois, y'oh.

— Il se réalisera, Sarah, Génie la-Méchante est déjà âgée, ce n'est pas six mois que vous aurez, mais des années.

— Qui peut savoir ? dit-elle avec tristesse. Il y a encore Gabriel à élever. Dieu fasse que la vie lui sourie, qu'il soit enfin heureux ! Mais c'est Yahvé qui décide pour chacun.

Louise ressent à cet instant un coup au cœur, sa gorge se serre. Sarah sait-elle ses jours comptés ? L'Éternel lui aurait-il parlé en songe ?

— Je suis sûre, petite madame Mouche, que Sarah souffrait déjà à cette époque-là et que ceux du Domaine le savaient.

Mouche s'est indignée :

— Comment est-ce possible, comment peut-on laisser souffrir et mourir une femme, et pourquoi ?

Louise a haussé les épaules en replongeant dans ses petits carrés de laine.

Puis, elle a tenté de changer le cours de la conversation en expliquant ce qu'elle faisait :

— Vous vous rendez compte, moi une vieille femme, une juive, je travaille pour mère Teresa !

Et elle a éclaté d'un rire d'une étonnante jeunesse. Une lueur de défi est passée dans son regard. Elle était aussi heureuse qu'une gamine qui vient de dérober une pomme dans le jardin du voisin, et qui ose la manger sous son nez.

— Sans Nathan, rien ne se ferait. Comme il voyage un peu partout dans le monde, il connaît toujours une hôtesse, un steward qui fera escale dans l'un ou l'autre pays où mère Teresa a des communautés. Même Odette est mise à contribution. Quand elle va à Nancy, elle emporte à La Maison des Œuvres les travaux des tricoteuses et crocheteuses de Charmes et des environs. Je suis comme ça, faut que je fasse. Comme lorsque j'étais aux Établissements Behr sur la chaîne n° 2.

Avec Gaston, Louise avait créé le premier syndicat. Une lutte exaltante, doublée d'une histoire d'amour qui s'est terminée au port de Champigneulles quand on a repêché le corps de Gaston. Une mort mise sur le compte du brouillard. Gaston aimait marcher le long des berges du canal qu'il longeait à pied ou en vélo jusqu'à Maxéville pour rejoindre les ateliers Behr à l'entrée de Nancy. Les copains du syndicat n'ont jamais cru à la thèse de l'accident. Gaston dérangeait trop avec ses idées de justice. Louise a continué la lutte jusqu'en 1936. Elle a pleuré de joie quand les congés payés ont été accordés à tous. Mais sa mère vieillissait, il fallait lui succéder au petit salon de couture. Louise a quitté les Établissements Behr après avoir passé le flambeau de la lutte à ses copains. Elle a repris la clientèle de sa mère et l'a étendue. Elle travaillait bien. Sa gentillesse et sa bonne humeur ont fait se croiser chez elle les bourgeoises comme les ouvrières.

— N'empêche que je voudrais avoir vingt ans de moins pour changer de vie. Tout quitter pour suivre mère Teresa.

Mouche a écouté ce vendredi-là avec une si grande attention que Louise a cru l'avoir convertie à la cause des pauvres.

— Je vous apprendrai à crocheter. Ça peut toujours servir. Vous verrez, les hivers sont longs dans les Vosges. La télévision, c'est pas tout.

Mouche voudrait expliquer à Louise qu'elle n'est pas encore prête pour la charité. On ne peut pas tout faire.

— Plus tard, Louise. C'est une question de temps. Les pauvres ont besoin de couvertures et vous les faites. Moi, je voudrais leur donner à lire des histoires, comme d'autres leur montreraient un beau tableau à regarder. Un jour, j'irai peut-être aider une association qui s'occupe des démunis, mais pas maintenant.

Louise a posé son ouvrage, et levé les yeux sur la jeune femme.

— Mon Dieu, je crois entendre Sarah.

— Louise, parlez-moi d'elle et de sa foi. Je me pose tant de questions. Était-elle heureuse d'être devenue catholique ?

Pour Louise, quand on naît juif, on meurt juif. Entre les deux, ce sont des accidents de parcours. Sarah a été honnête. Devenue une Vuillemot de par son mariage, elle a pratiqué la même religion qu'eux. Mais elle a gardé un œil sur le calendrier religieux juif. *Yom Kippour, Pessa'n*... À l'occasion, Louise lui offrait le *matza.* D'abord Sarah disait non. Elle agitait l'index de gauche à droite pour appuyer son refus, puisqu'elle était catholique. Louise insistait : « Pour moi et pour le souvenir... » Ah, ce regard pétillant d'étoiles quand Sarah portait à sa bouche le pain de misère et de liberté ! Louise n'a jamais pu savoir si Sarah retrouvait une joie première, ou si son contentement naissait à l'idée du pied-de-nez qu'elle faisait ainsi à Génie.

— On a dû vous parler de sa bonté, de sa patience, de sa soumission comme d'une légende, mais vous a-t-on dit qu'avant la maladie, Sarah n'engendrait pas la tristesse ?

— Malgré mes efforts, je ne serai jamais Sarah, soupire Mouche.

Elle a dit cela sans réfléchir. Louise a posé son ouvrage.

— Vous aussi, Mouche, vous êtes une étrangère chez eux ?

— C'est différent, je n'ai pas vécu au Domaine, et je n'ai pas connu Génie.

— Mais il y a eu « les autres ». Oh, j'ai su, j'ai su. Quand ils ont appris que Gabriel vous fréquentait... Tout Rochefontaine ne parlait que de cela !

Mouche aussi se souvient. Elle connaît par cœur la lettre reçue chez Marguerite. Qui l'a pensée ? Rédigée ? Elle est tapée sur un papier à en-tête du Domaine.

Nancy, 1963

Mademoiselle,

Gabriel vient de nous faire part de son désir de vous épouser. Nous ne pouvons pas vous dire que nous nous réjouissons, car nous trouvons Gabriel bien jeune pour fonder une famille. Il n'a pas terminé ses études.

De plus, nous ne pensons pas vous faire injure en faisant référence au passé de votre famille, notamment au mode de vie de votre mère. Si Gabriel vous épouse, des enfants naîtront de votre mariage. Faut-il que des petits-enfants aient un jour à rougir de la conduite d'une de leurs grand-mères ?

Nous voudrions pouvoir vous accueillir sans arrière-pensée. Malheureusement, le choix de Gabriel ne va pas dans ce sens.

Puisque vous aimez Gabriel, vous saurez ne pas lui nuire, prendre les mesures qui s'imposent pour ne pas faire entrer le déshonneur dans une famille irréprochable.

Recevez, mademoiselle, nos salutations distinguées.

Famille Vuillemot

— Quitter Gabriel ne sera pas trop difficile, se dit Mouche. Se donner au gros Lucien, c'est autre chose.

Ainsi la conduite de Blanche fait obstacle au possible bonheur de Mouche ! Bien que blessée dans son amour-propre, elle se range aux raisons des gens du Domaine. Elle s'éloigne, sans rien dire à Gabriel. Pour l'aider à croire les siens, elle s'acharne à devenir celle que ceux de Rochefontaine voient. Ce n'est pas très difficile de mettre les apparences contre soi. On voit donc Mouche au Grand-Théâtre, ou à la Salle Poirel à Nancy. On la rencontre accompagnée au café que fréquentent les étudiants, près de la Faculté de mathématiques et de sciences près de la porte de la Graffe. Gabriel n'est pas sans l'apercevoir dans une attitude suffisamment équivoque pour qu'on devine que la conversation du couple se poursuit bien au-delà d'une tasse de café ou de chocolat. Or, il s'accroche à elle, jusqu'à cette nuit, où il sonne rue des Ponts, chez Marguerite qui les a parfois accueillis.

— Mouche est ici, je veux la voir. S'il vous plaît. J'ai besoin d'elle. J'ai, j'ai... quitté le Domaine.

Debout, cachée derrière le rideau qui sépare le séjour du salon, Mouche écoute. Il la veut malgré son passé, malgré sa réputation et son inconduite. Tout va très vite dans sa tête. Elle pourrait donc échapper au gros Lucien qui s'est remis en piste. Mais a-t-elle le droit d'entraîner Gabriel dans une telle aventure ? On saura, il sera la risée de tous. Il souffrira. Et il ne le mérite pas. Il est si gentil, si doux. Elle va lui parler. Tout à la joie de la retrouver, il ne veut rien entendre des révélations importantes qu'elle se doit de lui faire.

— Je veux vous aimer. C'est tout.

Elle est touchée par son regard abritant l'immense d'une détresse venue de si loin et qu'elle ne peut comprendre. Bien sûr qu'elle veut lui dire Blaise, et ce qui se passe en elle. Elle pose sa main sur son ventre. Il l'empêche de parler et répète sans cesse :

— Rien ne compte, que vous, au présent et... dans l'avenir.

Alors elle parle, hausse le ton, il se bouche les oreilles. Elle s'accroche à ses poignets pour arracher les mains de ses oreilles. Il doit entendre. Et comme il est une heure du matin, les voisins du dessous cognent au plafond pour faire taire la petite furie.

— J'ai besoin de vous. Vous pouvez m'aider, m'aimer peut-être. Nous partirons. Personne ne pourra dire quoi que ce soit.

Et Mouche oublie tout ou presque, jusqu'à se bercer d'illusions, jusqu'à croire ce jeune homme fragile fort comme un roc.

*
* *

Toujours clouée sur le banc du jardin par la chaleur orageuse, Mouche songe encore à ce que lui a confié Louise il y a peu et elle en est bouleversée.

— Sarah vous aurait aimée, Mouche ! Quand je vous regarde, quand je vous écoute, je trouve que vous lui ressemblez.

— Paul me l'a déjà dit. C'est gentil, mais inexact. Car Sarah était aussi belle dedans que dehors, comme vous dites. Moi pas.

— Mouche ! s'est indignée Louise. Votre beauté est là, mais cachée dans la confusion des sentiments qui vous agitent. Et puis, il y a vos yeux. Mon Dieu, ces yeux ! Rien n'est accompli en vous parce que vous êtes trop occupée à chercher une vérité. Soyez prudente.

*
* *

Mouche continue de laisser errer ses souvenirs. Elle est tendue, oppressée.

— Est-ce la chaleur ou la folie qui me grignote jour après jour ? songe-t-elle.

*
* *

Le téléphone. Elle sursaute. Elle a oublié jusqu'à son existence. Elle abandonne le jardin écrasé sous la touffeur. Il est plus de vingt heures. Elle est donc restée livrée à ses pensées tout l'après-midi. Elle rejoint la maison, traverse le salon où Brutus s'est installé pour dormir au beau milieu du tapis. Vers le bonheur-du-jour où le téléphone a trouvé place, Mouche se penche.

— Alors, petit miracle du verbe, murmure-t-elle en saisissant le combiné noir. Quoi ? Qui ? Gabriel ? À Metz ! Et... Et... Tout va bien ?

Il y a quinze mois que Gabriel n'a pas donné signe de vie. Il n'est jamais venu à Charmes. Pourquoi cette visite ? C'est Mouche qui devait écrire, ou appeler quand elle se sentirait prête. Le puzzle n'est pas terminé. Le termineront-ils ensemble ? Mouche est déchirée par l'espoir et l'angoisse à la fois. Gabriel vient-il annoncer une décision irrévocable ? Si c'est le cas, elle s'inclinera. Elle ne suppliera pas. Blaise l'a trop accompagnée. Elle a si souvent imaginé leurs retrouvailles. Courir jusqu'à lui. L'air de la mer envelopperait leur étreinte. Le prince, qui lui avait autrefois rendu la parole, lui rendrait aussi l'amour. Mais il faudrait quitter Gabriel et les enfants ? Si une femme peut rompre avec un homme, une mère peut-elle quitter ses enfants ? Mouche n'avait pas le droit. Pour eux, elle a appris et joué son rôle de mère. Elle a enterré les vieux griefs et conduit les enfants au Domaine, parce que là est une part de leurs racines. Sur ce point Mouche n'a pas failli. Elle aura été presque parfaite. C'est l'interprétation de son rôle de femme et d'épouse qui a laissé à désirer. C'est un jeu qui se joue à deux. Dans le couple

Mouche-Gabriel, chacun a tenté de s'accrocher à l'autre. La faiblesse de l'un réveillait celle de l'autre.

Gabriel a téléphoné. Mouche marche, tourne, se frappe le front de l'index droit. Une question dont la réponse ouvre la porte à d'autres questions : Pourquoi Gabriel vient-il tout bousculer avant l'heure ? C'est trop tôt. Trop tard ? Elle ne sait plus, elle ne saura pas ? Pourra-t-elle le regarder ? Osera-t-elle tout dire ? Mais est-elle sotte, elle ne pense qu'à elle ? Et si lui, Gabriel, avait besoin d'aide ? Mouche mesure son impuissance à l'aune de la détresse de l'instant. Se peut-il que toutes ces années de lutte et de renoncement n'aient aucun sens ? Elle voudrait pleurer, se libérer tout simplement de son impuissance.

— Vous pleurerez quand vous ne douterez plus de votre capacité d'aimer, quand vous aurez admis que vous êtes digne d'être aimée, lui a dit un jour Brigitte.

Voilà qui ressemblait aux maximes du père Étienne.

— On ne peut pas aimer les autres si on ne s'aime pas.

Paul avait permis cette rencontre avec le père Étienne, quand Mouche, à la demande des enfants, les avait accompagnés jusqu'au baptême. Elle avait ensuite accepté de cheminer, une fois par mois, avec une équipe de catéchèse. Elle aidait à la préparation des célébrations. Mais les scrupules ont surgi. Qui était-elle pour donner des leçons ? Le doute fut si fort chez elle qu'elle mit fin à l'expérience. « Je n'ai pas la grâce », déclara-t-elle au père Étienne, avec qui elle garda cependant quelques liens épistolaires.

***

Mouche essaie d'imaginer le retour de Gabriel. Surtout ne pas paniquer, se dit-elle. Il faut avancer. Grandir. Jusqu'à présent, elle a joué tous les rôles sans les habiter de l'intérieur. Voilà une autre vérité qui surgit comme le rideau se lève sur le théâtre de sa vie. Mais le théâtre est vide. Elle est seule sur scène en cet instant.

Elle s'apprête à saisir les clés de la R5 pour aller cueillir son mari qui doit faire les cent pas dans le hall de la gare de Metz, parce qu'il n'a pas de correspondance pour Nancy ou Vittel, quand le téléphone se fait à nouveau entendre.

— Au Domaine ? Mais pourquoi Tante Léna ? Que vont penser Renée et Ladislas ?

— Faites ce que je vous dis. Vous n'y rencontrerez personne puisque Renée et Ladislas sont en route pour La Fourasse. Je viens de les appeler pour leur dicter mes dernières volontés. C'est l'heure, dit Léna soudain d'une voix sourde.

— Non Léna. Non ! Vous n'allez pas mourir !

Mouche est terrifiée à cette idée.

— Mouche ce n'est pas triste. Pensez à moi. Je vais enfin retrouver Moshe. Allez au Domaine pendant que je retiendrai Renée et Ladislas à La Fourasse.

Que signifie donc l'appel de Léna ? Pourquoi se décide-t-elle à révéler le lieu des « carnets bleus » de Sarah pour les donner à Mouche ?

Dans un murmure presque inaudible, Léna précise :

— À cause de Gabriel. Pardonnez-moi Mouche, comme à Moshe.

Le souffle de Léna se fait plus court. Les mots qui parviennent au bord de ses lèvres sont arrachés aux années. Il faut les cueillir, les accueillir précieusement.

— Trouvez vite ces « carnets bleus », vous seule. Pas les autres. Jurez Mouche, jurez-le pour Sarah.

Mais comment faire ? Et Gabriel qui attend à Metz ! Elle n'aura pas le temps. Qui peut l'aider ? Paul ? Mouche est tellement perturbée qu'elle laisse le doute s'installer. Et s'il était comme ceux du Domaine de Rochefontaine ? Elle prie, elle ne sait plus qui a dit que Dieu écoute toutes les prières, même celles des incroyants. Elle s'adresse aussi à Moshe :

— Moshe, vous aurez toute l'Éternité pour continuer à écrire votre histoire avec Léna, faites quelque chose, s'il vous plaît, pour l'amour de Gabriel.

En cet instant, elle prierait n'importe qui, et peut-être s'en remettrait-elle aux princes des ténèbres, si les saints, les anges et Dieu lui-même s'obstinaient au silence. Elle rappelle Léna à la maison de retraite. Elle veut avoir l'assurance que Paul est de son côté. C'est Lisbeth, l'infirmière, qui décroche.

— Léna ne va pas plus mal. Elle est lasse, très lasse. Oui, elle est calme presque ailleurs déjà. Non, elle n'a pas l'air de souffrir. Juste un peu d'impatience, comme si elle attendait quelqu'un. Régulièrement elle pose les yeux sur la porte de la chambre.

Lisbeth ne comprend pas vraiment la demande de Mouche

— Madame, demandez à Léna « si Paul peut aider Mouche ».

L'infirmière transmet le message en ayant soin d'articuler chaque syllabe pour se faire comprendre de Léna, qui s'agite, prend le bras de la jeune femme, s'y agrippe, soulève la tête de ses oreillers et sourit en clignant les yeux en signe d'acquiescement.

— Elle fait signe que oui, précise Lisbeth à Mouche, et elle murmure : « Pardon, mon enfant. »

— Embrassez-la, dites-lui que je l'aime, et que je n'ai rien à lui pardonner. Il n'y a pas d'offense.

⁂

Mouche est au comble de l'excitation quand elle appelle Paul à Thorey. Son débit est si précipité qu'il s'inquiète. D'abord, il veut venir à Charmes. Ce sera plus simple. La laisser seule, sur la route, dans cet état, avec l'imminence d'un orage qui plonge déjà la région dans une nuit précoce. Il insiste. Il lui demande de faire un effort, d'être calme, pour elle, pour les enfants, et pour tous ceux qui l'aiment, lui par exemple.

— Pas le temps, pas le temps.

Elle charge Paul de cueillir Gabriel à la gare de Metz et de le ramener à Charmes, pendant qu'elle se rendra au Domaine.

— Non, Paul, on ne peut pas faire les deux. On ne doit pas faire attendre Gabriel. Et puis il faut passer par Le Domaine, à cause des « carnets bleus » de Sarah. Renée et

Ladislas ne doivent pas savoir. Léna ne veut pas. Paul, on n'a pas le temps.

Si Mouche pouvait retrouver son calme. S'il pouvait voler jusqu'à elle.

— Soit, j'irai chercher Gabriel. Oui, tout ce que vous voulez Mouche, je vous promets tout, mais à une condition. Vous allez m'écouter seulement une petite minute. Je voudrais vous préciser certaines choses qui ont lieu en ce moment au Domaine. Écoutez-moi bien, c'est très important. Mouche vous m'entendez, c'est dans votre intérêt.

— Rien n'est important, excepté les « carnets bleus » de Sarah, et Léna qui se meurt. Vous entendez Paul, vous êtes mon ami n'est-ce pas ? Je vous en prie, allez chercher Gabriel.

Elle ne prend pas la peine de raccrocher le téléphone. Elle quitte la maison en courant, saute dans la R 5, claque la porte en mettant la clé de contact. Paul ne s'aperçoit pas immédiatement du départ de Mouche, il est toujours au téléphone à fournir des explications qu'il estime nécessaires. Quand il réalise qu'il parle dans le vide, il jette rageusement son téléphone à terre. Il n'y a plus une seconde à perdre.

⁂

Mouche roule le pied quasiment collé au plancher. Elle va passer non loin de la colline de Barrès qu'elle escaladait petite fille. La veille, elle est allée à Bouxières chercher Auguste pour le conduire jusqu'à la Vierge aux bras tendus. Il avait les larmes dans les yeux. En cours de route, il a parlé, parlé, de Sarah, de Génie, de lui aussi. Il a dit combien il regrettait d'avoir été si peu accueillant.

— Les préjugés, c'est bête. Que de temps perdu !

Elle s'est forcée à plaisanter :

— Vous aviez sans doute de bonnes raisons.

Elle a trouvé du plaisir à cette sortie qu'elle s'était imposée. Auguste est un homme charmant. Un doux élevé par des femmes, soumis aux femmes, à sa grand-mère, à sa mère. Il se plaint, interroge. Pourquoi Gabriel demeure-t-il si loin des siens ? Auguste a encore questionné. Et Marguerite ? Et Blanche, et son mari ?

Mouche s'est moquée.

— Lequel ?

— L'officier de marine, Roland Pontiac voyons.

— Touché, mais coulé. En ce moment, Blanche file le parfait amour avec Édouard Morant, un valeureux capitaine d'infanterie, décoré comme il se doit. Comme vous pouvez le constater, Blanche a à cœur de servir la France. Une sorte de rachat. Et cette fois, mariage il y aura. Édouard et Blanche sont tombés enfin d'accord. Mais chut !

— Ne voyez aucune méchanceté de ma part, je prenais des nouvelles tout simplement.

— Je vous crois, Auguste. On a quelquefois été un peu injuste à l'égard de Blanche. On lui a reproché son goût immodéré pour le bel étranger après la guerre. Elle n'avait qu'un peu d'avance sur son temps. Elle avait déjà l'esprit européen et mondial. On avait oublié les risques pris pendant la guerre. Maintenant Blanche s'assagit, revient à ses racines. Les militaires ont sa préférence.

— C'est votre mère tout de même.

— C'est surtout Marguerite, ma grand-mère, qui m'a élevée. À tel point que les enfants appellent leur grand-mère Blanche par son prénom, et Marguerite, mémé. Je n'ose pas imaginer quelle serait la réaction de Blanche si on l'appelait mémé ou mamy. Elle n'a jamais voulu que je l'appelle autrement que Blanche. Nous étions comme deux sœurs. C'est ce qu'elle disait :

— Vous êtes une chic fille.

— Attention Auguste, pas de flatterie, sinon je vous dépose sur le bas-côté.

— Non ?

— Je suis férocement sérieuse.

Mouche s'est retenue. Elle a failli se confier à Auguste, lui dire combien, enfant, elle avait souffert de l'attitude de Blanche. Peut-être Auguste aurait-il pu l'éclairer sur quelques zones d'ombre que Mouche n'a jamais pu expliquer.

La jeune femme se revoit enfant en train de contempler sa mère qui s'apprête pour sortir.

— Un seul baiser, Blanche, un tout petit.

Blanche ne répondait pas, n'entendait pas. Mouche admirait sa mère qui savait se faire si belle. Elle la regardait fascinée quand elle étalait avec une incomparable grâce les crèmes onctueuses et parfumées sur son visage. Puis ses longs doigts tapotaient la peau des joues et jusque sous le menton. Ensuite, elle ouvrait le poudrier nacré, saisissait la houppette rose, la frottait légèrement dans le poudrier. Venait alors la rencontre de la houppette et des pommettes, et des joues de Blanche, là où la petite fille rêvait de poser ses lèvres. Et puis Blanche dessinait, marquait, soulignait les sourcils et le contour des yeux. Et quand elle se coiffait... Mouche n'osait respirer de peur d'effaroucher les mèches de cheveux que la jeune femme plaçait une à une, à gauche ou à droite de la tête avant de les fixer d'un jet de laque. Alors, elle se contemplait de face, de profil, de trois quarts et ce, jusqu'à l'ivresse. Que voulait-elle oublier ? De quoi voulait-elle se persuader ? Blanche passait des heures devant son miroir, comme si elle livrait une bataille. La petite fille résistait autant qu'elle le pouvait à l'envie de se jeter contre elle. Être près d'elle, garder cette si belle maman, la respirer. Une fois, elle s'est risquée, a enfoui la tête dans la jolie jupe de velours noir avant de se hisser sur ses genoux et de poser ses petits bras autour de son cou. Elle voulait lui dire : « Tu es si belle maman. » Et Blanche l'a repoussée sans ménagement.

— Ah ! elle me décoiffe...

Blanche avait pris son humeur des mauvais jours. Insensible au désir de tendresse d'une petite fille, elle ne supportait pas les élans de Mouche. Désirée, pas désirée ? Mouche ne comprenait pas les grandes personnes qui disaient de drôles de choses en parlant d'elle.

— On n'aurait jamais dû laisser faire *ça*.

C'était quoi ça ? Qui avait commis une faute, et laquelle ?

Mouche se souvient d'éclats de voix entre sa mère et sa grand-mère.

Marguerite se fâchait.

— Tu exagères, Blanche, la petite n'y est pour rien.

— Il ne lui suffit pas d'être née. On ne lui avait rien demandé. J'ai pourtant tout essayé. Il ne lui suffit pas de m'avoir meurtrie en naissant. Faut qu'elle continue à me coller. La tendresse, la tendresse, mais elle en a avec toi, sa grand-mère.

Et Blanche courait se réfugier dans sa chambre qu'elle fermait à clef, laissant Mouche interdite. Marguerite se penchait alors vers l'enfant, l'emportait en lui murmurant :

— Tu es ma princesse, tu es la plus jolie et je t'aime.

— Pourquoi Blanche ne m'aime pas ?

— Elle ne sait pas qu'elle t'aime. Elle ne sait pas le dire. Elle est plus malheureuse que toi.

⁂

Au pied de la colline, Auguste s'est laissé aller aux confidences. Il a raconté l'éloignement de Gabriel après la mort de Sarah. Il a confessé ses maladresses aussi.

⁂

Mouche est toujours aussi agitée par ses pensées et par la perspective de retrouver les « carnets bleus » de Sarah. Elle est étrangère au ciel couvert de lourds nuages et au vent qui couche les herbes sur le bas-côté de la route. Elle s'interroge encore sur cette famille sourde et aveugle aux laideurs qu'elle abritait. Les maisons d'autrefois rassemblaient plusieurs générations sous le même toit. Tout se savait. Il n'est pas de respiration, de parole, de souffle qui ne soient étrangers à chacun. Au Domaine, les chambres d'une même famille étaient groupées au même étage. On ne pouvait pas ne pas savoir.

L'attention de Mouche se meut en crispation. Le volant de la voiture lui brûle le creux des mains et ses bras deviennent lourds. Au pied de la colline, tout près de Thorey-Lyautey, elle songe à Paul. Est-il déjà parti pour Metz ?

Mouche sait cette Vierge paisible aux bras tendus dans le ciel de juin, belle comme le matin du monde. Quel contraste entre le tumulte qui fait cogner son cœur dans sa poitrine jusqu'à la douleur, et la tendresse du Xaintois aux arrondis généreux, si souvent nimbés des brumes.

Vaudémont ! Les terres se plissent fièrement et dressent le mont Sion à quelque cinq cents mètres. Depuis l'aube de la chrétienté les foules se pressent sur la colline en chantant la Vierge qui ne cesse de donner son fils au monde. La Lorraine garde sa réserve. Ni apparition, ni miracle. Seules, la foi et la prière ont tracé les sillons d'une terre en attente pour se mêler à l'encens des offices.

Enfant, Mouche y venait avec les enfants du patronage de l'école Saint-Jean au début de chaque été. La religieuse qui les accompagnait leur répétait que leur Maman du Ciel les bénissait. Parti de Nancy, après s'être arrêté à chaque gare, l'autorail les déposait à Praye-sous-Vaudémont, au pied de la colline. Le chemin était rude à leurs petites jambes. Les vignes d'un côté, les mirabelliers ou les pruniers de l'autre. Au sommet, tous se laissaient choir et contemplaient avec respect la « Belle Dame » en haut de la basilique.

D'où lui vient tant de grâce qui puisse inonder les lieux et les cœurs ? Qui donc, sauf la toute-puissance de Dieu, a pu hisser haut la Dame de Lumière pour que toute la région la contemple, et s'adresse à elle, aux jours de tristesse, comme aux jours de joie ?

La basilique s'ouvrait à eux, et leurs yeux exercés depuis peu à la lecture déchiffraient les ex-voto qui tapissaient les murs. Et puis, tous couraient mettre un cierge. Mouche comptait : un pour Blanche et Marguerite, un pour la tante Adèle ou la cousine Joséphine, et un pour le papa qu'elle cherchait. Après le pique-nique tiré du sac, avant l'ouverture du magasin de souvenirs tenu par les Oblats de Marie, et le grand jeu qui allait conduire les enfants du monument dédié à saint Joseph, à celui de Barrès, au pied des arbres bordant le chemin, Mouche grattait le sol à la recherche des petites étoiles porte-bonheur.

Bien avant de connaître l'histoire des frères Baillard, pour avoir respiré les lieux et leur mystère, elle comprit l'attirance de Barrès pour la colline. Elle ne savait rien de cet homme, dont jamais, et c'est sa fierté, elle n'a partagé les idées par la suite, mais elle s'est souvent assise sur son banc, celui dont on dit qu'il se trouvait dans la cour de l'auberge tenue par sa grand-mère à Vaudémont. Barrès, né à Charmes, partageait son temps entre Paris et Nancy. Il venait chercher l'inspiration chez elle. Sur ce banc il disait : « Raconte, grand-mère, que je m'inspire. »

Alors que des grappes d'enfants s'éparpillaient aux alentours, une petite fille, face à la « ligne bleue des Vosges », se demandait si elle écrirait un jour comme monsieur Barrès — « écrivain catholique » insistait la sœur. Elle percevait doucement le mystère de Sion qui étreint le voyageur et embrase le pèlerin.

Hier, Auguste à son bras, Mouche a ressenti la même étreinte. Ce soir, la colline, déjà illuminée, émerge des brumes qui succèdent à la touffeur orageuse d'un été tout proche, et s'offre aux vents, alors que de lourds nuages rôdent. L'orage pourra se déchaîner, la nuit finira par envelopper la colline autant de paix que de mystère.

La veille, vers les dix-neuf heures, les pèlerins s'apprêtaient à repartir, mais Auguste a voulu rester jusqu'au dernier office alors que le soleil couchant caressait presque religieusement les lieux. C'est à peine si la cloche de la basilique a déchiré le silence.

Si l'éternité se cultive, c'est ici qu'est son jardin. La basilique lui fait un rempart. Sur cette terre la Dame de Sion n'en finit pas d'appeler, d'offrir et de s'offrir depuis le Ve siècle. Les ducs de Lorraine sont passés, s'y sont arrêtés, le temps d'épousailles ou de réconciliations.

Et pour Mouche que sera ce lieu ?

Elle revoit la petite fille qui courait, s'arrêtait saisie de bonheur et de vertige. Elle revoit la jeune fille au bras de son fiancé il y a dix-huit ans. Il ne savait rien. Elle essayait maladroitement, mais tout en souhaitant qu'il ne comprît pas, de le mettre en garde. Mais il ne pouvait pas, il ne voulait rien entendre. Il la regardait.

— Qui que vous soyez, je sens votre âme bonne et généreuse, comme celle d'une femme que j'ai trop peu connue.

Voulait-il parler de Sarah ?

Mouche n'a pas oublié cette jeune fille à quelques semaines de ce mariage qui fut célébré ici, « dans la stricte intimité », sans famille, avec seulement deux témoins.

Pourquoi Mouche a-t-elle tant attendu avant de reprendre le chemin de la colline puisqu'elle aime cette terre fumante ? Autrefois, la petite fille se confiait à la Dame de la Basilique. Autrefois, tout était presque simple.

— Allons, se dit Mouche, Belle Dame, qui que vous soyez, vraie dame, ou un rêve, je vous le promets, je reviendrai, je marcherai encore sur cette terre, mêlant mes pensées et mes prières au souffle des vents d'hiver comme à la brise estivale. Ô, Belle Dame, une enfant, puis une jeune fille sont venues, c'est une femme qui reviendra. Et le temps qui n'a pas de prise, car vous êtes de toute éternité, fait que vous la reconnaîtrez. Elle n'épuisera plus la terre comme autrefois à chercher des étoiles. Elle vous les offrira, écrites à l'encre de votre lumière et de votre mystère. Mais saura-t-elle ?

Ce soir est bien sinistre. Et si ce voyage était le dernier ?

— Belle Dame, reprend Mouche le cœur serré, puisque c'est vous que l'on prie à l'heure de la mort, ne m'abandonnez pas, et soyez auprès de Léna. Il est des étoiles qu'il faut retrouver : celles de Sarah. Peut-être sont-elles prisonnières des pages de ses « carnets bleus » ?

*
**

Mouche a laissé Sion derrière elle. Elle a rejoint l'autoroute qui la conduit aux portes de Nancy et de Rochefontaine. À plusieurs reprises, elle double sans prévenir, risque l'accident, doit se déporter ou se rabattre. Les autres conducteurs lui font des appels de phares. Dans sa hâte d'arriver, elle roule trop vite, fait une embardée, s'écarte jusque sur la bande d'arrêt d'urgence, redresse sa trajectoire, réintègre la file de droite. Nancy. Là, devant elle, la ville s'étend prise dans la même gangue orageuse que son jardin de Charmes. L'orage sévit au-delà du plateau de Malzéville. Elle vient de longer les nouveaux quartiers du Haut-du-Lièvre, du Champ Le Bœuf. Elle amorce déjà la descente qui conduit au cœur de Nancy qu'elle ne traversera pas. Rochefontaine, c'est vers la gauche. Un panneau immense, géant : « La vitesse ou la vie ? » L'a-t-elle vu seulement ? C'est au suivant, quand elle lit : « La vitesse ne vaut pas la vie », qu'elle se souvient des recommandations de Paul : « Pour vous, pour les enfants et ceux qui vous aiment. » Si elle doit faire attention, ce n'est pas pour elle-même — dont elle se soucie peu —, mais pour les enfants. Rien que pour eux.

Qui donc voudrait d'elle ? Est-elle encore « aimable » ? Elle rit du jeu de mots. Sait-elle aimer ? Elle n'est qu'une femme qui se cogne au vide d'aimer. Les enfants ? Elle frissonne en les imaginant orphelins. C'est le devoir qui lui dicte de lever le pied. Sa tâche n'est pas terminée. Jusqu'à ce jour, elle a pallié, comme elle l'a pu, l'absence du père. Il reste au moins un acte à jouer : permettre au père de ses enfants de naître enfin à l'état d'homme et de père. Après, elle pourra disparaître.

— Chers enfants, *nos* enfants devenus *mes* enfants par la force des choses.

Paul a raison, prudence, prudence. Devant elle, s'étendent les faubourgs de Nancy. C'est vers Rochefontaine qu'elle se dirige. La descente est dangereuse. Le ciel est si noir. Après la chaleur écrasante de la journée, la pluie s'est mise à tomber, de grosses gouttes espacées qui s'écrasent sinistrement sur le bitume et rendent la chaussée glissante. Par-dessus les vallons qu'elle devine, des éclairs zèbrent le ciel. Mouche se trouve face à un paysage étrange, irréel. Mourir. Elle va mourir. Mais qui parle de mourir ? Elle veut vivre. Pour les enfants, et pour savoir bien sûr.

— Je veux vivre, dit-elle à haute voix pour s'en persuader.

Sa tête cogne et résonne de mille tambours. Son cœur bat jusqu'à faire exploser son torse. Le souffle lui manque et son dos se raidit. Ses bras se font lourds, si lourds au volant.

— Je veux être forte. Je suis forte.

Elle ne veut plus être saisie par le mal et la nuit. Elle aspire à la lumière. Mais la nuit est trop dense pour laisser filtrer la moindre lueur. Pour repousser le mal, Mouche jette des phrases, des mots à la nuit tombante. Il ne faut pas s'abandonner à la tétanie. Elle connaît l'origine de cette maladie qui bloque le corps jusqu'à la paralysie, quand elle ne peut pas le libérer par la parole ou les larmes. Mouche sait que les larmes sont autant de paroles confisquées.

Est-ce parce qu'elle approche du Domaine que la souffrance de Gabriel passe et repasse sans cesse dans sa mémoire ? Elle sait tout de son enfance bafouée. Gabriel a fini par raconter sa peur du présent, car le passé le meurtrissait de partout. Longtemps Mouche a culpabilisé : épouse médiocre, amante inexistante dans les bras de Gabriel qui rêvait d'égaler de supermecs acrobates de l'amour, ceux qui font geindre de plaisir leur compagne. Une obsession vautrée dans le fantasme qu'il cultivait, afin de se laver des humiliations passées.

— Je vous ai déçue n'est-ce pas ?

C'était trois jours après leur mariage, il baissait la tête devant son bol de thé. Trois jours sans oser la regarder. Trois jours à la frôler, sans pouvoir l'approcher, et elle, engluée par le souvenir de Toulon.

Mouche pense être prudente à l'approche de Rochefontaine, mais il n'en est rien. Elle se demande comment la folie latente en tout être se déclare. Est-ce que dans sa tête les verrous auraient cédé ?

— Je deviens folle, c'est ça, folle, et étonnamment lucide.

Dans sa tête les pensées se télescopent. Blaise, c'était hier, et aujourd'hui, c'est plus jamais. Aujourd'hui, c'est Gabriel et son infinie tristesse. Demain Gabriel et son chagrin. Pauvre Gabriel. Pourquoi l'aurait-il déçue ? Cela lui était bien égal à elle de demeurer au seuil du plaisir. C'est son cœur qu'elle voulait atteindre. Comment lui dire : on fait d'abord cœur à cœur avant de faire corps à corps. C'est votre cœur seul qui pourra faire chanter le mien. Et quand mon cœur aura chanté, le reste viendra. Or, Gabriel se battait avec son corps. Il voulait le réhabiliter pour l'offrir à Mouche paré d'une nouvelle pureté. Mais il ne savait pas que cette nouvelle pureté était à conquérir, dans et avec l'amour. L'usure a succédé à la lassitude face aux résistances que Gabriel édifiait inconsciemment pour se protéger du bonheur. Ailleurs était sa vie. Il cultivait d'autres terres, étreignait d'autres paysages dont ses yeux gardaient parfois la trace quand la vague du souvenir lavait son âme et qu'il rentrait au port le temps d'une brève escale. Il déployait alors d'étranges voilures, sombrait dans des méditations silencieuses, abîmait son regard sur les récifs de la nostalgie.

« Tenir bon » devint la devise de Mouche, pour les enfants.

Elle a laissé Nancy derrière elle au moment où ses souvenirs l'emportent à la sortie d'un concert de musique de chambre à la salle Poirel. Mozart et Vivaldi étaient au programme. C'était juste après Toulon. Les dernières notes du *Printemps* flottaient encore dans l'air et la salle se vidait quand Mouche rencontra Gabriel pour la première fois. Elle n'était pas seule. Sur l'ordre de Blanche, elle accompagnait Lucien.

— Tu n'as plus le choix. Sois gentille avec lui. Il ferme les yeux sur tout. Tu entends, sur tout.

Une légère bousculade avait fait tomber le sac à main de Mouche. Gabriel s'était baissé. Et Lucien, furieux, avait littéralement traîné Mouche jusqu'à sa R16. Et Mouche de jouer les effrontées en se retournant tout en adressant un pied-de-nez à Lucien. Le sourire de Gabriel était prometteur. Le hasard permit une nouvelle rencontre le lendemain aux *Magasins Réunis*. Les jeunes gens exploraient les nouveautés du rayon disques. Gabriel se contentait d'observer Mouche à la dérobée. Elle sut qu'il ne lui parlerait pas si elle ne faisait pas le premier pas. Déjà il s'éloignait, contournait le rayon. Sa démarche trahissait un mystère, une sorte de secret. Elle perçut chez le jeune homme un immense besoin d'évasion qu'elle saurait combler grâce aux leçons de Blanche et au grand désespoir de Marguerite. Mouche narguait ainsi sa grand-mère depuis son retour de Toulon.

— Vous avez aimé ce concert et ce quatuor ? demanda Mouche à Gabriel.

Il bafouilla. Elle couvrit ses hésitations par une analyse de l'interprétation, qu'elle trouvait ordinaire, suffisante pour des provinciaux, et l'acoustique d'une salle qui laissait à désirer. Il trouva son jugement sévère et le lui dit. La glace fondait. Il trouvait même quelque plaisir à converser. Il conclut en s'inquiétant pour elle, jeune captive — il ne trouva pas d'autres termes — d'un père si... Et Mouche, frondeuse, provocatrice même, lâcha :

— Ce n'est pas mon père, je n'en ai pas. C'est l'ex-amant de ma mère.

Deux mois et demi après, les jeunes gens se mariaient contre le gré de ceux du Domaine qui coupaient les vivres à Gabriel. Mouche attendait Sophie. Elle se mit au travail jusqu'au jour de l'accouchement afin de permettre à

Gabriel de finir ses études. Elle rit du dernier emploi occupé avant d'aller accoucher précipitamment. Caissière dans un cinéma qui projetait des films X interdits aux mineurs. Elle n'avait pas dix-huit ans à une époque où la majorité était encore fixée à vingt et un ans. Elle ne voulait pas être un souci pour Gabriel qui l'avait accueillie, ni un obstacle à son diplôme d'ingénieur. Marguerite a souvent arrondi les fins de mois du jeune couple, tandis que Blanche se lamentait parce que Mouche ne répondait pas aux sollicitations des hommes qu'elle lui présentait, et qui l'auraient mise à l'abri du besoin. Blanche mélangeait tout. Comment pouvait-elle comprendre que Mouche voulait vivre une vie plus simple, plus normale que la sienne ? Les jolis miroirs, les lits bordés de soie, de velours et de taffetas n'intéressaient guère sa fille. Une jeune femme peut vivre autrement qu'en minaudant auprès des hommes. Autrement qu'assujettie. Elle peut exister, penser ailleurs que sous la caresse experte de l'homme, même si elle est agréable. Mouche préférait déjà le plaisir qui peut naître de l'écoute d'un cœur, ou du souffle du vent dans les arbres. Elle savait faire danser les mots sur le papier. Elle a écouté Gabriel dans ses silences comme dans ses absences. Longtemps, elle s'est crue capable de le rendre heureux. Malgré ceux du Domaine, son mari deviendrait un monsieur. Elle travaillerait jour et nuit s'il le fallait, mais il décrocherait son diplôme d'ingénieur.

Quand donc sont apparus les premiers signes de lassitude ? Tandis que la R 5 poursuit sa route vers Rochefontaine et se fond dans le paysage, Mouche s'interroge.

— Est-ce le travail ? L'ai-je à ce point déçu ? L'ai-je blessé ?

La voiture fonce, glisse parfois, dérape encore un peu. L'orage se précise. Mouche est toujours perdue dans ses pensées. Ce qu'elle tente d'écarter de son esprit depuis qu'elle a revu Paul revient la tourmenter. Pour s'en défendre, ou pour conjurer les éléments, elle parle à haute voix. Elle est au tribunal où elle joue le rôle d'une accusée qui se défend, argumente.

— Oui, un jour, j'ai eu un penchant — une inclination dirait Marguerite — pour un homme plus âgé. La quête du père, diraient les psy. Je n'ai rien fait qu'en pensée seulement, et du bout des lèvres que j'offrais, mais en cachant mon cœur puisque, depuis Toulon, il est interdit d'amour. Que me reproche-t-on ? Je n'ai pas obligé Gabriel à m'épouser. Je n'ai rien voulu lui cacher de mon passé. Il ne voulait rien entendre, sans doute pour n'être pas obligé de livrer ses propres secrets. Nous formions un drôle de couple quand j'y songe, aussi perdus et boiteux l'un que l'autre. Lui en quêtant la tendresse avec l'énergie du désespoir. Moi en frimant autant que faire se peut, ce qui l'amusait.

Mouche réalise soudain le danger. La voiture a dérapé à plusieurs reprises.

— Paul a raison. Je dois garder mon calme, même si je vais chercher les « carnets bleus ».

Mais comment éviter aux pensées de bondir et rebondir de la tête au cœur ? Mouche se souvient de Gabriel s'accrochant à elle de toutes ses forces. Elle était sa récréation, sa fantaisie. Il l'écoutait avec patience, mais ça n'a pas suffi à le guérir de ses fragilités. Elle en a souffert. N'avait-elle pas rêvé d'une épaule rassurante pour poser sa tête ? Or c'est elle qui chaque soir devait lui ouvrir les bras pour qu'il vînt s'y blottir. Elle a pris sur elle, a caché sa déception. L'important était de donner à ceux du Domaine l'image d'un couple rayonnant. On aurait pu les croire heureux avec leurs quatre enfants. Ils avaient seulement réussi à n'être pas trop malheureux.

Trop occupée à de nouvelles amours avec « Édouard le-Valeureux » ou « Henri le-Victorieux », Blanche n'intervenait plus dans la vie de Mouche, toujours proche de Marguerite. Les enfants grandissaient. Vint le temps des questions. Quand pourraient-ils connaître la famille de leur père ? Gabriel demeurait sourd. Le charme de Sophie n'y faisait rien, pas plus que le rire de Clairette ou le harcèlement des garçons. Profitant des absences de Gabriel, avec l'aide de Paul, Mouche conduisit les enfants au Domaine. Le temps avait passé, atténuant bien des obstacles. Les enfants avaient besoin de trouver leurs repères. Gabriel finit par renouer avec les siens tout en restant sur ses gardes. Pour Mouche, les apparences étaient sauves, c'était l'essentiel.

Elle se souvient de l'accueil ému d'Auguste lorsqu'il fit connaissance avec les enfants. Renée et Ladislas furent très courtois. Catherine affichait une amabilité de convenance. Quant au, quant à... (Mouche n'a jamais pu parler de lui en l'appelant Gilles), il ne vint que pour le café et joua les hommes pressés. C'était aussi bien.

Le Domaine séduisit Mouche autant qu'il lui fit peur. Elle ressentit jusque sur sa peau le poids des générations précédentes. Chaque mur savait une histoire, chaque porte en abritait une autre, et dans chaque placard se cachaient un bon et un méchant petit diable. Ainsi en est-il de ces grandes demeures. Elles sont la tradition, évoquent la stabilité. Petite fille ballottée entre Blanche et Marguerite, Mouche s'émerveillait des lieux. Le Domaine ressemblait aux maisons qui surgissaient de ses lectures d'enfant. Un parc, des arbres et du mystère. Elle voyait Génie, Sarah et les aïeux, Renée et ses frères, sauf... Gabriel. Était-ce dans cette incapacité à imaginer l'enfance de Gabriel au Domaine, que résidait l'origine de la sourde angoisse qui l'étreignait ? Que cachaient ces murs de si terrible, qu'elle ne pût connaître, et qui balayait le regard de Gabriel de silence, d'un lointain tendu de déraison dans lequel elle n'avait pas de place ?

La première fois qu'elle franchit le seuil du Domaine avec les enfants, alors que Génie avait depuis longtemps rejoint les siens, aux cieux ou en enfer — mais l'enfer existe-t-il ? —, tout disait encore sa présence. Elle l'a cherchée dans le fauteuil d'osier près de la fenêtre du salon ouvrant sur le Champ du Lapin. Elle crut entendre la clé du placard où elle enfermait ses livres de comptes, et son pas un peu lourd des derniers mois qui faisait grincer l'escalier menant aux étages. Mouche se sentit observée. Génie l'auscultait.

— D'où vient-elle celle-ci ? Eh bien...

C'est dans les pages des albums photos que Mouche a rencontré cette femme-roc pétrie d'austère dignité. Un choc ! Génie *était* le Domaine. De l'index, Mouche frôlait les photographies, comme pour en épousseter le grain, et forcer le temps à reculer. Qui donc étaient ces gens du Domaine ? Quel secret tentaient-ils de dissimuler et pourquoi ? Avec quelle obstination elle a cherché à lire dans le sourire et les regards de chacun. Gabriel, mon Dieu, Gabriel ne souriait pas, et son regard était brouillé de ténèbres, habité d'absence ou gros de l'angoisse d'un soir de Golgotha. Elle découvrit pourtant quelques éclats de lumière dans son regard sur quelques rares photos montrant l'enfant proche de sa mère. L'objectif avait volé ces miettes d'espoir adressées à Sarah telle une supplique : « Ne m'oubliez pas maman. Délivrez-moi de ce que vous savez ! »

L'heure était au jeu des ressemblances et des différences, et les enfants ont cherché à se reconnaître. Avec sa chevelure châtain très clair aux reflets roux, son allure de gosse qui a grandi trop vite et ne sait pas quoi faire de ses membres, Philippe est tout le portrait de son père, bien différent de Pierre très blond et aux cheveux tout bouclés, mais solide et trapu, comme peuvent l'être les gens de la terre, bien campés sur leurs pieds, pour faire corps avec elle. Pierre, c'est tout l'Auguste répète Louise. Clairette est encore une tête blonde aux joues si pleines et si rebondies, qu'on ne peut imaginer quels seront ses traits. Son visage est constellé de taches de rousseur. De qui tient-elle ces yeux pétillants et débordants de vie jusqu'à forcer la tendresse ? Et cette langue bien pendue ? Clairette a la réplique facile, un évident bon sens.

— C'est toute la force de Génie, commente Ladislas, ça s'entend à la puissance de sa voix, se plaît-il à répéter.

Et Sophie ? Elle a le teint sombre de Mouche, mais l'ovale de son visage, son front haut, son regard appartiennent au mystère de Mouche.

Rochefontaine. Le lieu s'est affiché sous Metz au-dessus de l'autoroute. Tout à l'heure Mouche a prié la Vierge. Sincérité ou superstition ? Quand Paul lui rendait visite à Paris, Mouche prenait plaisir à le questionner sur les choses de la foi puisqu'elle voulait élever les enfants dans la tradition chrétienne. Il fallait être digne des Vuillemot. Les visites de Paul furent l'occasion pour les enfants d'être instruits religieusement. Mouche avait bien préparé le terrain, mais le souffle manquait. Paul rayonnait d'une telle assurance que Mouche eut envie de se laisser séduire par Dieu. Elle se sentait si seule, si isolée. Gabriel multipliait ses absences, les prolongeait sans se soucier des finances. Mouche apprit à se débrouiller. Elle se jeta dans le travail avec l'énergie du désespoir jusqu'à oublier qu'on pouvait rencontrer la fatigue.

Il y eut ce soir d'hiver quand les villes sont désertes de toute nature et de toute couleur. Un soir de chagrin comme un autre, que Paul surprit. Il voulut gommer sa peine, la consoler. Tout en elle criait l'épuisement, la solitude. Il n'est pas aisé d'être père et mère à la fois, d'être l'autorité et la tendresse, d'enseigner la fierté, la bravoure, quand on n'est que faiblesse, de dire la force et le soleil de l'amour, quand il vous a tourné le dos et vous plonge dans l'obscurité.

Mouche reprend la parole comme si elle était au tribunal ou sur le divan de Brigitte ou face à son cahier. Elle échappe ainsi aux crampes et à la douleur.

— Était-ce si grave ? Non je ne cherche pas d'excuse. Soit, j'ai craqué. Et alors ? La soif que je voulais ignorer m'a inondée de ses désirs. J'ai laissé aller ma tête contre le torse de Paul. Rien que pour vérifier que l'homme existe ailleurs que les soirs de rêves, quand le vent des tempêtes invite à tout et à rien. J'ai posé mon front contre lui, rien que pour palper la tendresse, l'approcher autrement que du regard, la respirer une fois encore, parce qu'avec le temps, la mémoire s'empare des souvenirs et des odeurs pour les avaler. Rien d'autre, je le jure, je n'ai rien voulu d'autre. Peut-être tenter de dissiper le souvenir de Blaise qui se fait morsure les soirs de trop de solitude, quand la nuit s'annonce longue, si longue. Paul n'a pas profité de la situation, mais il est revenu. Son travail l'appelait de plus en plus souvent à Paris. Je ne vivais plus que pour ces instants, où la tendresse se fait baume, frôle les êtres et les séduit, jusqu'à un irréparable que je redoutais, et dont j'avais, peut-être, confusément l'envie. Je vivais dans le trouble, car j'allais encore à l'église. J'avais l'envie de croire et le besoin d'une terre promise.

Mouche roule dans la nuit sans voir la route. Les essuie-glaces ne suffisent pas à chasser la pluie violente et drue qui tombe. En cet instant, Mouche se revoit rue des Pyrénées.

Il y eut ce matin étrange où, dans le miroir de la salle de bains, en cherchant son image, Mouche ne se reconnut pas. Elle voyait une femme inconnue marcher sur les berges d'un fleuve aux eaux noires.

— Est-ce moi ? À tenter de respirer la tendresse humaine dans des bras autres que ceux de Gabriel, je vais me noyer.

Elle mesurait sa détresse. Infidèle ou sur le point de l'être, voilà ce qu'elle était tout en conduisant les enfants à l'église. Mais qui voulait-elle braver ? Quelque chose n'allait plus. Paul était cette tendresse humaine interdite, alors qu'il la conduisait sur des chemins de beauté où Dieu était peut-être. Renoncer.

Le mot revenait hanter Mouche, il s'écrivait sur l'opaque du miroir. Renoncer. Non pour se soumettre à un Dieu dont elle n'était même pas sûre, mais pour vivre dans plus de clarté. C'était une question d'honneur.

Mouche a renoncé, sans comprendre, sans remords, mais sans joie, espérant peut-être que Dieu — s'il était — couronnerait son renoncement de miel et de soleil. Où avait-elle lu cela ? Elle voulait retrouver l'éclat de lumière qui l'avait effleurée dans l'échange de ce oui prononcé sur la colline. Mais ce oui de la colline, ce oui donné à Gabriel, que signifiait-il ? Adhésion ou renoncement ? Elle se pendait au bras d'un jeune homme perdu au seuil de sa vie, alors qu'ailleurs, un autre jeune homme interrogeait le ciel et la mer, et qu'en elle un être s'agitait dans le mystère des eaux maternelles.

D'abord des sanglots secs qui font si mal au cœur et au fond de la gorge, puis des larmes au bord des yeux et jusque sur les pommettes. Mouche ne réalise pas vraiment ce qui se produit en elle, car la trop longue absence des larmes a brûlé ses yeux depuis longtemps. Comment goûter leur bienfait dans l'agitation qui est la sienne ? Pourtant elles sont là, ces larmes, comme données.

Une offrande.

— Ce mariage à Sion, se dit Mouche, relevait de l'inconscience. Est-ce moi que j'offrais, ou seulement une part de moi, pour qu'un peu de vie germe ? Le reste était mon secret, ma part de rêve restée à Toulon et qui n'appartenait qu'à moi. Ma chair y renonçait, mon cœur s'y efforçait, mais pas mon âme. Je me donnais le droit de me souvenir. Et cela, personne ne me le ravirait.

Il y avait donc du défi dans ce oui de la colline, comme il y en eut dans ce renoncement parisien et la fuite qui suivrait plus tard. La tristesse et le tourment étreignaient Mouche. Elle réalisait jusqu'où peut mener un oui. Face à la mer argentée qui fait se balancer les voiliers à Sanary et mordre les flancs des corvettes et des navires du port de Toulon, Mouche a approché le véritable oui. Le oui de Toulon fut plus qu'une promesse, il avait les accents d'un serment. Elle avait donc trahi. Près de Paul, le reflet de ce lointain oui resurgissait. Elle n'avait pas le droit de trahir une seconde fois. Quand Paul revint, avant d'avoir accroché son pardessus au portemanteau, à l'éclat de ses yeux, au timbre de sa voix, il sut qu'elle avait lavé son âme à la source qu'il connaissait bien, puisqu'il lui en avait révélé les beautés et l'éternelle fraîcheur. Lui aussi devait s'incliner, renoncer. Maladroitement, malgré les larmes qui risquaient de jaillir, elle le supplia de ne plus venir et d'oublier ce soir d'hiver et tous les autres.

— Vous êtes si seule.

Elle mit un doigt sur ses lèvres pour ne pas en entendre davantage.

Le oui de la colline, qu'il soit d'offrande, de rachat, ou de renoncement, avait pris les accents du oui d'éternité. Elle n'y pouvait rien. Seule la mort de l'un ou de l'autre y mettrait fin.

Mouche pleure maintenant. Tout est clair dans sa tête.

Elle a écrit à Gabriel. Elle lui a demandé de rentrer, c'était urgent. Il est rentré furieux. Jamais elle ne l'avait vu ainsi. On n'avait pas le droit d'interrompre ses travaux, et... ses rencontres, disait-il. Mouche comprenait cette colère. Elle l'a laissée se déverser. C'est après l'orage, quand la terre asséchée s'ouvre aux flots du ciel, que tout redevient possible. La touffeur cède forcément le pas à la fraîcheur autorisant le merle à sortir des haies. La sève qui s'est figée dans une peur plombée reprend son cycle de vie plus vigoureuse que jamais. Alors les paroles les plus rudes peuvent s'énoncer. Mouche a tout dit à Gabriel : le trop-plein de solitude, qui l'avait conduite à peut-être tomber amoureuse (mais elle n'a pas dit de qui). Gabriel s'est levé, aussi tranquillement qu'il s'était laissé choir furieux dans le fauteuil. Et dans un geste ressemblant à celui de ses vingt ans, il s'est jeté à ses genoux, s'est accroché à ses jambes.

— C'est ma faute, c'est ma faute, je vous demande pardon.

Elle aussi implorait son pardon. Comment avait-elle pu le trahir ? Pourquoi avoir laissé Gabriel à son errance sans chercher à lire son cœur, sans entendre le cri de sa souffrance ?

— Nous avions allumé le feu.

— Il s'est éteint.

— Qui donc a oublié de veiller sur la flamme ?

C'est moi disait l'un, avant d'être contredit par l'autre. Chacun surenchérissait dans cet abandon. Il fallait parler. La forêt vosgienne avec toute son épaisseur et son mystère pouvait être ce lieu de jaillissement. Les grands sapins qui s'élancent avec majesté à flanc de montagne sauraient entendre et se taire. Les sources, qui cascadent de roche en roche, et disparaissent sous les mousses et les fougères pour atteindre les ruisseaux que la vallée appelle avec insistance, chanteraient à leur approche, tandis que les sommets, gagnés par les chaumes, s'offriraient à leurs regards les invitant à les rejoindre par le chemin des myrtilles. Non loin du Donon, ils ont trouvé cet espace propice aux confidences, là où le ciel est plus haut qu'ailleurs, là où la terre retient le pas du promeneur, là où le vent rôde, guette, mordille et caresse à la fois. Gabriel a ouvert son cœur, a parlé de leur vie, de lui, de sa difficulté à se sentir dans le réel en tant qu'homme, de son besoin d'océan, de ce ventre aux reflets d'argent dont il souhaitait sans doute qu'il s'ouvrît sur lui à tout jamais. Si Gabriel avait fait quelque chemin, il n'était encore que cet adolescent qui cherchait désespérément à retrouver, contre le sein de Mouche et la chaleur de son corps, la présence de la mère. De cela, il n'était pas vraiment conscient. Mouche écoutait d'un cœur débordant de remords, à défaut de déborder d'amour. Gabriel venait de se mettre en route vers une vie, qu'il leur serait, peut-être, donné de partager, dans l'amitié. Gabriel fit la cour à Mouche. Il achetait des fleurs, se montrait amoureux, enjoué. Elle n'y comprenait rien à cette lune de miel au cours de laquelle il s'essayait au tutoiement. Il était comme un enfant ivre qui apprend son corps dans l'exercice de la parole pour trouver le chemin du cœur. Émouvant, attachant jusqu'à forcer l'admiration de Mouche. Elle observait attentive, sans impatience, croyant parfois que son obstination allait frôler le désir endormi. Il paraissait heureux, et elle se répétait que c'était déjà un pas. Trois mois de presque bonheur pour lui avant qu'une vague lassitude le submerge. Il voulut la rassurer. « C'est un passage. » Il plongea dans une phase dépressive prompte à faire resurgir les angoisses du passé. Lui en voulait-il de sa conduite passée ? Devenu lui-même, il était en mesure de répondre aux interrogations qu'il avait jusque-là évitées. Pourquoi avait-il jeté son dévolu sur elle, la fille de Blanche ? Mouche était calme. Elle ne craignait pas les réponses et les décisions de Gabriel. Réalisait-il qu'on ne force pas l'avenir en tournant le dos au passé. Il devait faire face à la situation. Gabriel était Gabriel, avec ses richesses et ses maladresses. Mouche ne lui en voulait pas. Il était l'homme qui lui avait offert un nom, à elle la bâtarde, une famille, une vraie famille, respectable et respectée, à elle la fille de Blanche. Qu'il l'accepte ou la rejette, quelle que soit sa décision, elle s'inclinerait, sans lui en faire grief.

Mouche cherche sa respiration. C'est peu après que Gabriel a parlé de son secret.

C'était un jour où Mouche et Gabriel longeaient la Route des Crêtes, à l'endroit où la forêt s'efface devant les chaumes. Il a pris sa main et, d'une voix étrangement basse, venue de très loin, il a parlé.

— C'est quelque chose que vous ne savez pas, que je n'ai dite à personne, et qui vous aidera à comprendre pourquoi je ne tenais pas à retourner au Domaine, pourquoi ma famille est sortie de mon cœur. Ce cœur n'est habité que de mes quêtes, et... de vous, s'il n'est pas trop tard.

Mouche fut épouvantée, horrifiée en entendant le récit de cette enfance souillée. C'était donc cela le peu de sympathie — réciproque — éprouvée lors des rares rencontres avec celui qu'elle allait appeler le Veule. Longtemps Mouche avait cherché à comprendre le regard fuyant de Gilles. Le personnage baignait dans des eaux glauques. Qu'avait-il raconté à son épouse sur son frère pour que Catherine nourrisse autant de mépris à leur égard ? Renée s'était laissé aller à quelques confidences superflues qui font plus de mal que de bien.

— Catherine dit que vous avez soustrait Gabriel à sa famille, que vous aimez jouer les grandes dames, comme votre mère.

Les apparences pouvaient accréditer les dires de Catherine. Ce n'était pas l'amour-propre de Mouche qui était blessé, mais ses enfants. Un enfant souffre quand on dit toutes sortes de vilenies sur le compte de sa mère ou de son père. Cette marche vosgienne levait le voile et libérait Gabriel de ses entraves. Ce faisant, les révélations de Gabriel menaçaient le fragile édifice familial où Mouche s'était abritée avec les enfants. Jusqu'à cette marche sur la Route des Crêtes, Mouche ignorait que la détestation suprême pouvait conduire à la haine.

***

Ausculter le passé déchire Mouche. En songeant aux « carnets bleus », par association d'idées, elle voit défiler devant ses yeux son agenda : « Punir le Veule en se gardant du pire. » Elle poursuit à haute voix pour que les mots gardent toute la force qu'elle leur donne.

— Ainsi donc cet homme poursuit son œuvre de sape. C'est un monstre hideux et scrofuleux de la pire espèce. Pitié, dégoût, voilà, ce qu'il m'inspire. Mais je sais que ce monstre est monstre parce que son malheur de monstre est si grand qu'il le conduit au bord de l'abîme, du néant. Il cogne, bouscule, tue, cherchant dans la fin de l'autre la fin de son propre désespoir.

***

Mouche s'est tue. Sa vue se brouille à l'évocation de Gilles le Veule.

Gabriel n'a pas un souvenir précis de la date des premiers tourments, mais il peut dire avec certitude, qu'avant ses quatre ans — car il se souvient des vêtements qu'il portait au cours de cet été-là —, le Veule l'avait déjà importuné. À l'âge d'homme, à vingt-deux ans, alors que Gilles connaissait déjà tout des paysages, des jardins et des mystérieux parfums de Catherine, il est encore revenu tourmenter son frère.

— J'avais quinze ans et si peu de références. Peut-être que ma douleur était normale ? D'où venait cet état de grand trouble et de honte poisseuse dont je ne pouvais me défaire ? Mes premiers rayons de soleil je les ai découverts à Lay-Saint-Christophe, aux côtés d'Hannah dans la famille de Léna. Une famille vivante et chaleureuse, tout simplement normale.

Que se passait-il dans la tête de Gilles, un jeune homme que l'on disait ambitieux et qui éprouvait le besoin de se livrer à d'étranges pratiques ? Son avenir était prometteur. Il fréquentait Catherine de Guerville, la petite-fille du Sénateur, et pourtant il est revenu au Domaine. La famille s'était réunie et se recueillait deux ans après la mort de Sarah. Gabriel a essayé de mettre des distances, s'est éloigné. Mais, tapi dans l'ombre, Gilles le Veule le guettait. Ils se sont battus. Gabriel a raconté à Mouche sa lutte avec l'ange du malheur. De trop longues minutes, peut-être des heures... Comment savoir ? L'horreur dure toujours trop longtemps. Ce que ne devait jamais oublier Gabriel, c'est l'issue de ce combat Son frère avait eu raison de lui. Une fois de plus.

Est-ce parce qu'elle entre dans Rochefontaine que les souvenirs se font plus précis ? Gabriel a raconté. Elle a cru s'évanouir. Elle entend distinctement Gabriel lui glisser à l'oreille en la serrant contre lui alors que leurs pas les ont conduits jusqu'aux chaumes qui bordent le Ballon d'Alsace.

— Si vous saviez le sentiment de mépris que l'on a de soi. La nausée qui empoisonne jusqu'au pourrissement de l'âme quand il faut vivre avec un tel échec. À chaque étape de la vie, c'est l'image de ce combat qui revient me hanter. C'est l'image de ma défaite.

Les victimes ne sont-elles pas coupables quelque part ? Ce jour-là, Mouche a compris les craintes de Gabriel : n'être pas à la hauteur quand il s'approchait d'elle pour l'aimer. Et son obsession, sa crainte de la salir, sa haine de l'eau de Cologne. Elle a réalisé pourquoi elle redoutait qu'il touchât son ventre. C'est parce que lui-même ne s'autorisait pas à le faire. Lui, près d'elle, et en elle, devenait l'autre, l'abject. Quant au reste... Elle ferme les yeux pour n'avoir pas à se souvenir. Elle se mord les lèvres. Elle ne lui en veut pas. Même si Gabriel lui a souvent reproché de le mettre mal à l'aise.

— Face à vous, Mouche, je suis bloqué, je n'y peux rien.

Jusqu'à cette confession vosgienne, elle s'est sentie coupable. Coupable de se souvenir de Toulon. Maintenant, elle sait que le désarroi de Gabriel s'enracinait dans une enfance assassinée.

⁂

Mouche est épuisée en arrivant devant le Domaine. Derrière ces platanes et ces marronniers c'est là. Là que sont les carnets de Sarah.

*
**

Léna a dit :

— Derrière le saule, sur le côté droit, face à l'entrée principale, en direction du Champ du Lapin, il y a un bâtiment, celui autrefois réservé aux saisonniers. Si la porte est fermée, prendre la clé sur le rebord de la fenêtre, sous le pot aux mésanges — l'hiver, elles viennent y chercher graines et beurre. Dans la première pièce de cette bâtisse au sol de terre battue, se trouve un bahut, face à ce bahut est le coin de quelques outils qu'un rideau dissimule au regard. À deux pas de ces outils, une vieille boîte à biscuits en fer-blanc est enterrée. Les « carnets bleus » s'y trouvent.

*
**

Mouche laisse sa voiture dans la rue. Elle entre par le petit portail de gauche qui n'est jamais fermé à clé. Elle évite l'allée centrale bordée de troènes taillés court et en cône, pour se diriger vers le bâtiment des saisonniers. Rien d'autre ne l'intéresse au Domaine, que ce bâtiment devenu le tombeau du secret et des étoiles de Sarah. Sur la droite, on devine la maison. Les arbres font un écran de verdure à l'imposante demeure. On ne voit rien. L'orage qui s'est emparé du ciel a fait venir une nuit inquiétante. Mais à Rochefontaine, la pluie n'est pas encore tombée. Mouche se hâte. Elle court sous un ciel lourd qui va s'ouvrir parce qu'il ne peut plus absorber le brasier que la terre lui renvoie depuis plusieurs jours. La forêt surgit par instant à la faveur des éclairs qui la déchirent. L'orage sévit au-delà de Liverdun, entre Dieulouard et Marbache. Il sera au-dessus de Rochefontaine d'un instant à l'autre. Mais Mouche ne le craint pas. Elle a l'habitude des violents orages qui éclatent de part et d'autre des Vosges, après la grande chaleur de la journée. Ils tournent et frôlent les collines, dans une danse amoureuse zébrée de passion. Les épousailles entre la terre et le ciel sont alors démentielles.

— Enfin je vais savoir.

La moiteur de cette fin de jour perle à son front avant de la saisir sur tout le corps. Elle ne s'y arrête pas. Rien n'a d'importance, sauf la mission à mener à son terme pour Gabriel et les enfants.

Les propos de Paul lui reviennent en mémoire. Il voulait la mettre en garde. De quel danger voulait-il parler ? De quoi devait-elle se méfier ? Mouche n'a pas compris. Elle ne sait pas où elle va. Tant pis. Elle agit pour se racheter, ou se faire pardonner. Elle ne sera jamais semblable à Blanche. Elle pensait l'avoir prouvé en renonçant à la tendresse, en ayant dit à Paul de ne plus venir. Secrètement elle avait espéré une récompense, un signe. Sans doute ignorait-elle qu'on ne sort pas forcément grandie d'un renoncement qui n'est pas le fruit de l'amour ?

La nuit semble avoir enveloppé toute chose et être en tout lieu. Paul a parlé de lumière. Qu'a-t-il dit ? Ah oui, qu'il fallait agir discrètement et ne pas allumer les extérieurs du bâtiment pour ne pas attirer l'attention des personnes risquant d'être au Domaine. Mais puisque Renée et Ladislas ne sont pas là, se dit Mouche. Dans le noir, elle trouve la porte du bâtiment des saisonniers. Elle n'est pas fermée à clef. Paul a conseillé de prendre une lampe torche dans l'un des tiroirs du bahut. Elle avance à tâtons pour trouver le bahut face à elle... Elle se cogne à un petit coffre avant de distinguer la masse sombre du bahut sur le côté gauche. Il n'est pas à l'endroit indiqué par Léna. Il a été déplacé et se trouve à côté du coin aux outils. Il est donc posé par-dessus les « carnets bleus ». Pour creuser, il faut déplacer ce meuble qui semble bien lourd. Mouche a trouvé une lampe torche. Elle éclaire faiblement, mais cela devrait être suffisant pour creuser à condition de pouvoir tirer et déplacer le bahut. Sur de la terre battue, cela demande quelques efforts.

— Allons, s'il le fallait je déplacerais les montagnes, je crois même que je pourrais creuser jusqu'en Chine.

Mouche est tellement occupée à tirer à elle, à donner des coups d'épaule, à tenter de se faufiler entre le mur et le bahut pour pouvoir donner des coups de reins et faire bouger le vieux meuble qu'elle n'entend pas claquer des portières de voitures dans la grande allée. Elle ne sait pas comment elle est parvenue à faire glisser le meuble si loin dans la pièce. La moiteur de l'atmosphère, les efforts fournis font coller ses cheveux jusque sur le devant du visage. Mais le bahut a cédé le terrain. Mouche a déjà saisi une pelle d'une main et, de l'autre, elle repousse ses cheveux mouillés de sueur pour creuser la terre dans la demi-obscurité. Le sol n'est pas très tassé. On dirait que les « carnets bleus » ont été enterrés il y a peu de temps. À moins que... Et si c'était le contraire, et si quelqu'un était venu les prendre ? L'orage gronde maintenant, l'obscurité est totale à l'extérieur, tandis que Mouche creuse, creuse. Rien ne peut l'arrêter. La pelle heurte une surface lisse dans un crissement à faire courir un frisson de la nuque jusqu'à la plante des pieds. Elle renouvelle le geste, acier contre aluminium, et les frissons s'emparent à nouveau d'elle. Tout son épiderme frémit. Une boîte est bien enterrée là. Il faut creuser encore. La pelle ne peut plus œuvrer. C'est à mains nues qu'il faut poursuivre. Jamais Mouche n'a été aussi près du but, aussi près du mystère qui abrite la lumière. La boîte semble être plus près du mur. Elle s'attelle à la tâche, et ses mains plongent dans la terre, et grattent fiévreusement autour de la boîte pour la dégager. Elle ne sent plus le bout de ses doigts, ses ongles cassent au ras de la peau. Elle a dû heurter quelques cailloux tranchants. Mouche passe outre la douleur. Rien ne compte que la boîte. La sueur lui dégouline sur les joues et jusque sur l'arête du nez. Elle colle son chemisier à sa peau entravant ses mouvements. Son dos la fait souffrir. Elle ressent la fulgurance d'une flèche qui dirige sa pointe aiguë jusque sous son estomac au point de l'empêcher de respirer. Des crampes bien connues. Mouche saisit la boîte, tente de se relever pour détendre ce corps gagné de contractures. La chaleur orageuse, l'effort fourni, le brusque changement de position — de la position accroupie à debout — font un torrent dans ses veines, et le sang cogne à ses tempes. Elle sent la faiblesse la gagner. Dehors l'orage est à l'œuvre, mais dans ses oreilles, il y a des milliers de clochettes qui s'agitent jusqu'au tintamarre. Mouche cherche son souffle, contourne le bahut.

Il fait si sombre qu'elle voudrait pouvoir allumer. À tâtons elle se dirige vers la porte d'entrée. Ses mains auscultent la cloison à la recherche d'un interrupteur. Elle en trouve deux et appuie au hasard sur le premier. Il correspond à une petite lampe murale. Elle s'en approche avec la précieuse boîte. Elle l'ouvre. Soigneusement rangés, empilés, les « carnets bleus » semblent l'attendre. Elle va enfin rencontrer Sarah. Avec une crainte mêlée de respect, Mouche saisit le premier et le porte à son cœur. Une lettre pliée en huit s'en échappe. Le cœur battant, elle déplie le feuillet. L'encre a pâli avec les années. Mais la lettre est lisible. Elle est datée du 25 mai 1944, et signée de Moshe. Elle est longue cette lettre que Mouche parcourt rapidement sans parvenir à tout enregistrer. Quelques lignes retiennent son attention et la troublent :

Petite sœur chérie, sois courageuse, Samuel ne connaîtra pas la joie de la Libération maintenant imminente. Il a été exécuté ce matin. Un message qui t'est destiné a été remis à Gazelle, par 524 : « Ainsi le veut Yahvé. Ils m'ont pris, mais mission accomplie. Je t'embrasse, mon étoile, mon cœur ainsi que notre enfant... »

Mais, qui est Samuel ? Personne ne l'a jamais évoqué devant Mouche. Elle refuse les déductions qui s'imposent. Mon Dieu ! Son cœur s'emballe. Il faut se hâter. Elle replie la lettre, la glisse dans le carnet qui retrouve sa place dans la boîte qu'elle referme au moment où la lumière s'éteint. L'orage doit être bien violent, songe Mouche. Épuisée, elle s'appuie au bahut à l'instant où surgit un grand chien menaçant qu'elle croit reconnaître dans l'obscurité. Elle tend une main vers la masse sombre pour le calmer.

— Sampa.

Un grognement lui interdit tout mouvement.

— Sampa, voyons.

— Ce n'est pas le brave Sampa de Renée. Je l'ai achevé la semaine dernière pour mettre fin à une crise de rhumatismes. Celui-là, c'est Rex, dressé pour empêcher les voleurs, et les voleuses en l'occurrence.

— Le Veule !

Elle a crié malgré elle.

Le Veule dont la silhouette claire se découpe dans l'encadrement de la porte. Le soir est tombé. Et elle reçoit en plein visage la lumière d'une lampe braquée sur elle.

— Mais qu'est-ce que vous faites là ? Vous cambriolez maintenant ? On peut voir ce trésor ?

Il s'est approché et la lampe caresse le sol par-dessus le bahut tiré. Puis le faisceau lumineux remonte jusqu'au visage de Mouche qui détourne la tête pour éviter la morsure de lumière crue de la torche. Il insiste, promène la lampe sur son corps avant de la laisser exploser sur son visage.

— Allez-vous-en, allez-vous-en, hurle Mouche.

— Quelle furie ! Le manque d'homme... sans doute.

— Railleries et ricanements de lâche.

— Pardon ?

— Lâche et veule personnage.

Des voix se font entendre, on appelle : « Monsieur le député ! »

Elle poursuit, la hargne au bord des lèvres.

— Un député ! S'ils savaient la fripouille qu'est monsieur le député !

— Rex, qu'en penses-tu, on la calme ?

— Je peux répéter devant tous ce que vaut ce député, je n'ai pas peur.

— Ça m'étonnerait. Je peux aussi dire ce que je sais de vous.

— Est-on sali autrement que par la boue ? De vous, je sais tout. Je connais votre nuit, et vos vils penchants. Vous êtes un monstre, un salaud de la pire espèce, et j'ai tout écrit. Le texte se trouve chez mon éditeur. Monsieur le député, vous ne serez jamais ministre de la Jeunesse et de l'Éducation. Nommerait-on un pervers ou un désaxé à ce poste ?

La stupeur rend Gilles momentanément muet. Si l'obscurité ne faisait pas un tel écran, malgré la lampe torche qu'il tient en main, Mouche lirait ce visage décomposé, mais elle lirait aussi ce regard drapé des voiles de mort.

— Laissez-moi sortir, ce n'est pas vous que je suis venue chercher. Je cherche Sarah et ses étoiles, rien d'autre. Maintenant, renvoyez votre chien et allez-vous-en.

A-t-elle marqué un point ? Est-ce la peur du scandale ? Il recule, renvoie le chien, et paraît abandonner les lieux. Elle respire, cherche son souffle et sort. Mais, telle une bête tapie dans l'ombre, il l'attend. Elle n'a pas fait deux mètres, qu'il bondit sur elle, plaque une main sur sa bouche et la pousse contre l'arbre le plus proche, un cerisier au tronc puissant. Le cerisier de Jeanne, a-t-elle le temps de penser avant qu'il ne se colle contre elle jusqu'à l'étouffer. Elle n'a pas lâché la boîte. Sans desserrer la pression, il saisit la boîte et la jette près d'un massif d'hortensias. Elle se débat autant qu'elle le peut. Il ne faut pas qu'il gagne. Mordre, l'atteindre au bas-ventre pour lui échapper. Elle relève un genou. Il sent venir le coup, l'esquive. Qu'elle lui résiste fait renaître ce vieux désir qui le conduisait jusqu'à son jouet d'autrefois. L'Angelot qu'il soumettait. Il le croyait disparu ce vieux désir, encore que... Parfois, il lui arrive, certains soirs, de rôder autour de la gare, ou de traverser les vieux quartiers proches de l'église Saint-Sébastien. Non, non, il ne veut plus penser à ces rencontres, aux risques pris. Catherine l'a sermonné. On le connaît trop. Il a promis. Mais ce soir, il est chez lui. Il peut laisser l'ivresse le gagner. Elle ou l'Angelot ? C'est presque la même chose. Sauf qu'elle, c'est une tigresse, ce qui n'est pas pour lui déplaire. La main gauche toujours plaquée sur la bouche de Mouche, il la saisit par la taille en glissant vigoureusement le bras droit derrière son dos afin de la déséquilibrer pour l'arracher à l'arbre, et plaquer la jeune femme au sol.

La chute est dure, mais n'empêche pas Mouche de se débattre. Elle réussit à émettre un cri rauque avant qu'il ne se jette sur elle pour l'écraser de tout son poids. Qu'elle se taise !

— C'est ma mère que tu cherches, mais c'est le fils que tu vas trouver, et tu vas voir... Une grande bouche, mais ça ne pèse pas lourd une garce qui vient du ruisseau. Avec une telle petite putain, c'est presque aussi chouette qu'avec l'Angelot. (De la main qui reste libre il déchire le corsage.) Et ça a des formes, il ne sait pas ce qu'il perd ce p'tit con à courir sur les mers.

Elle se débat avec l'énergie du désespoir. Elle ne veut plus entendre Gabriel être appelé l'Angelot. Gabriel est son mari, et c'est un homme. « Je dois gagner, songe-t-elle, il faut que ce soit le dernier combat du Veule. Qu'il cesse définitivement de nuire ! » Mais aura-t-elle la force ? Elle est à la merci du monstre. Si Dieu ne l'entend pas, que Satan vienne. « Je le tuerai, ce Veule, je le jure. » S'offrir au Mal puisque Dieu fait silence. Elle tourne la tête et libère sa bouche de la main de Gilles qui appuie si fort que le sang coule de ses lèvres. Mais elle ne ressent rien que le goût de la colère trempé du sang qui coule dans son cou. Alors elle crie, aussi fort qu'elle le peut, GABRIEL, GABRIEL. Que la puissance de son cri efface toutes traces du mot Angelot, le raye à jamais des mémoires. Elle hurle comme une bête au seuil de la mort, pour ne plus entendre Gilles le Veule assassiner encore le père de ses enfants. Il frappe, gifle, cogne même, pour qu'elle se taise. On va finir par les entendre. Au-dessus de l'œil gauche, elle sent l'arrachement, l'éclat. Un liquide. La pluie ou du sang ? Le regard s'obscurcit. Ne pas perdre connaissance. Non, non. La folie est maîtresse de l'ignoble jeu de Gilles le Veule. Il s'acharne, cogne encore. Qu'elle cesse de bouger. Le désir est à son comble. Et elle n'est pas maîtrisée. Il l'insulte. Elle sent contre son ventre le sexe raidi du monstre. Il glisse la main sous la jupe. Elle veut hurler un NON strident qui s'étrangle au fond de sa gorge.

C'est ce cri étranglé qui l'espace d'une fraction de seconde abolit le temps.

... Mais où est-elle ? Qui a crié et se bat ? Pas Mouche. Si petite encore dans son grand lac de velours sombre. Elle entend crier, frapper des mains peut-être. Et puis des cris encore, des bruits de verre. Et ces hurlements ! Elle ne connaît rien des odeurs et des sons qui se mélangent et lui parviennent. Elle, elle est toute petite. Mais qu'est-ce que cette chose froide et chaude à la fois vient faire près de son lac ? Mais elle va avoir mal ! Est-ce qu'elle mord ? Aspire ? Son lac est comme une tempête. Peur ? Mal ? Autant de sensations inconnues. Est-ce la maîtresse du lac qu'on bat, qui crie ? Celle qui parfois chante en donnant de la douceur au lac ? Et pourquoi la gentille maîtresse des lieux laisse faire cela ? C'était si bien avant la douceur et le chant. Maintenant la chose revient encore dans un cri. Et le cri qui s'arrête. Et le lac à nouveau agité... La maîtresse du lac, elle a une drôle de chanson. Et comme son tambour qui frappe en général doucement et berce son lac, comme son tambour (ou son cœur ?) bat vite ! Et elle, si petite, elle a peur pour la maîtresse du lac. Affolée, poussée contre un mur ou autre chose. Elle ne sait pas. Et puis, c'est comme un vent. C'est atroce. On crie encore. Des coups secs déchirent le lac sombre et doux. Ils ont de drôles de jeux les grands, des jeux qui font peur aux petits. Comprend pas. Et le chant ?

Mouche est anéantie.

« Quelle honte ! » Qui a crié cela ? C'est comme si elle revenait d'un long voyage à travers un tunnel de souffrance et de honte mélangées. Mouche est toujours à même le sol, sous la pluie et les éclairs, aux prises avec Gilles le Veule qui n'arrive pas à la maîtriser. Où suis-je ? Où étais-je ? se demande-t-elle. Qu'est-il arrivé, où m'a-t-il emportée ? Il frappe toujours pour qu'elle se tienne tranquille. Elle est épuisée par le choc de ce que cette bagarre réveille... Un souvenir enfoui qu'elle porte sans comprendre et que ce monstre exhume. C'était quand ? Elle n'était pas née, c'est cela ?

Mais en cette nuit, elle est au Domaine. C'est elle qui se bat, pas la maîtresse du lac. Elle doit rester présente au Domaine. Elle n'est pas au Fort. Le Fort ? « Mouche bats-toi, tu peux. » Elle se parle. Elle sait. Elle y est à l'heure de la vengeance. Son intuition sur la route, « si ce voyage est le dernier ». Elle va donc mourir, être détruite, broyée par le Veule, alors qu'elle veut sauver Gabriel. Se battre pour Gabriel. Ses forces l'abandonnent. Elle va perdre comme Gabriel a perdu. Non ! Il faut vivre pour Gabriel, pour les enfants, pour ceux qui peuvent l'aimer. Paul l'a dit. Elle mélange tout. Elle songe à Paul, à Blaise !

Elle va mourir. Gilles va la tuer pour atteindre la terre sacrée. Il cogne plus fort encore. Maintenant elle est seule. Elle est sûre qu'il n'y a pas de Dieu, comme il n'y en a jamais eu pour Gabriel. Il faut pourtant être plus fort que ce Veule. Une ruse : faire croire que l'épuisement a raison d'elle, qu'elle se soumet, qu'elle consent, s'offre avant de le surprendre et d'en finir avec lui. Elle ne bouge plus. Il ricane déjà victorieux, glousse de plaisir. Et sa main la parcourt, la touche. Il faudrait pouvoir lui vomir au visage à cette teigne, se dit Mouche.

— Bien sage, c'est mieux non. On se laisse faire, au fond ça te manque, t'aimes ça. Tu vas voir.

Il ne finit pas sa phrase. Elle lui crache au visage, rassemble ses forces au creux de ses reins, remonte ses jambes et parvient à se dégager de son emprise, à glisser un peu sur la gauche. Il tente de la retenir. Elle hurle. Il prend peur, essaie de plaquer une main sur sa bouche. Elle attend pour mordre et serrer, et serrer, jusqu'à ce que coule le sang.

— Garce, salope !

Elle ne lâche pas prise jusqu'à le faire crier. Sous l'effet de la douleur, il desserre l'étreinte. Le poids du corps s'est fait moins lourd. Mouche a le temps de se relever, et de courir jusqu'à la bâtisse. Elle sait qu'à l'entrée sont les outils. Dans le noir sa main attrape un manche. Au bout de ce manche est une fourche de la plus belle espèce. Elle sort de la bâtisse hagarde et hors d'elle alors que, titubant, telle une bête hideuse, il vient à sa rencontre. Elle l'entend plus qu'elle ne le voit, car la nuit est tombée tandis que l'orage déchire le ciel et secoue la forêt proche. La pluie redouble de violence et lamine le feuillage. Le sang qui ruisselle de son front, la pluie, sa faiblesse brouillent sa vue. Tenir, se dit Mouche. Tenir pour en finir. Dans l'allée centrale, au loin, il y a encore quelques lumières. Sont-ce celles de voitures qui repartent ou qui arrivent ? Peu importe. Elle continue de hurler pour être entendue, pour l'obliger à reculer. Des cris qui décuplent ses forces. C'est l'heure de la bête, puisque Dieu l'a abandonnée.

— Je vais vous tuer, monsieur le député, pour avoir offensé et sali votre frère.

Elle avance fourche en mains, les griffes en avant. Elle marche vers lui dans la nuit. Elle ne sait pas ce qu'elle heurte. Elle entend la chute d'un corps dans un bruit sourd. Il est à terre. Gilles le Veule est à terre !

Elle l'a touché. Elle va l'achever ce monstre gluant et puant tous les péchés du monde.

Crier encore. Tuer le monstre dans un cri, pour venger l'enfant du Domaine quand...

Mais sa voix se brise, s'étrangle. Mouche est devenue une petite chose aux cheveux défaits, au visage maculé et inondé de sang et de pluie. Le chemisier pend lamentablement sur ses bras, sa jupe est déchirée en plusieurs endroits. Elle n'a conscience de rien. Elle est une bête blessée ruisselante de dégoût et de misère. Gilles a frappé très fort. Elle pique le vide et chancelle. Elle ne sait plus où il est tombé. Il faut frapper, le tuer, qu'il ne se relève plus, qu'il ne fasse plus de mal aux petits enfants. Jamais. Il y a un volcan dans son cœur et un désert dans sa tête. Il y a une épée dans son âme. C'est la nuit. Mourir au fond, elle voudrait mourir. Elle titube. Des lumières vives. Tout recommence donc. Gilles le Veule. La torche. Encore, elle est aveuglée.

On fait cercle autour de cette femme échevelée, au corsage déchiré, au visage meurtri. Qu'ont-ils à la dévisager ? Où est-elle ? Elle reconnaît Paul qui accourt, saisit la fourche pour la jeter sur le côté. Elle n'a plus la force de résister. Elle est hébétée. Il l'attire à lui avant de la couvrir de sa veste. Elle ne réalise pas. Ses yeux courent de l'un à l'autre. Catherine est livide, appuyée au cerisier où Gilles la maintenait, il y a peu. Un couple, inconnu d'elle, paraît épouvanté par ce qui se passe. Elle apprendra plus tard qu'il s'agit du secrétaire du bureau politique qui soutient Gilles et l'attachée de presse de Gilles. Mouche tremble, grelotte et répète dans une demi-fièvre :

— Je l'ai tué, je l'ai tué.

Avant de perdre connaissance.

Mais si Gilles est tombé, ce n'est pas sous l'effet des pointes de la fourche. C'est Gabriel qui venait d'arriver. C'est lui qui a flanqué Gilles à terre. Lui que la fourche a frôlé quand il s'est jeté sur Gilles pour le soustraire aux griffes meurtrières de sa femme pour l'exposer aux siennes. Gabriel se bat avec son frère pour en finir avec cette vieille histoire de jalousie.

Caïn voulait tuer Abel. C'est Abel qui va tuer Caïn.

Gabriel assène les coups avec une force née des longs voyages en mer. Hisser les voiles, barrer, affronter les tempêtes ont sculpté le corps du frêle jeune homme, et fait naître ce puissant marin.

— Tu ne feras jamais plus de mal à quelqu'un, tu entends, espèce de salaud, ni à moi, car c'est fini, ni à Mouche ma femme. Je vais t'empêcher de nuire pour toujours.

Il serre le cou de son frère de ses deux mains comme s'il étreignait la corde des voilures du mât principal qu'il faut redresser quand soufflent les vents.

Paul les sépare. Sous l'effet de la colère, Gabriel aurait serré jusqu'à l'irrémédiable.

— Donne-lui une chance de naître enfin, dit Paul. Sarah ne voudrait pas cela, elle a tant souffert pour chacun. Cette fois, tu as gagné Gabriel.

Mouche ne saura la fin du combat qu'après, plus tard, quand Renée et Ladislas, de retour de la Fourasse d'où Léna a doucement rejoint Moshe, laveront son visage en attendant la venue du médecin.

⁂

Mouche est allongée sur le divan du petit salon au Domaine. Gabriel lui tient la main. Le médecin vient de partir. Il a soigné les plaies, recousu l'arcade sourcilière. Il a prescrit un sédatif. Paul a raconté le plus naturellement du monde que Mouche était tombée dans l'escalier de la cave mal éclairé. C'est un médecin de garde, un débutant. Il ne lui vient pas à l'esprit que les murs les plus honorables, les plus respectés, les plus enviés abritent des histoires de laideur.

Dans certains quartiers, où vivent des familles peu éduquées, c'est possible, mais pas chez les Vuillemot du Domaine de Rochefontaine.

Gabriel est près de Mouche quand Paul s'approche d'eux et se penche vers Mouche dont les larmes inondent son visage.

— J'ai voulu vous prévenir qu'il ne fallait pas vous rendre seule ici, dit-il, je savais que Gilles tenait une réunion restreinte avec ses conseillers politiques. Il loue le sous-sol qu'il a aménagé en QG. Ça fait quelques sous pour Le Domaine que Renée et Ladislas veulent transformer en centre d'équitation. J'ai compris ce que vous risquiez. Je sais ce que vous savez et d'autres choses encore. J'ai conduit aussi vite que je l'ai pu pour cueillir

Gabriel à la gare de Metz, le mettre au courant et pour vous rejoindre ici. Seul, je ne sais pas ce que j'aurais pu faire. Il montre le plâtre qui enserre sa cheville droite. Je vous raconterai cela un autre jour. C'est un souvenir vosgien très récent. Une plante inconnue dans un endroit impossible. Allez, Mouche, courage. Mais vous m'avez fait une belle peur ! Je vous quitte, Flo m'attend pour finir un dossier. À bientôt à Thorey. N'oubliez pas Mouche, « les étoiles de Sarah ».

En l'embrassant fraternellement, il murmure rien que pour elle :

— On ne doit les lire qu'avec le cœur.

Là, au fond de sa gorge, les sanglots, comme si elle allait mourir. Il faut se laver de tout un passé. Ce combat avec Gilles a ouvert la porte du lieu d'où elle vient, peut-être. Elle n'a pas tout compris. Elle ira demander à Marguerite et à Blanche. Elle pose ses mains sur ses seins, son cœur, cherche. Il n'y a plus trace de cette vieille bête qui faisait un poids.

Elle ne sent plus rien.

Elle se tourne vers Gabriel qui se penche vers elle :

— Sais-tu pourquoi je suis revenu plus tôt que prévu ?

Elle esquisse un sourire sous les pansements qui tirent un peu sur la peau du visage

— Pour...

Mais la porte du salon s'ouvre brutalement, Renée, pâle et défaite, appelle Gabriel.

— Viens vite, c'est Gilles. Il, il... n'a pas supporté. Il s'est pendu. Je cherche à joindre Paul, mais il n'est pas encore arrivé à Thorey. Il faudrait prévenir Catherine. Elle doit être retournée chez son père.

Le livre est resté ouvert.

Elise FISCHER
Ecquevilly-Frouard (1992/1997)

Imprimé en France
FROC02n0816150415
14434FR00006B/20/P

9 782863 742983